Ritta Jacobsson ist das Pseudonym von Helena Nurmi. Sie wurde 1950 in Tampere, Finnland, geboren und ist dort auch aufgewachsen. Sie ist eine schwedisch-finnische Autorin, schreibt vor allem für junge Erwachsene und lebt heute in Stockholm.
Im Kinder- und Jugendbuchprogramm der S. Fischer Verlage ist auch der erste Band der Reihe *Ein Svea Andersson Krimi* erschienen: ›Todeswald‹.

Weitere Informationen zum Kinder- und Jugendbuchprogramm der S. Fischer Verlage, auch zu E-Book-Ausgaben, gibt es bei www.fischerverlage.de.

RITTA JACOBSSON

EIN SVEA ANDERSSON KRIMI

Gefährliches Schweigen

Aus dem Schwedischen
von Birgitta Kicherer

FISCHER Taschenbuch

MIX
Papier aus verantwortungsvollen Quellen
FSC® C019821
FSC
www.fsc.org

Erschienen bei FISCHER Taschenbuch
Frankfurt am Main, September 2013

Die schwedische Originalausgabe erschien 2007
unter dem Titel ›Afrodite och sveket‹ bei
B. Wahlströms Bokförlag, Forma Publishing Group AB

Lizenzausgabe mit freundlicher Genehmigung
des Franckh-Kosmos Verlags, Stuttgart

Druck und Bindung: Druckerei C. H. Beck, Nördlingen
Printed in Germany
ISBN 978-3-596-81170-0

PROLOG

Missa war verschwunden.

Das ist meine Schuld!, dachte Natalie. MEINE SCHULD!

Sie konnte weder essen noch lesen noch an etwas anderes denken. Mit jeder Stunde, die verstrich, wuchs ihre Verzweiflung. Ihr ganzer Körper befand sich in Aufruhr. Ihr Herz hämmerte gegen die Rippen und ihr Magen gurgelte unruhig, während sie auf und ab tigerte.

Zum sicher hundertsten Mal stand sie fröstelnd vor der Haustür und rief und lockte die Katze mit panikerfüllter Stimme.

„Mach die Tür zu!", schrie ihre Mutter. „Es zieht. Sie kommt zurück, keine Sorge. Katzen gehen gern ihre eigenen Wege."

Missa nicht, protestierte Natalie in Gedanken. Molly war diejenige, die sofort rauswitschte, kaum dass die Tür einen Spaltbreit aufging. Doch jetzt gerade lag die schwarze Katze in der Diele auf umgekippten Winterstiefeln und schnurrte, ohne die Unruhe ihres Frauchens zur Kenntnis zu nehmen.

Natalie blickte flehend auf den Schnee hinaus, in der Hoffnung, eine weiße Katze auftauchen zu sehen, die auf das Haus zulief.

Missa hielt sich immer im Garten auf und kletterte besonders gern in die Spitze der niederen Hängebirke vor dem Küchenfenster hinauf, von wo aus sie abwartend die Vögel betrachtete, die hoch über ihrem Kopf vorbeischwebten.

Dort hatte sie auf den winterlich kahlen Ästen gesessen, als Natalie zuletzt nach ihr geschaut hatte. Weit hinten auf der Straße hatte Natalie kurz eine dunkle Gestalt gesehen, die auf ihr Haus zuging, aber sie hatte möglichst schnell zum Fernseher zurückkehren wollen, wo gerade ihre Lieblingsserie über die braun gebrannten Teenies unter den exotischen Palmen Kaliforniens lief.

Eine echt bescheuerte Idiotensendung!

Das war vor vier Stunden gewesen. Die Zeit verging unendlich zäh.

Natalie wanderte von Fenster zu Fenster.

Auf der blank geputzten Arbeitsplatte lag eine Tüte mit Krabben. Molly, die inzwischen wieder munter war, umkreiste sie neugierig und leckte an der beschlagenen Plastikhülle. Im Kühlschrank standen Wein und eine große Flasche Cola. Natalies Vater war von einer Sitzung in Brüssel nach Hause unterwegs und konnte jeden Moment zur Tür hereinkommen. Dann würde ihre Mutter ihre Arbeit unterbrechen und der beste Abend der Woche seinen Anfang nehmen.

Aber nicht an diesem Freitag.

Etwas Böses hatte die Idylle zerstört, etwas, das Natalie jetzt von innen her zerriss.

Sie hatte ihre Strafe bekommen.

Weil sie Nein gesagt hatte.

Die Lehrer der Pausenaufsicht waren auf dem Schulhof umhergewandert und hatten selbstzufrieden nickend festgestellt, wie schön friedlich alles war. Sie hatten nichts Ungewöhnliches daran gesehen, dass ein dünnes Mädchen aus der Achten zitternd, dem Weinen nahe, inmitten einer Gruppe von Jungs aus der Neunten stand.

Obwohl Natalie Angst gehabt hatte, hatte sie immer noch geglaubt, eine Wahl zu haben.

Aber am kommenden Montagmorgen würde sie sich zu allem bereit erklären.

Bis dahin war es allerdings noch eine Ewigkeit.

Schließlich hielt sie es nicht mehr aus.

„Ich geh raus und such noch mal nach ihr."

Sie hatte gehofft, ihre Mutter würde vorschlagen, sie zu begleiten, doch die saß vor dem Computer, neben dem Bildschirm häuften sich die Papiere. Vermutlich hatte sie wieder irgendein großes Wohnungsprojekt am Laufen.

„Mhm."

Natalie zog die Steppjacke übers T-Shirt an, schlüpfte mit bloßen Füßen in die Winterstiefel und lief nach draußen. Es war einfacher, irgendwas zu unternehmen, anstatt nur zu warten.

Bei den Nachbarn war Licht. Die meisten hockten drinnen in der Wärme und sperrten die winterliche Kälte und Dunkelheit aus.

Die Nachbargärten hatte sie schon durchsucht, sie hatte unter schneebedeckte Gartenmöbel geschaut, hatte gerufen und gelockt. Jetzt spähte sie auf dem Weg zur Hauptstraße in die Straßengräben.

Die Nebenstraße war zwar nicht stark befahren, aber ein einziges Auto genügte, um eine kleine Katze zu töten.

Sie stellte sich den Aufprall vor.

Das harte Auto.

Den weichen Katzenkörper.

Schnell kniff sie die Augen zu, um das Bild des fliegenden Katzenkörpers zu verdrängen.

Sie glaubte nämlich nicht, dass Missa überfahren worden war.

Ihr war etwas viel Schlimmeres zugestoßen.

Und jetzt lag Missa irgendwo allein im Dunkeln.

Das Monster schlug seine Krallen immer tiefer in Natalie, bis der Schmerz unerträglich wurde.

„Ich bereue es. Bitte!"

Niemand hörte ihr leises Wimmern.

Suchend lief sie von Straßenseite zu Straßenseite. Von der großen Straße drang das Rauschen vereinzelter vorbeifahrender Autos herüber. Der Hauptverkehr war vorbei, die meisten Leute waren schon von der Arbeit nach Hause gekommen.

Im Schnee wäre eine weiße Katze kaum zu erkennen. Allerdings war die Straße hier geräumt und nur von Matsch bedeckt. Das weiche Fell, das Missa jeden Abend sorgfältig sauber leckte, würde sich deutlich von der bräunlichen Schmiere abheben. Natalie näherte sich dem Wald, der sich schwarz und feindselig vor ihr erhob. Sie wurde langsamer, während sie nach Spuren Ausschau hielt. Verletzte Tiere suchen gerne Schutz unter Büschen.

Es war kälter, als sie gedacht hatte. Die Kälte drang durch die Steppjacke an ihre bloßen Arme, und ohne wärmende Wollsocken begannen ihre Zehen zu schmerzen. Sie hatte es zu eilig gehabt, hinauszukommen.

Doch das war nicht wichtig. Wichtig war nur, Missa zu finden.

Plötzlich bewegte sich etwas. Natalie zuckte zusammen.

Sie sah genauer hin. Eine weiße Plastiktüte war unter einem Schneebatzen festgeklemmt und flatterte im Wind.

Die Landschaft verschwamm vor ihren Augen, doch dann wischte Natalie rasch die Tränen der Enttäuschung weg und starrte noch angestrengter in den dunklen Wald.

Da! Sie entdeckte etwas.

Es war wie ein Stich ins Herz. Ihr Körper erstarrte zu Eis. Lautes Dröhnen erfüllte ihren Kopf.

„Neeein!"

Sie begann zu rennen, sprang über den Graben und folgte den Fußspuren im Schnee.

„Neein! Neein!"

Ihr Schrei ging in Weinen über. Sie hielt sich die Hände vor die Augen, um das Grauen nicht sehen zu müssen.

Schon ein einziger kurzer Blick war zu viel gewesen.

Ein solcher Anblick sollte niemandem je zugemutet werden.

Ein dünner Katzenkörper, der von einer Schlinge herabhing, die Beine in einem unnatürlichem Winkel abgespreizt ...

Was haben sie getan?!

WAS ... HABEN ...

MONTAG

Es war ein ungemütlicher Abend für einen Hundespaziergang. Wir befanden uns zwar schon mitten im ersten Frühlingsmonat, aber von Frühling war weit und breit nichts zu sehen. Das Thermometer parkte seit mehreren Tag kurz unter zehn Grad minus und der Wind rüttelte an den bedrohlich ächzenden Bäumen. Aber ich hatte meine Thermojacke an und die Mütze, die Oma gestrickt hatte, auf dem Kopf, und Wuff wurde ja von ihrem schwarz gefleckten Fell gewärmt.

Hier, wo ich wohne, klettern die Reihenhäuser und Einfamilienhäuser an einem Hang entlang. Unsere Häuser sind der letzte Außenposten, danach gibt es nur noch Natur. Stockholm lässt sich manchmal als Lichtschein am schwarzen nördlichen Nachthimmel erahnen. Die Leute, die dort wohnen, glauben, unser Vorort sei der soziale Brennpunkt Nummer eins im ganzen Großraum Stockholm, wo Diebe und Mörder hinter jedem Busch lauern. Völliger Quatsch! Wir schließen hier nicht mal unsere Fahrräder ab. Aber zugegeben, auch bei uns passieren schlimme Sachen. So wie neulich, vor ein paar Monaten erst.

Eine tote Mitschülerin.

In der Nähe des verwunschenen kleinen Waldsees, an dem ich oft mit Wuff spazieren gehe, wenn nicht gerade so viel Schnee liegt wie jetzt, ist Mikaela, meine Nachbarin und Klassenkameradin, tot aufgefunden worden. Ihr Leben endete gleich neben einer Lichtung, wo ich oft mir ihr gepicknickt hatte.

Mein Alltag hat sich wieder normalisiert, aber in meinen Gedanken ist Mikaela noch da. Bis vor Kurzem kamen mir jedes Mal die Tränen, wenn ich an sie dachte, doch inzwischen ertappe ich mich manchmal dabei, bei der Erinnerung an die vielen verrückten Sachen, die sie angestellt hat, zu lächeln.

Die Gärten wirkten wie erstarrt mit ihren steif gefrorenen Bäumen und zugeschneiten Beeten, aus denen vereinzelte Zweige ragten. Die Gartenmöbel kauerten in Gruppen unter den Abdeckungen. Im Sommer ziehen meistens Grillschwaden tief über das Grün und die Gärten kochen förmlich über vor Aktivitäten, aber jetzt schienen sich alle Bewohner zum Winterschlaf zurückgezogen zu haben. Nur Wuff und ich waren unterwegs.

Ich hätte mit verbundenen Augen herumwandern können. Im Laufe meines vierzehnjährigen Lebens hatte ich jede einzelne Kurve hier in der Gegend umrundet, war sämtliche steilen Straßen hinaufgestapft und hinabgeschlittert. Vielleicht war das der Grund, warum ich von meiner gewohnten Strecke abwich. Möglicherweise war ich ein klein wenig gelangweilt.

Der Schnee knirschte unter meinen Füßen, als ich zur großen Straße spazierte. Da Wuff unterwegs an jedem Fleck schnupperte, war unser Tempo nicht unbedingt schweißtreibend. Aber ich hatte keine Eile.

Nach der Kiesgrube verließ ich die Hauptstraße, um in ein schmales Sträßchen einzubiegen, das bergan führte. Das tat ich aus purer Neugier, weil ich dort noch nie gewesen war.

Die meisten Einfamilienhäuser hier oben waren zwanzig, dreißig Jahre alt und von großen Grundstücken umgeben. Rechts der Straße stand dicht und dunkel der Wald.

Ich ging weiter, bis ich den Kamm der Anhöhe erreichte. Dort, dicht am Wald, stand ein altes dreistöckiges Haus. Wuff schlug sofort neben dem Briefkasten Wurzeln, um eine Nachricht an ihre Hundefreunde zu hinterlassen. Ich hatte reichlich Zeit, um das Haus zu betrachten.

Es war das größte in der Gegend, mit Keller-und Dachgeschoss und einem turmgeschmückten Giebel. Das Haus erinnerte stark an ein Spukschloss in einem Gruselfilm, den ich mal gesehen hatte. In dem Film hatte eine hexenähnliche Alte junge Leute ins Haus gelockt, die danach spurlos verschwunden waren. Das Grundstück wurde von einer hohen Tannenhecke umschlossen, der Garten selbst sah verwildert aus. In einem Glockenspiel, das am Vordach der Haustür hing, spielte der Wind eine wehmütige Melodie. Aus dem Schornstein ringelte sich

Rauch empor, in einigen Fenstern war Licht. Also war jemand zu Hause.

Vielleicht die menschenfressende Hexe, haha, dachte ich, zerrte dabei aber an Wuffs Leine, um weiterzukommen. Mir war ein wenig mulmig geworden.

Ich hatte nur ein paar Meter zurückgelegt, als die Stille unterbrochen wurde.

„Ich hab genau gesehen, was der Köter gemacht hat!"

Ich wirbelte herum und wäre dabei fast ausgerutscht.

Aus dem Spukhaus kam eine alte, spindeldürre Frau mit drohend geschwungener Faust angaloppiert. Sie trug eine graue Baumwollhose und dazu einen dicken Wollpullover und sah nicht unbedingt wie eine Hexe aus.

„Heb das sofort auf!"

„Aber sie ..."

„Heb es auf!"

Allmählich begann sie mich zu nerven, aber ich wollte ihr trotzdem die Sache erklären.

„Mein Hund ist eine Hündin", sagte ich. „Und Hündinnen hocken sich beim ..."

Die Alte war kein bisschen daran interessiert, etwas darüber zu erfahren, wie sich die Pinkelhaltungen von Hündinnen und Rüden unterschieden.

„Ich rufe die Polizei!"

Jetzt wurde ich sauer. Am liebsten hätte ich sie einfach ignoriert, aber wohlerzogen, wie ich war, startete ich dennoch einen letzten Versuch.

„Da gibt's doch gar nichts zum ..."

„Die lassen deinen Hund einschläfern!", keifte sie.

Dampfend vor Zorn stampfte ich auf. Ich stehe zu den Fehlern, die ich mache – obwohl es viele sind –, aber ich hasse es, ungerecht beschuldigt zu werden.

„Blöde alte Hexe!", brüllte ich hinter ihr her. „Passen Sie lieber auf, dass niemand so was mit Ihnen macht!"

Schon im nächsten Moment bereute ich meine Worte. Das war dann doch ein bisschen heftig. Die Drohung gab ihr außerdem einen Anlass, die Polizei zu verständigen. Und die würden nicht lange brauchen, um den Teenie mit dem einzigen Dalmatiner in der Gegend ausfindig zu machen. *Der Hund mit dem lustigen Namen ... Wuff.*

Ich überlegte, ob ich hinter der Alten herlaufen sollte, um mich zu entschuldigen, als ich plötzlich andere Sorgen bekam. Weiter hinten entdeckte ich eine lärmende Schar Jungs. Johlend und krakeelend kamen sie direkt auf mich zu.

Ich hatte keine Ahnung, wer sie waren, aber mein Selbsterhaltungstrieb riet mir, einer grölenden Jungsclique auf einer verlassenen Straße aus dem Weg zu gehen. Ich hatte auch keine Ahnung, was Wuff tun würde, falls die Typen mich anmachten. Hoffentlich würde sie mich beschützen, doch es bestand durchaus das Risiko, dass sie mit eingezogenem Schwanz nach Hause rannte.

Also ging ich lieber auf Nummer sicher und schlüpfte in den Garten, der dem Spukhaus gegenüberlag. In dem roten Backsteingebäude brannte Licht, aber niemand war zu sehen. Ich suchte hinter ein paar Büschen Schutz und zog Wuff hinter mir her.

„Still!“, flüsterte ich.

Sicherheitshalber hielt ich ihr mit der Hand die Schnauze zu.

Aber Wuff zeigte keinerlei Interesse an dem lärmenden Haufen. Umso mehr schätzte sie es, dass mein Gesicht sich plötzlich auf der selben Höhe befand wie ihre Schnauze, als wir so hinter den Büschen kauerten. Eifrig versuchte sie, meine Wangen abzulecken, aber ich zischte sie an, sie solle still sitzen.

Die lauten Stimmen waren inzwischen nur ein paar Meter von uns entfernt.

„Ey, dann hab ich gesagt, ey, geil, Mann, und der dann so, wow, echt?“, berichtete jemand mit großem Nachdruck.

Geniale Unterhaltung, dachte ich.

Ich beschloss zu warten, bis sie vorbeigegangen waren, doch aus irgendeinem Grund blieben sie ganz in der Nähe stehen. Das röhrende Gelächter verstummte jäh. Es wurde totenstill.

Ich drückte mich tiefer ins Gebüsch. Mein Herz klopfte laut.

Hatten sie mich gesehen?

Ich presste Wuff eng an mich und streichelte sie beruhigend.

Es war so still, dass ich mich fragte, ob die Clique nicht doch weitergezogen war. Vorsichtig spähte ich hervor. Sie waren noch da. Zuerst sah ich nur die Rücken von fünf großen, dunkel gekleideten Typen, doch plötzlich wandte sich einer von ihnen halb um. Er war wesentlich kleiner und dünner als die anderen.

Genau wie die übrigen vier hatte er eine schwarze Mütze tief über die Ohren gezogen, aber als ich sein Profil sah, zuckte ich überrascht zusammen.

War das etwa ... Simon?

Es war zu dunkel, um mit Sicherheit etwas erkennen zu können. Außerdem kam es mir ziemlich unwahrscheinlich vor. Simon ist der Oberstreber unserer Klasse. Er würde sich nie mit einer Clique älterer Jungs herumtreiben. Vor allem würden die sich für jemanden wie ihn gar nicht erst interessieren.

Ich duckte mich wieder in meinem Versteck und konzentrierte mich darauf, Wuff festzuhalten. Ihr wurde es allmählich langweilig, in dem kalten Schnee stillzusitzen, darum versuchte sie sich meinem Griff zu entwinden.

„Los jetzt!", zischte plötzlich jemand.

Etwas krachte. Dann folgte ein Klirren.

Eine Fensterscheibe ging zu Bruch.

Danach wieder Stille.

Die Sekunden tickten dahin.

Wuff zog und zerrte, um sich zu befreien.

„Pssst!", flüsterte ich flehend.

Ich hatte Angst.

Zwei, drei Minuten verstrichen, die mir so lang vorkamen wie eine Stunde.

Plötzlich geschah wieder etwas. Ein eigenartiges Knistern war zu hören und der vertraute Geruch von offenem Feuer drang mir in die Nase.

Ich konnte mich nicht mehr beherrschen, musste einfach wieder rausspähen.

Im selben Moment spurtete die Bande im vollen Galopp davon. Der Boden dröhnte unter ihren Füßen. Sie klangen wie eine Herde Elefanten.

Ich schlich hervor. Inzwischen waren sie schon verschwunden.

Der Rauchgeruch war jetzt deutlich wahrnehmbar. Aus der Tannenhecke der alten Hexe qualmte Rauch empor. Die Jungs mussten sie angezündet haben!

Mein erster Gedanke war, ihrem Beispiel zu folgen und abzuhauen. Aber irgendetwas zog mich zu der qualmenden Hecke hin, obwohl Wuff sich dagegen sträubte.

Flammen sah ich keine. Die Zweige waren zu feucht, um schnell Feuer zu fangen. Wäre das im Sommer passiert, hätte wahrscheinlich die ganze Hecke schon lichterloh gebrannt, bevor ich auch nur „Es brennt!" hätte rufen können.

Kein Mensch war zu sehen, nicht einmal die Hexe. Ich hatte keine Lust, bei ihr zu klingeln, und begann stattdessen Schnee auf die rauchenden Zweige zu schaufeln. Bei jedem Treffer zischte es laut auf, und der Rauch wurde dichter und dunkler.

Anfangs hatte Wuff wild an ihrer Leine gezerrt, um dem Rauch zu entkommen. Aber als ich jetzt darauf bestand zu bleiben, machte sie es wie ich, oder zumindest das, was sie dafür hielt, und begann im Schnee zu scharren.

Ich hatte das Gefühl, mich schon ewig lang abgerackert zu haben, aber in Wirklichkeit war das Ganze wahrscheinlich innerhalb von ein, zwei Minuten vorbei. Ich war außer Atem und verschwitzt. Immer noch hatte sich niemand blicken lassen. Wie war es möglich, dass kein Mensch sah, was hier los war?

Unschlüssig blieb ich stehen, bis mir das Klirren einfiel, das ich gehört hatte. Ich lief ums Haus und kontrollierte jedes Fenster, bis ich eins entdeckte, das kaputt war – ein schmales Kellerfenster an der Rückseite. Dort klaffte ein großes Loch wie von irgendeinem schweren Gegenstand, der dort reingeworfen worden war.

Bestimmt war das auch ein Werk dieser Bande.

Ich tastete in meiner Tasche nach meinem Handy, um die Polizei anzurufen, überlegte es mir dann aber anders. Das musste die alte Tante selber machen.

Ich befand mich zwei Meter vor dem Haus, als die Haustür aufging. Die magere Silhouette der alten Frau wurde von der Dielenlampe von hinten beleuchtet. Wiegend wie eine Eule spähte sie in die Dunkelheit hinaus.

„Ich ...", begann ich und deutete auf die Hecke.

„Um Himmels willen! Was hast du angestellt?!"

„Ich ..."

Sie ließ mir keine Chance.

„Hiiilfe!", schrie sie.

All mein Mut verließ mich. Es sah gar nicht gut aus. Jemand hatte das Kellerfenster der Alten eingeworfen und versucht, ihre Tannenhecke abzufackeln, und das, nur Minuten, nachdem ich ihr gedroht hatte. Und hier stand ich jetzt, verrußt und zerzaust, wie auf frischer Tat ertappt.

Das durchdringende Geschrei der Alten brachte endlich die Nachbarn auf die Beine.

„Frau Asp, was ist passiert?", rief eine Männerstimme.

Von plötzlicher Panik befallen rannte ich davon und kroch durch ein Loch in der Hecke in den Wald, Wuff zerrte ich hinter mir her. Bis zur großen Straße mussten wir durch hohen Schnee stapfen, danach liefen wir im vollen Galopp heimwärts, als würden wir verfolgt.

Erst als ich die Lichter unserer Nachbarhäuser sah, traute ich mich, mein Tempo zu verlangsamen. Wir keuchten alle beide. Wuff hatte immerhin noch Kraft genug, um mit dem Schwanz zu wedeln. Mir dagegen war um einiges düsterer zumute.

Warum bin ich abgehauen?, dachte ich. Ich hätte bleiben und erklären sollen, was passiert war. Schließlich hatte ich ja nichts getan. Schuldig waren die fremden Jungs. Jetzt sah es natürlich so aus, als hätte ich die Tannenhecke angezündet.

Aber für Reue war es inzwischen zu spät.

Während das Feuer in der Tannenhecke knisterte, streckte Simon seine Hand vorsichtig durch das Loch in dem schmalen Kellerfenster und schob den Haken hoch. Ein paar Glassplitter lösten sich und schlugen klirrend auf dem Boden auf.

Er wartete angespannt, aber niemand kam angestürzt. Also öffnete er das Fenster, spähte hinein und stellte fest, dass es sich auf Höhe der Kellerdecke befand. Er schob die Füße hindurch, wand sich noch weiter hinein und hüpfte runter.

Dann zog er seine Taschenlampe aus der Tasche und leuchtete damit. Er befand sich in einem Vorratsraum mit Regalen an den Wänden und aufeinandergestapelten Kartons. Der Luftzug hatte den Keller bereits ausgekühlt. Die Tür oberhalb der Holztreppe war geschlossen.

Womöglich war sie abgesperrt!

Insgeheim hoffte er das. Dann hätte er eine Ausrede.

Er schlich die Treppe nach oben und drückte langsam den Türgriff runter. Die Tür öffnete sich. Er schob sie einen Spalt weit auf und horchte.

Irgendwo im Haus bewegte sich jemand mit schlurfenden, unsicheren Schritten.

Der Rauchgeruch drang durchs offene Fenster. Den müsste sie doch auch riechen. Warum rannte sie nicht nach draußen? Es brannte doch!

Nichts lief so wie geplant.

Unschlüssig wartete er eine Zeit lang, schlüpfte dann aber in einen dunklen Flur. Zwei Zimmer gingen vom Flur ab, in denen schwere, altertümliche Möbel standen. Seit er mit seiner Mutter hier gewesen war, hatte sich nichts verändert.

Sein Körper stand unter Hochspannung, sein Gehirn protestierte laut. Er müsste umkehren.

Und dennoch ging er weiter. Er hatte keine Wahl.

Auf der Hut vor den schlurfenden Schritten schlich er weiter.

In unserem Haus war fast überall Licht, auch in Mamas Atelier. Als Künstlerin richtet sie sich bei der Arbeit nicht nach der Uhr. Beim Malen lässt sie sich von ihrer Inspiration lenken. Die hohen Atelierfenster im einen Giebel unterscheiden unser Haus von allen anderen. Ansonsten würde es wie jedes andere zweistöckige gelbe Holzhaus mit weißen Schnitzereien und einem Balkon überm Eingang aussehen.

Papas Volvo glänzte silbern auf der Garageneinfahrt. Es ist immer noch ein ungewohntes Gefühl, den Wagen an einem normalen Werktagabend zu sehen. Früher pendelte er nach Jönköping und war nur an den Wochenenden zu Hause. Aber seit dem Jahreswechsel arbeitet er in Stockholm.

Atemlos trat ich ins Haus, zitternd und voller Angst, weil ich vor der wutentbrannten Frau Asp geflohen war. Gleichzeitig lief mein Gehirn auf Hochtouren. Was mach ich jetzt bloß?

Als Erstes rief ich „Hallo", während ich meine Stiefel auszog.

Mein Gruß stieß auf jubelnde Erwiderung.

„Jaaa!"

Ich nahm aber nicht an, dass dieser Freudenschrei meiner Ankunft galt. Im Wohnzimmer lief der Fernseher. Der Berichterstatter brüllte mit dem Publikum um die Wette. Und mit Papa. Papa federte auf dem Sofa auf und ab und wich keinen Millimeter mit dem Blick von der Glotze, als ich meinen Kopf mit einem erneuten „Hallo" ins Zimmer streckte.

Er hatte es eilig gehabt, aufs Sofa zu kommen. Sein Jackett lag überm Sessel, der Schlips obenauf. Die Ärmel seines weißen Hemds waren aufgekrempelt und die obersten Knöpfe aufgeknöpft.

Wuff schoss rein und nahm neben Papa auf dem Sofa Platz. Von dort aus fixierte sie die Schale auf dem Tisch und versuchte die Chips dazu zu hypnotisieren, ihr in den Mund zu fliegen.

„Äh ...", begann ich.

„Los, ran mit euch, ihr behämmerten Idioten! Nix wie raus mit diesem elenden Schiedsrichter!"

Da verließ mich mein Mut. Das war nicht der geeignete Moment für ein Geständnis. Besser einfach den Mund halten und versuchen, die Ereignisse des Abends zu vergessen.

„Ein bisschen flott, Nisse, dann schaffst du es noch, die zweite Halbzeit zu sehen", rief Papa. „Richtig gutes Spiel heute."

Wenn wir joggen, schwimmen oder am Auto herumlaborieren, nennt er mich Nisse. Ansonsten nennt er mich Svea, wie alle anderen. Oma ist die Einzige, die Afrodite sagt.

Als ich meine Jacke auszog, merkte ich, dass meine Kleider genauso rochen wie die geräucherten Schweinsohren, die Wuff immer als Belohnung bekommt, wenn sie besonders brav gewesen ist. Mit ein paar Schritten durchquerte ich die Küche und die Waschküche und kam in die Garage. Dort hängte ich meine Jacke und Hose an einen Haken, in der Hoffnung, dass der Rauchgeruch bis morgen verdunstet wäre.

Als ich in die Küche zurückkam, hetzte Papa zwischen Kühlschrank und Tisch hin und her. Er war viel zu gestresst, um sich zu fragen, warum ich aus der Garage kam. Hastig warf er Brot und Aufstrich auf den Tisch und begann in raschem Takt Brote zu schmieren.

„Was für ein Spiel, Nisse! Die erste Halbzeit war ein echter Hammer!"

Er schubste die Butter zu mir rüber.

„Beeil dich mit deinen Broten, damit du nichts verpasst!"

„Äh, ich muss lernen."

Erst jetzt sah er mich an.

Wenn ich Papa in die Augen schauen will, muss ich den Kopf in den Nacken legen. Es heißt, ich würde ihm ähnlich sehen. Ich selbst finde, dass ich eher Mama ähnele. Wir sind beide blond, während Papa dunkelbraune Haare hat. Aber blaue Augen haben wir alle drei. Die von Papa guckten jetzt gerade erstaunt.

„Na, hör mal, seit wann haben dich Hausaufgaben davon abgehalten, ein gutes Spiel anzuschauen?"

Ich zuckte die Schultern und schmierte mir einen Berg Brote. Damit setzte ich mich zwischen Papa und Wuff aufs Sofa und vergaß die Wirklichkeit.

Bis das Spiel zu Ende war.

Da fielen die Ereignisse des Abends wieder über mich her.

Papa drehte sich mit hoch erhobener Hand zu mir um. Ich schlug mit meiner Hand dagegen.

„Na, war das ein Spiel, Nisse?!"

Ich nickte zerstreut.

Plötzlich wurde er ernst und musterte mich mit wachsamem Erwachsenenblick.

„Du warst aber sehr lange unterwegs. Wo ...?"

Schnell stand ich auf.

„Jetzt *muss* ich aber Hausaufgaben machen!"

„Jajaja", sagte er und streckte die Hand nach der Fernbedienung aus.

Ich machte ein paar Schritte, blieb dann aber stehen. Sollte ich es nicht doch erzählen?

„Papa ..."

Er wandte sich um und lächelte, als gefiele ihm das, was er sah.

Mir ging es genauso. Mein toller Papa. Ich hab ihn wirklich sehr gern.

Und wieder war ich zu feige. Aber irgendwas musste ich ja sagen.

„Schön, dass du diesen Job in Stockholm gekriegt hast!"

Er nickte und sein Lächeln wurde noch breiter.

„Das finde ich auch, Spatz."

Ich ging nach oben in mein Zimmer und holte die Schulbücher raus. Da saß ich dann am Schreibtisch und drehte den Stuhl hin und her, den Kopf von tausend Fragen erfüllt, nur nicht davon, ob man bei der Aussprache von though, thigh und thought lispeln soll oder nicht.

Wer waren diese Jungs? Warum hatten sie es auf die alte Hexe Frau Asp abgesehen? Was wäre passiert, wenn ich das Feuer nicht gelöscht hätte? Hätte sie mir zugehört, wenn ich geblieben wäre? Hätte sie mir geglaubt?

Und die schlimmste Frage: Hatte sie schon die Polizei verständigt?

Mein Kopf fühlte sich an wie ein summender Bienenkorb. Eine Menge Fragen. Und keine Antworten.

Ich bereute meinen Spaziergang bitterlich und beschloss, nie mehr auch nur in die Nähe des Hauses zu gehen, wo die saure alte Hexe wohnte.

Ein gutes Gewissen ist ein sanftes Ruhekissen. Ein schlechtes Gewissen nagt wie ein Wurm im Innern.

Mitten in der Nacht wachte ich auf und öffnete die Augen in der Dunkelheit. Was hatte mich geweckt?

Ich lag still und horchte. Alles, was ich hörte, war Wuffs friedliches Schnaufen. Ihr Körper zuckte im Schlaf. Ihre Pfoten zappelten, während sie kurze Wimmertöne ausstieß. Sie jagte im Schlaf, wahrscheinlich die Nachbarkatze. Das waren die aufregendsten Momente in ihrem Leben ...

Im selben Moment stiegen die Erinnerungen an den Abend in mir hoch.

Der Brand!

Plötzlich war ich hellwach.

Wie konnte ich nur so bescheuert sein und abhauen!

Die digitalen Ziffern des Weckers leuchteten mir entgegen.

02:37.

Die Nacht war noch lang. Ich hatte endlos Zeit zum Grübeln.

Was sollte ich tun, wenn die Alte die Polizei angerufen hatte? Die würden mir niemals glauben. Dass kurz nach meiner Drohung eine Gruppe Jungs sehr gelegen aufgetaucht war und versucht hatte, diese Drohung in die Tat umzusetzen, das klang ja wie die hinterletzte Notlüge. Niemand außer mir hatte die Jungs gesehen. Und ich hatte keinen blassen Schimmer, wer sie waren, wusste bloß, dass sie groß waren und dunkel gekleidet und dass einer, der an Simon erinnerte, dabei gewesen war.

Nicht unbedingt der Traum eines Strafverteidigers. Wenn ich überhaupt einen bekommen würde.

Meine einzige Chance war, rechtzeitig, bevor die Polizei mich ausfindig machte, dahinterzukommen, wer die Jungs waren, und dafür zu sorgen, dass sie gestanden.

Ich schnaubte verbittert vor mich hin. Warum sollten sie das tun? Wer wollte schon geschnappt werden? Und wie sollte ich es schaffen, sie zu finden? Das Einzige, was ich wusste, war, dass sie dunkel gekleidete, groß gewachsene Schlägertypen waren, die sich lärmend unterhielten. Auf welchen Jungen aus der Oberstufe trifft das nicht zu?

Meine Zukunft sah finster aus.

Sehr finster.

Ich lag in der Dunkelheit in meinem Bett – ein Himmelbett mit weißen Tüllvorhängen und Volants. Reichlich kindisch für eine Vierzehnjährige, aber gleichzeitig eine kostbare Erinnerung an die Zeit, als Papa noch gern schreinerte.

Die Minuten bewegten sich quälend langsam auf den Zeitpunkt zu, da der Wecker mich von meinen Grübeleien erlösen würde.

Los, mach schon! Läute endlich!

DIENSTAG

Am folgenden Tag erzählte ich Jo von meinem verheerenden Abend.

Seit jenem Spätsommertag vor gut sieben Jahren, als ich Mamas Hand losließ und mit anderen Erstklässlern zusammengepfercht wurde, ist Jo meine beste Freundin. Wir zwei, Afrodite Svea Andersson und Jolene Jones, über deren Namen die Klassenkameraden kichern mussten, wurden nebeneinander platziert. Und so sitzen wir immer noch.

Jo wohnt ein paar Kilometer weiter südlich auf einem Pferdehof. Sie hat ein eigenes Pferd, mit dem sie an Turnieren teilnimmt. Ich selbst habe allerdings noch kein einziges Turnier gesehen. Das liegt nicht daran, dass ich keine Lust habe – ich mag Pferde zwar nicht besonders, mag Jo dafür umso mehr –, sondern daran, dass die Turniere meistens weit entfernt von Stockholm stattfinden.

Während wir dem Strom der Schüler zur Schule folgten, haspelte ich alles heraus, was ich erlebt hatte. Sie hörte zu, ohne mich zu unterbrechen. Das macht sie immer so.

„Wenn du wüsstest, wie sehr ich das alles bereue", stieß ich als Abschluss kläglich hervor.

Sie lächelte mich mit ihrem schönen weißen Lächeln an.

„Aber hallo! Du hast die Alte doch gerettet! Wenn das nicht super ist!"

Wir wurden von Gelächter und Gejohle unterbrochen, das dem gestrigen Gebrüll täuschend ähnlich klang.

Ich warf einen kurzen Blick über die Schulter. Elias, Axel und zwei andere Jungs aus der Neunten näherten sich mit schweren Schritten. Da konnte man nur noch ausweichen, sonst wurde man beiseitegestoßen.

Elias und Axel sind große, kräftige Jungs, die in den Schulmannschaften Hockey und Basketball spielen. Dank der genialen Idee des

Rektors, die Schüler der Achten und Neunten jedes Halbjahr in einem Freundschaftsspiel gegeneinander antreten zu lassen, weiß ich, wie es sich anfühlt, von ihnen angerempelt zu werden.

Das letzte Brennballspiel fiel nicht besonders freundschaftlich aus. Ich hatte hinterher noch wochenlang blaue Flecken. Ich war Mannschaftskapitän, und die Jungs, angeführt von Elias, legten sich mächtig ins Zeug, um ausgerechnet mich anzugreifen.

„Waren es womöglich Elias und seine Kumpel, die du gesehen hast?", flüsterte Jo.

„Keine Ahnung", flüsterte ich zurück. „Kaum."

„Puh!", seufzte sie.

„Was ist?"

„Hab schon befürchtet, du wolltest ihn zur Rede stellen, da mach ich nämlich nicht mit."

„Verräterin."

„Will bloß meine eigene Haut in Sicherheit bringen", gab sie bereitwillig zu. „Nicht alle sind so mutig wie du."

Ich?

„Aber vor Elias braucht man doch keine Angst zu haben. Der ist doch bloß ... groß."

„Genau. Und die anderen sind genauso groß. Und ich bin klein und dünn."

Die Jungs hatten uns eingeholt. Sie kamen von jeder Seite zu zweit hinter uns an. Der Fußweg wurde von hohen Schneewällen gesäumt. An dieser Stelle war es unmöglich, zu sechst nebeneinander herzugehen. Die beiden hinter mir wurden langsamer.

Elias legte Jo den Arm um die Schultern. Er muss sich immer aufspielen. Zeigen, was für ein cooler Typ er ist. In seiner dicken Daunenjacke wirkte er neben Jo wie ein Riese.

„Mann, du bist echt eine verdammt heiße Nummer", sagte er.

Das ist sie auch. Selbst in Steppjacke, Jeans und Mütze sieht sie schlank und langbeinig aus. Sie hat große Rehaugen und dichtes schwarzes Haar, das ihr bis an die Hüften reicht. Und ihre Haut ist selbst mitten im Winter schön gebräunt.

Sie stieß ihn weg.

„Idiot!"

Die Jungs wieherten laut.

Knurrend und fauchend rannte Jo davon.

Ich lief hinterher.

„Wir sehn uns in der Pause!", rief Elias.

Jo und ich legten die letzten Meter zur Schule im Laufschritt zurück.

„Dieser Vollidiot!", schnaubte sie. „Hoffentlich fällt er tot um!"

Als wir durch den Eingang liefen, hatte sich die schlimmste Wut schon gelegt.

„Echt uncool von mir, ihn Idiot zu nennen", sagte sie nervös.

Ich zuckte die Schultern.

„Man muss die Dinge beim Namen nennen."

„Er ist voll sauer geworden, oder?"

„Na und? Er hat dich begrapscht. Da muss man sich wehren."

„Klar."

Aber ganz überzeugt klang sie nicht.

Ich verstand ihre Überlegung. Es ist nicht besonders clever, sich mit einem der großen Jungs aus der Neunten anzulegen.

Sie seufzte und stöhnte und schüttelte den Kopf.

„Ich trau mich nicht in die Pause raus."

„Hör auf! Da brauchen doch bloß diese supergestylten Zicken aufzukreuzen, dann hat der dich schon vergessen."

„Kannst du mir das versprechen?", fragte sie mit dünner Stimme.

Unsere Schule ist ein niedriger einstöckiger Backsteinbau, in dem die Klassenzimmer an langen, schmalen Korridoren Seite an Seite liegen.

Vor unserem Klassenzimmer unter dem Schild 8 A stand Simon und kramte in seinem Rucksack. Er war allein. Ich zögerte, doch die Gelegenheit war zu günstig, um sie nicht wahrzunehmen.

„Ich will bloß kurz ...", sagte ich zu Jo.

Simon hatte seine knielange gefütterte Jacke an den Haken gehängt, während er suchte. Sie war grün. Nicht schwarz. Aber ich riskierte es trotzdem.

„Gestern Abend hab ich dich beim Grusåsvägen gesehen", behauptete ich.

Da er über seinen Rucksack gebeugt dastand, war er gezwungen, nach oben zu schauen. Zuerst blinzelte er wie eine erschrockene kleine Maus zu mir hoch, doch dann gelang es ihm, sich zu fangen.

„Das glaub ich nicht", sagte er kühl.

„Warum nicht?"

„Weil ich nicht dort war."

„Doch, klar warst das du! Eine Clique älterer Jungs war auch dabei ..."

Sein Mund verzog sich zu einem schiefen Lächeln.

„Ehrlich, Svea!"

Im selben Moment begriff ich, wie unmöglich dieser Gedanke war. Es musste jemand gewesen sein, der Simon ähnlich sah.

„Aber was hast du dann gestern gemacht?"

„Kann dir doch scheißegal sein! Informier dich gefälligst ordentlich, bevor du andere beschuldigst!"

Rote Flecken waren auf seinen Wangen aufgetaucht.

Seine Wut weckte meine Neugier aufs Neue. Und überzeugte mich, dass er log.

Per Lundström, unser Klassenlehrer, unterbrach uns und scheuchte uns ins Klassenzimmer.

„Er hat sich echt komisch benommen", flüsterte ich Jo zu, während wir uns an unsere Plätze setzten.

Jo war immer noch angesäuert wegen Elias und interessierte sich daher kaum für Simon.

„Wahrscheinlich war er nicht dort. Was ist daran schon komisch?"

„Dass er so krass sauer wurde. Glaubst du nicht ..."

Lundström unterbrach uns.

„Svea und Jolene, habt ihr womöglich ein Gesprächsthema, das interessanter ist als Runensteine?"

Alles ist interessanter als das!

„Nein, nein", antwortete ich trotzdem.

„Na dann. Dann können wir uns ja dem Unterricht widmen. Übrigens, weiß jemand von euch, was mit Natalie los ist?"

Alle drehten sich automatisch zu Natalies leerem Platz um.

Ich hatte nicht einmal gemerkt, dass sie fehlte. Es gibt Leute, die sind so grau, dass man sie kaum bemerkt. So wie Natalie. Auf dem Weg zum oder vom Bus macht sie lieber lange Umwege, als mit einem von uns reden zu müssen.

Irgendwie ist es, als wäre sie gar nicht vorhanden.

„Wer ist mit ihr befreundet?"

Die angesagten drei, Hannamaria, Ebba und Faduma, prusteten, als hätte Lundström etwas Unpassendes gesagt.

Jo schaute mich traurig an. Ich zuckte leicht die Schultern. Es gibt ein paar in unserer Klasse, die haben keine Freunde. So ist das nun mal.

Per Lundström notierte etwas in sein Abwesenheitsbuch und fing dann an, über unsere Gegend und deren Runensteine zu quasseln.

Aber ich hatte Wichtigeres vor, als ihm zuzuhören. An und für sich bin ich nicht unbedingt scharf auf unlösbare Rätsel. Aber meine Zukunftsvision, Polizistin zu werden, zwingt mich, Antworten zu suchen.

Hannamaria saß hinter mir. Ich drehte mich zu ihr um.

„Weißt du, wo Simon wohnt?", flüsterte ich.

Sie hatte laut gegähnt, um deutlich zu machen, wie uninteressant sie Runensteine fand. Jetzt aber glomm ein Funke in ihren kajalumrandeten Augen auf.

Sie hat keine Ahnung, wer der schwedische Premierminister ist, aber Modemarken und Schauspielernamen kann sie herunterrasseln wie am Schnürchen. Und sie weiß alles über diejenigen unserer Mitschüler, deren Eltern ein gut gepolstertes Bankkonto haben.

„Im Grusåsvägen. In einem roten Backsteinhaus. Die haben einen Superpool im Haus, aber Simon ist ja der letzte Spacko, also was soll's. Oder vielleicht willst du ...?"

Vielen Dank auch!

Die Information war interessant, daher zog ich es vor, ihr nicht genauso dämlich zu antworten.

Ein rotes Backsteinhaus im Grusåsvägen.

Dann wusste ich Bescheid. Das war das Haus gegenüber dem Spukschloss. Demnach hatte ich mich in Simons Garten versteckt!

Also waren es Jungs aus der Nachbarschaft, mit denen er durch die Gegend zog. Bestimmt war ich nicht die Einzige, die diese sauertöpfische alte Tante nicht leiden konnte. Sie hatte die Jungs garantiert wegen irgendeiner Kleinigkeit angekeift, worauf die beschlossen hatten, sich zu rächen.

Das schien mir eine schlüssige Erklärung für meine Beobachtungen zu sein. Jetzt musste Simon mir das nur noch bestätigen. Dann brauchte ich bloß herauszufinden, wer die anderen gewesen waren.

Erst in der Mittagspause bekam ich eine neue Gelegenheit. Simon saß wie immer allein am Tisch. Jo war noch damit beschäftigt, ihren Teller mit Lasagne und Salat zu füllen, als ich entschlossen mit meinem Tablett auf ihn zumarschierte.

Jo sah verblüfft hinter mir her, aber ich winkte ihr, sie solle mitkommen.

„Ist hier noch frei?", fragte ich Simon.

Ich deutete mit dem Kopf auf den leeren Platz ihm gegenüber.

Er warf mir einen finsteren Blick zu, als wäre ich nicht ganz bei Trost. Sämtliche fünf Plätze an seinem Tisch waren frei.

„Siehst du doch."

Kein guter Anfang. Aber ich gebe nicht so leicht auf. Bevor man jemanden verhört, muss man Konversation machen. Am besten über das Wetter oder das Essen.

Ich ließ mich ihm gegenüber nieder und steckte mir den ersten Bissen in den Mund. Dann deutete ich mit der Gabel auf die Lasagne auf meinem Teller.

„Angebrannt schmeckt's noch besser", bemerkte ich munter.

Das sagt mein Opa immer, wenn meiner Oma etwas angebrannt ist. Die Lasagne schmeckte super, aber eben leicht angebrannt.

Simon fuhr von seinem Platz hoch. Sein Stuhl kippte krachend um.

„Hör mit diesen Vorwürfen auf!"

Er stürzte hinaus.

„Was war denn mit dem los?", fragte Jo.

Sie schob Simons Tablett mit dem kaum angerührten Essen beiseite und setzte sich mir gegenüber hin.

„Er ist sauer geworden."

„Was hast du zu ihm gesagt?"

Bevor ich antworten konnte, kam Per Lundström zu uns hergeschlendert. Er hatte Simons Flucht aus dem Speisesaal beobachtet.

„Was war denn mit Simon los?", fragte er.

Ich nahm noch einen Bissen.

„Weiß nicht."

„Du hast hoffentlich nichts Unfreundliches zu ihm gesagt?"

„Ich?"

Ich hatte keine Lust, zu erläutern, warum ich Simon verdächtigte. Aber ich bemühte mich, möglichst gekränkt auszusehen.

„In unserer Schule wird niemand gehänselt, das weißt du ja, Svea", fuhr Per Lundström mit gekünstelter Forschheit fort. „Unser Ziel ist null ..."

„... Toleranz bei Mobbing. Ich weiß, ich weiß!"

Mit zufriedenem Lächeln über seine korrekt ausgeübte Pflicht wandte er sich ab.

Ich schob das Tablett von mir weg. Plötzlich war mir der Appetit vergangen.

Mein blütenweißer Ruf begann schmuddelig zu werden und diese Entwicklung gefiel mir ganz und gar nicht.

Bald kam ich jedoch auf andere Gedanken.

Linus trat in den Speisesaal.

Linus sieht einfach umwerfend aus! Wunderschöne warme, braune Augen und fast genauso hellblondes Haar wie ich. Wir kennen uns, seit er letzten Herbst in das weiße Einfamilienhaus gegenüber von unserem eingezogen ist.

Beim Hereinkommen unterhielt er sich mit Marko und nickte mir dabei zu. Marko und er sind befreundet.

Genau wie Jo und ich. Und Jo liest meine Gedanken manchmal sogar besser als ich selbst. Sie saß mit dem Rücken zum Eingang.

„Ist da möglicherweise eine gewisse Person aus der 8 B in den Speisesaal gekommen?"

„Mhm", murmelte ich und spürte, wie meine Wangen brannten.

Ich kann nicht unbedingt behaupten, unglücklich verliebt zu sein, denn jedes Mal, wenn ich mit Linus zusammen bin, platze ich fast vor Glück. Er und ich, wir sind wie füreinander geschaffen. Ich muss ihn nur dazu bringen, das genauso zu sehen.

„Wie läuft's denn so?"

„Was?"

Ich versuchte gleichgültig zu klingen.

„Du bist doch immer noch in Linus verknallt, oder?"

Schnell sah ich mich im Speisesaal um, aber zu meiner Erleichterung waren alle mit dem Essen beschäftigt. Gerettet von der Lasagne!

„Musst du unbedingt so schreien?"

„Stell dich nicht so an. Na, wie läuft's?"

Ich seufzte. Ich war der Meinung gewesen, Mikaelas Tod hätte Linus und mich so eng zusammengeschweißt, dass uns nichts auf der Welt mehr trennen könnte. Doch dann verreiste er in den Weihnachtsferien mit seiner Familie und seither haben wir uns nicht mehr so oft getroffen.

„Weiß nicht. Ich hoffe, er mag mich noch. Wenigstens in seinem innersten Innern. Das scheint sich allerdings zurzeit sehr tief nach innen verkrochen zu haben."

„Frag ihn."

„Spinnst du!"

Jo zuckte die Schultern und fand ihre Idee offenbar kein bisschen verrückt.

„Ihr trefft euch doch ab und zu?"

„Ja, wenn wir die Hunde ausführen."

„Warum geht ihr nicht zusammen zur Schule? Ihr seid doch Nachbarn."

„Er besteht darauf, mit dem Fahrrad zu fahren."

„Im Schnee? Und da hab ich geglaubt, *du* wärst ein Sportfanatiker! Lade ihn zu dir nach Hause ein oder ins Kino. Oder geh mit ihm bowlen. Du hast doch sonst immer so gute Ideen."

„Ich hab ihn ja schon ein Mal zu uns eingeladen, aber da hat er sich damit herausgeredet, er müsste seine Verwandten besuchen."

„Vielleicht musste er das tatsächlich. Versuch's noch mal."

„Ich trau mich nicht."

„Aber wenn du nicht in ihn verknallt wärst, wär es doch kein Problem?"

„Stimmt."

„Dann tu so, als ob du es nicht wärst."

„Unmöglich!"

„Selbst Schuld, Feigling! Bist du bald fertig? Ich möchte raus."

Svea führte sich auf wie ein echter Schnüffler. Die hatte ja keinen Schimmer davon, wie beschissen das Leben sein konnte, kapierte null. Aber wenn sie vorhatte, so weiterzuspionieren, würde sie garantiert auch bald Ärger kriegen.

Simon hatte seine Jacke an sich gerissen und war gerannt, bis er Seitenstechen bekam. Er zitterte am ganzen Leib.

Bildete sie sich echt ein, er würde mit ihr reden? Er, der mit keinem einzigen Menschen auf der ganzen Welt reden konnte?

Wenn sie in seiner Haut steckte, würde sie das auch nicht tun. Und außerdem, was hätte er sagen sollen? Seine Angst war so wahnsinnig groß, das ließ sich nicht erklären.

Dabei hatte niemand ihn geschlagen.

Man hatte ihm bloß ein Foto gezeigt.

Und das war ... widerlich gewesen.

Er hatte die Augen zukneifen wollen, hätte am liebsten gekotzt und geheult, aber sie hatten ihn festgehalten und ihn gezwungen, es anzuschauen.

Lange.

Sie hatten gesagt, er solle sich überlegen, was passieren würde, wenn er nicht tat, was sie verlangten.

Er hatte es sich überlegt.

Und beschlossen zu tun, was sie verlangten.

In Elias' Klasse 9 A gibt es zwei Typen, denen möchte ich möglichst nicht im Dunkeln begegnen – Stoffe und Jimmy. Stoffe ist überall gepierct, wo an seinem Kopf etwas absteht. Am Flughafen käme er garantiert durch keinen Metalldetektor, ohne dass der einen totalen Blackout bekäme. Andererseits fliegt Stoffe wohl eher selten.

Jimmy hat einen rasierten Schädel und stapft in groben Springerstiefeln durch die Gegend, bei deren Anblick mir schlecht wird. Mit einem einzigen Fußtritt könnte er einem alle Rippen brechen. Angeblich ist das schon passiert, und nicht nur ein, sondern mehrere Male. Keine Ahnung, ob das stimmt, aber allein der Auftritt der beiden genügt, um ihre Umgebung in Angst und Schrecken zu versetzen.

Seit ich in die Schule gehe, sorgen Jimmy und Stoffe für Ärger. Sie sind dafür bekannt, vor nichts zurückzuschrecken. Ist das Fenster der Turnhalle kaputt, weiß man, wer es eingeworfen hat. Hat jemand Prügel bezogen, sind es Jimmy und Stoffe, die Blut an den Knöcheln haben. Ist jemandem die Jacke geklaut worden, muss man bei Jimmy und Stoffe zu Hause suchen.

Wenn man sich traut.

Jimmys Vater ist ein Alki und würde mit Sicherheit niemanden über die Schwelle lassen. Und Stoffe wohnt bei seiner Tante, treibt sich aber meistens im Stadtzentrum herum. Wo seine Eltern sind, weiß niemand, aber es heißt, der Vater sitze im Knast und die Mutter sei tot.

In letzter Zeit hat sich das Antimobbingteam unserer Schule schwer ins Zeug gelegt, vor allem, seit eine Siebtklässlerin Opfer von Mailterror geworden ist und ein Junge aus der Fünften einen Schneeball ins Auge bekommen hat. Sogar Jimmy und Stoffe haben sich eine Zeit lang ruhig verhalten.

Darum waren alle total baff, als hinter der Turnhalle lautes Geschrei ertönte. Es war in der Nachmittagspause und die Sonne funkelte auf dem Schnee. Eine Horde neugieriger Schüler drängte zu dem Lärm hin. Jo und ich gehörten auch dazu.

Bestimmt trieben Stoffe und Jimmy wieder ihr Unwesen! Ich betete im Stillen, dass niemand, den ich kannte, von ihnen vermöbelt wurde.

Als wir die Ecke umrundeten, sahen wir zuerst gar nichts.

Die dünnste und kleinste der Küchenhilfen versuchte gerade der Rauferei Einhalt zu gebieten.

„He, Jungs, hört auf! Bitte! Hört auf!"

Die Rücken vor mir bildeten eine Mauer, aber es gelang mir, mich vorzudrängen.

Ich traute meinen Augen nicht.

Der eine war ein Junge aus der Siebten. Der andere war Linus' Freund Marko.

Der schüchterne, ruhige Marko!

Er prügelte sich in blutigem Ernst mit Fäusten und Fußtritten. Die Gesichter der beiden Jungs waren flammend rot und aus Markos Nase tropfte Blut auf seine helle Jacke.

Alle standen bloß da und glotzten. Außer der Küchenhilfe machte niemand einen Versuch, einzugreifen.

Marko verpasste dem Jungen aus der Siebten einen harten Schlag in den Magen. Der Junge stöhnte auf und klappte wie ein Taschenmesser vornüber zusammen.

Erst da tauchte die Pausenaufsicht auf.

„Was ist hier los?", herrschte eine strenge Stimme die beiden Raufbolde an. Das war Bjarne Lund, unser neuer Sportlehrer. Er ist für Anita eingesprungen, die im Mutterschutz ist. Bjarne Lund ist in Ordnung. Vor allem ist er ein erfahrener Basketballer und das ist total super für uns. Bisher sind unsere Mannschaften bei den Schulmeisterschaften immer in der untersten Liga gelandet, aber dank ihm haben unsere Chancen auf einen Aufstieg zugenommen.

Per Lundström kam direkt hinter ihm angerannt.

Der Junge aus der Siebten stand laut jammernd da. Marko legte gerade den Kopf in den Nacken und klemmte seinen Nasenrücken mit den Fingern zusammen.

„Das hätte ich nie von dir erwartet."

Lundström richtete einen anklagenden Zeigefinger auf Marko.

„Was fällt dir ein, einen zu schlagen, der jünger ist als du?"

Der Siebtklässler war mindestens so groß wie Marko. Und kräftiger. Und weil die beiden Lehrer erst später hinzugekommen waren, konnten sie unmöglich wissen, ob Marko die Schlägerei hätte vermeiden können oder nicht.

„Aber hallo!“

Das lautstarke Geheul des Siebtklässlers übertönte meinen Protest.

Bjarne Lund untersuchte ihn rasch und stellte dasselbe fest wie ich. Der Junge übertrieb. Lund brummte ungeduldig vor sich hin.

„Na gut, gebt euch jetzt die Hand und entschuldigt euch“, schlug er vor.

„Aber he“, protestierte ich noch einmal. „Wollen Sie denn nicht wissen, wer die Schlägerei angefangen hat?“

Niemand hörte auf mich.

Marko presste ein Taschentuch, das Per Lundström ihm gegeben hatte, an die Nase.

„Tschul...digung“, murmelte er heiser.

„Aua, aua, aua“, jammerte der Siebtklässler anstelle einer Antwort.

„Keine Angst“, sagte Lundström. „Das wird nicht wieder vorkommen.“

Lund sah ein, dass er es mit dem Handschlag auf sich beruhen lassen musste, und nahm Marko und den Jungen aus der Siebten mit ins Schulhaus.

„Aber hallo!“, rief ich zum dritten Mal.

„Svea, misch dich da nicht ein!“, fuhr Lundström mich an.

„Aber Sie müssen doch feststellen, wer angefangen hat!“

„Natürlich“, sagte Lundström. „Aber du scheinst das ja bereits entschieden zu haben. Und das ist ja kein Wunder, wenn man bedenkt, dass ...“

Er beendete den Satz nicht, sondern warf mir nur ein schiefes Grinsen zu, bevor er sich entfernte.

Ich spürte flammende Röte in meinem Gesicht.

Woher wusste er das?

Dass ich in Markos Freund verliebt war?

„Komm jetzt“, sagte Jo ruhig.

Ohne etwas zu sagen, gingen wir ins Schulhaus. An die Schlägerei dachte ich gar nicht mehr. Meine Gedanken waren von einer einzigen Sache erfüllt.

Alle wussten, in wen ich verliebt war. Sogar die Lehrer!

Alle, nur Linus nicht.

Als ich von der Schule nach Hause kam, stürmte Wuff auf mich zu. Sie klopfte mit den Vorderpfoten auf den Boden und senkte den Oberkörper. Im Vorbeirennen schnappte sie sich meinen einen Handschuh und fegte damit durch die Diele.

„Da hast du dich aber getäuscht!"

Ich begab mich geradewegs in die Küche. Wuff beruhigte sich schnell, ließ den Handschuh fallen und lief hinter mir her.

Mama legte gerade eine Kaffeepause ein. Mit blauer Farbe an den Wangen und weißen Flecken an den Fingern schaufelte sie Kaffee in die Kaffeemaschine. Für ihre Bilder lässt sie sich von der griechischen Mythologie inspirieren. Auch für meinen ersten Namen hat sie sich davon inspirieren lassen, Afrodite, wie die Göttin der Liebe.

„Wie war's in der Schule?", fragte Mama, nachdem sie die Maschine eingeschaltet hatte.

„Schlägerei und Zoff. Ein Junge hat Nasenbluten davongetragen."

„Ach, wie nett." Sie nickte zerstreut.

Ich habe meine vierzehn Lebensjahre unterm selben Dach mit einer Künstlerin verbracht. Körperlich mag sie durchaus anwesend sein, aber ihre Gedanken fliegen oft in anderen Welten herum.

Kaum war der Kaffee durchgelaufen, füllte sie einen großen Becher damit und klapperte in ihren blau-weiß gestreiften Clogs in ihr Atelier zurück. Bald hörte ich Musik aus den Lautsprechern strömen.

Wuff leistete mir Gesellschaft, während ich meine Brote aß und die Uhr im Auge behielt.

Ich habe Linus' Gewohnheiten inzwischen gründlich studiert und weiß genau, wann er Glöckchen ausführt. Nachdem ich die letzten Brotkrümel an Wuff verfüttert hatte, zog ich Jacke und Stiefel an und ging hinaus.

Im selben Moment öffnete sich die blaue Tür des gegenüberliegenden Hauses. Zuerst erschien ein kräftiger Rottweiler, dann Linus.

Die Hunde beschnupperten sich gegenseitig mit wild peitschenden Schwänzen.

Ich hätte meine Nase auch gern an die von Linus gedrückt, begnügte mich aber damit, ihm kurz zuzunicken.

„Wie sieht's aus?"

Inzwischen scheint er sich nicht mehr darüber zu wundern, dass ich so regelmäßig auftauche.

„Gut."

Mit den Hunden an der Leine gingen wir nebeneinanderher. Wuff, die Schnauze dicht am Boden, strebte voraus, während Glöckchen einen Meter hinter uns herhumpelte. Seit sie im Herbst überfahren worden ist, fällt ihr das Laufen immer noch schwer, besonders im Schneematsch.

„Hast du die Rauferei auf dem Schulhof gesehen?", fragte ich.

„Nein, hab aber davon gehört."

„Warum haben sie sich geprügelt?"

Linus zuckte die Schultern.

„Keine Ahnung. Marko hat nur erwähnt, Lundström hätte damit gedroht, seine Eltern anzurufen. Dann würde er garantiert einen Monat Hausarrest kriegen. Und Fernsehverbot. Und keine Computerspiele."

„Und dabei hat er doch gar nicht anfangen. Das war bestimmt dieser ..."

„Leo. Ich weiß nicht. Er wollte nicht darüber reden."

„Und was glaubst du?"

„Marko ist in Ordnung, der würde sich nicht so schnell auf eine Schlägerei einlassen. Aber ich kenne ihn ja noch nicht allzu lange."

„Ich aber, und er hat sich bisher noch nie geprügelt."

„Vielleicht ist er angegriffen worden. Dieser Leo wirkt echt daneben."

„Mhm. Oder er wollte seinen Kumpels imponieren."

„Dann finde ich es aber komisch, dass er sich ausgerechnet Marko ausgesucht hat", bemerkte Linus.

„Bestimmt erfährst du bald die Wahrheit."

„Klar."

„Erzählst du's mir dann?"

Linus schüttelte den Kopf. Logisch. Ich würde Linus schließlich auch nicht Jos Geheimnisse anvertrauen.

Ich seufzte.

„Und sonst?"

Nach dem Spaziergang mit Linus und den Hunden setzte ich mich an die Mathehausaufgabe, aber meine Gedanken kreisten immer wieder um den mysteriösen Brand vom gestrigen Abend. Bisher hatte ich Glück gehabt, keine Polizei hatte angeklopft, doch das war vielleicht nur eine Frage der Zeit.

Ich überlegte, wie ich am besten herausfinden könnte, wer die Schuldigen waren. Die einzige Möglichkeit, die mir einfiel, war, noch mal hinzugehen in der Hoffnung, dass die Typen wieder aufkreuzen würden. Dann könnte ich sie gründlich beobachten und sie vielleicht sogar mit meinem Handy fotografieren.

Ich ließ Wuff daheim und zog los; wanderte kreuz und quer durch die friedlichen Wohnviertel, während die blaue Dämmerung anbrach. Es war, als wäre ich allein auf der Welt. Weit und breit keine Spur von einem Feuerteufel.

Zuerst mied ich das Spukhaus von Frau Asp, doch irgendein unbehaglich hartnäckiges Gefühl im Hinterkopf zog mich schließlich doch dorthin. Hatte ich das Feuer wirklich gründlich gelöscht?

Irgendwo in dem großen Haus war Licht, aber Frau Asp ließ sich nicht blicken. Ich schlich mich in den Garten. Ungefähr zwei Meter der dichten Tannenhecke waren in kahle schwarze Gerippe verwandelt worden. Aber das Feuer war erloschen.

Ich lief zur Rückseite des Hauses. Das schmale Kellerfenster war noch nicht repariert worden. In der Scheibe prangte ein großes rundes Loch, das ringsum Sprünge ausstrahlte. Es musste mittlerweile eiskalt in dem Keller sein!

Ich presste das Gesicht an das nächstgelegene Fenster im Erdgeschoss und spähte hinein. Dahinter lag die Küche. Frau Asp war nicht dort. Ich ging weiter und linste in einen Raum, der wie ein Wohnzimmer aussah, mit altertümlichen dunklen Möbeln.

Plötzlich zuckte ich zusammen. Auf dem Sofa lag jemand.

Frau Asp.

Sie lag ganz still.

Die Härchen auf meinen Armen richteten sich auf.

War sie ... tot?

Womöglich hatte sie einen Anfall bekommen, als sie hinter mir herschrie!

Dann hätte ich ... sie getötet!

Vorsichtig klopfte ich ans Fenster. Frau Asp reagierte nicht.

Ich klopfte noch einmal. Sie lag immer noch regungslos da.

Mein Magen wurde eisig kalt. Irgendwas stimmte nicht.

Ich lief zur Haustür zurück und läutete. Der Klingelton hallte verlassen durchs Haus. Nichts geschah. Ich klopfte und hämmerte an die Tür. Aber vergeblich.

Da fiel mir das kaputte Kellerfenster ein. Bevor ich Zeit hatte, es zu bereuen, hockte ich schon davor. Behutsam schob ich die Hand durch das Loch, um den Fensterhaken hochzudrücken. Völlig unnötig. Das Fenster war nicht zugesperrt. Ich öffnete es, kroch hinein und hüpfte auf den harten Zementboden hinunter.

Schnell zog ich meine kleine Taschenlampe, die ich immer dabeihabe, aus der Tasche und leuchtete damit in den Raum. Es schien eine Art Vorratskammer zu sein. Eisige Kälte lag in der Luft. Die Tür oberhalb der Treppe war geschlossen.

Ich schlich die Treppe hinauf und presste mein Ohr an die Tür, bevor ich sie einen Spalt weit öffnete. Nichts zu hören.

Kurz schlug ich mich mit meinem Gewissen herum. Das hier war total verrückt. Eigentlich müsste ich zu Hause sein, meine Mathehausaufgabe machen, mit Jo chatten oder vor der Glotze sitzen.

Die Alte würde stinkwütend werden, wenn ich schon wieder auftauchte.

Aber irgendetwas zwang mich dazu weiterzugehen. Ein eisiger Kloß im Magen, eine nagende Unruhe. Ich hätte schon gestern mehr unternehmen sollen, hätte mich vergewissern sollen, dass der alten Frau nichts fehlte.

Leise schlüpfte ich in die Eingangsdiele. Ich musste erfahren, was mit Frau Asp los war.

Sie lag komplett angezogen auf dem Sofa, eine Decke über den Füßen. Mit klopfendem Herzen schlich ich ein paar Schritte näher. Meine Beine trugen mich kaum.

Plötzlich stieß sie ein leichtes Schnaufen aus.

Im letzten Moment gelang es mir, meinen Schrei zu ersticken.

Sie schlief! Eine alte Dame, die ein Nickerchen machte, das war doch total normal!

Doch dann wurde ich wieder unruhig. Sie lag so still da, auf dem Rücken, den Kopf auf einem Kissen. Wenn Leute schlafen, hört man sie doch viel schwerer atmen, oder?

Dieses unheimliche Gefühl lief mir wieder wie ein Schauder über den Rücken. Ich musste an einen Film über Untote denken, die tagsüber ruhen, um nachts ihre Opfer jagen zu können.

Ausgerechnet in diesem Moment richtete sie sich auf und starrte mich an.

Diesmal gelang es mir nicht, meinen Schrei zu unterdrücken.

Seltsamerweise erschrak sie nicht so heftig wie ich, sondern tastete nur mit ihren dünnen Hexenfingern nach meinem Arm und flüsterte:

„Hast du das gehört? Jetzt spukt es wieder."

Ich wollte schon erklären, sie müsse mich gehört haben, als sich irgendwo über meinem Kopf knarrende Schritte vernehmen ließen.

Bei uns daheim ist es kein bisschen gruselig, wenn jemand im oberen Stock umherläuft. Aber hier in diesem großen Haus klang es gespenstisch.

„Ist das nicht Ihr ..."

Mit wem konnte so eine alte Tante wohl zusammenleben?

„... Mann?"

„Hier kommt mir kein Mannsbild ins Haus!", versetzte sie scharf.

Also war sie nicht verheiratet.

„Aber Sie haben vielleicht Besuch?"

„Wer könnte das schon sein?"

Woher sollte ich wissen, was sie für Bekannte hatte. Aber irgendjemand befand sich dort oben.

„Wollen wir raufgehen und nachschauen?", schlug ich vor.

„Nein!", zischte sie.

Fast hätte ihre Angst mich angesteckt, aber ich weigerte mich, klein beizugeben. Ich musste eine Erklärung für diese Schritte finden.

Hirngespinste verscheucht man besten mit Licht. Also machte ich den Kristallleuchter an der Decke an. Die Prismen funkelten blendend hell.

Die alte Frau stöhnte auf, als hätte sie einen Schlag erhalten.

„Mach sofort aus!"

„Gespenster scheuen das Licht", erklärte ich und versuchte meiner zitternden Stimme einen ruhigen Klang zu verleihen.

Zwar fürchte ich mich manchmal vor der Dunkelheit, aber im Moment waren Gespenster meine geringste Sorge. Dagegen überlegte ich, ob ein Einbrecher durch das Kellerfenster hereingekrochen sein könnte. Das war schließlich denkbar einfach. Dass ich selbst hier stand, war ein Beweis dafür.

Mit einem kühnen Schritt trat ich in die Dunkelheit der Eingangsdiele hinaus. Das Licht des Kronleuchters fiel auf ein seltsames Figürchen, das auf der Dielenkommode thronte. Es sah aus wie ein Affe und war mit Gold und glitzernden Edelsteinen verziert, die echt wirkten. Besonders schön fand ich es allerdings nicht.

Ich machte in jedem Zimmer im Erdgeschoss Licht, sogar auf dem Klo, bevor ich zu der alten Frau zurückkehrte.

„Hier ist niemand."

Sie erhob sich vorsichtig und sah sich misstrauisch um.

„Doch, oben auf dem Dachboden."

„Ich geh mal rauf und schau nach."

Meine Worte schienen sie zu beruhigen. Sie ging in die Küche, wo ich sie bald mit Töpfen klappern hörte.

Ich schlich die knarrende Treppe nach oben und fragte mich dabei, was eigentlich in mich gefahren war. Wenn sich jetzt ein Irrer mit bösen Absichten auf dem Dachboden versteckt hatte! Trotzdem ging ich weiter.

Im Obergeschoss gab es vier offene Türen. Drei davon führten in karg möblierte Zimmer, die vierte in das Schlafzimmer der alten Frau. Ein gehäkelter Überwurf bedeckte das Bett und auf einem Holzstuhl vor dem Schreibtisch lag ein Kleidungsstück. An der Wand hing ein Hochzeitsfoto, das eine schlanke dunkelhaarige Frau an der Seite eines blonden Mannes im dunklen Anzug zeigte. Sie lachte ihn an und sah hübsch und glücklich aus. War das Frau Asp?

Und wo war dann dieser Mann? War er gestorben?

Ich hörte keine Schritte, sah auch niemanden, aber dennoch hatte ich das unheimliche Gefühl, hier oben nicht allein zu sein. Schnell spähte ich unters Bett.

Leer.

Nicht einmal Staubflusen.

Aber wenn ich mich unerlaubt in einem fremden Haus aufhielte, würde ich es schließlich auch nicht riskieren, mich unter einem Bett zu verstecken. Dort sucht man immer als Erstes.

Irgendwo in der Nähe knarrte der Fußboden. Ich fuhr zusammen. Mein Herz klopfte wie wild. Am besten, ich floh, solange noch Zeit war.

Plötzlich war von unten ein dumpfer Schlag zu hören, gefolgt von einem durchdringenden Schrei.

Ich vergaß meine eigene Angst und lief zur Treppe.

„Was ist passiert?“, rief ich, während ich nach unten spähte.

Keine Antwort.

Ich brauchte zwei Sekunden, um hinunterzustürzen.

„Frau Asp?“

Sie lag auf dem langen Flickenteppich in der Diele.

„Was ist mit Ihnen?“

Ich beugte mich über sie.

Im selben Moment hörte ich Schritte auf der Haustreppe. Jemand steckte einen Schlüssel ins Schloss, dann trat eine Frau ein. Sie schien mindestens zehn Jahre älter als meine Mutter zu sein und hatte graue Strähnen im kurz geschnittenen dunklen Haar. Sie war einen Kopf kleiner als ich und genauso dünn wie Frau Asp.

Wir standen da und starrten einander an. Aber nur ganz kurz.

„Was ist mit Frau Asp passiert?“, fragte sie mit besorgter Stimme.

Ich wollte gerade versuchen, alles zu erklären, als Frau Asp zu jammern begann.

„Hiilfe!“, wimmerte sie. „Die da hat meinen Schmuck gestohlen!“

Die fremde Frau durchbohrte mich mit eiskaltem Blick.

„Und meine Tannenhecke hat sie auch angesteckt!“, heulte die Alte.

„Aber hallo!“, protestierte ich laut. „Das haben Sie total missverstanden. Ich wollte doch helfen ...“

„Diebin!“, schrie Frau Asp. „Brandstifterin!“

Ich hob beschwichtigend die Hände.

„Bitte! Frau Asp hat Schritte gehört. Und ich hab ihr geholfen nachzuschauen, ob jemand dort oben ist.“

Die fremde Frau musterte mich immer noch misstrauisch.

„Das stimmt wirklich!“, beharrte ich etwas schrill. „Ich war gestern hier ...“

„Sie hat gedroht, mich umzubringen, und die Hecke in Brand gesetzt!“, krähte Frau Asp.

„Hab ich überhaupt nicht!“

„Frau Asp hat mich gestern Abend angerufen. Sie war sehr verstört“, sagte die Frau. „Ich bin ihre Nachbarin und schaue ab und zu nach ihr. Was treibst du eigentlich hier?“

Sie musterte mich mit ihrem Blick, vom Scheitel bis zur Sohle.

„Sie hat an meiner Tannenhecke Feuer gelegt!“, beharrte Frau Asp.

„Ja, die sieht jetzt wirklich traurig aus“, stellte die Frau mit einem tiefen Seufzer fest. „Ein Glück, dass das Feuer nicht um sich gegriffen hat.“

„Ja, weil ich es nämlich gelöscht hab“, teilte ich mit. „Aber ...“

„Und wie bist du überhaupt ins Haus gekommen?“, wollte die Frau wissen. „Hat Frau Asp dich reingelassen?“

Ich spürte, dass ich rot wurde.

„Ich bin durch das kaputte Kellerfenster gekrochen, aber ...“

„Wäre es nicht einfacher gewesen, an der Tür zu läuten?“

„Hab ich ja, aber sie hat es nicht gehört, also ...“

„Du hast das Fenster eingeschlagen“, behauptete Frau Asp.

„Das war nicht ich!“

Inzwischen schrie ich ebenfalls.

„Wer denn dann?“, fragte die Frau.

„Ein paar Jungs.“

„Und wer bist du?“

Ich suchte verzweifelt nach einer guten Lüge, sah dann aber ein, dass es am klügsten war, die Wahrheit zu sagen.

„Afrodite Svea Andersson“, sagte ich.

Sie sah mich befremdet an. Vielleicht glaubte sie, das sei gelogen. Afrodite ist ja nicht gerade eine Emma oder Anna.

„In dem Fall ...“, begann sie.

Aber jetzt hatte ich genug. Sollte sie doch glauben, was sie wollte. Ich stürmte an ihr vorbei, wütend und traurig. Für mich gibt es nichts Schlimmeres als Leute, die mir nicht glauben.

Nachdem ich eine Zeit lang gerannt war, entdeckte ich, dass ich meine Handschuhe bei Frau Asp vergessen hatte.

Ich steckte meine kalten Hände in die Taschen, und während ich heimwärts trabte, fluchte ich innerlich darüber, dass ich mich überhaupt um diese alte Nervensäge gekümmert hatte. Ab jetzt können alle andern mir echt den Buckel runterrutschen, dachte ich. Werd bloß noch an mich selbst denken.

Als ich fast zu Hause war, läutete mein Handy.

„Was machst du gerade?“, fragte Jo.

„Bin auf dem Heimweg. War bei dieser ollen Frau Asp.“

„Bei wem?“

„Bei dieser alten Tante in dem Spukhaus.“

„Hat sie sich gefreut?“

„Kann ich nicht behaupten.“

„Was ist passiert?“

„Ich hab geglaubt, sie ist tot, und bin durchs Kellerfenster ins Haus gekrochen.“

„Du spinnst echt! Und? War sie tot?”

„Nein. Und dann haben wir im oberen Stock Schritte gehört.“

„Und mutig, wie du bist, hast du das auch noch überprüft, haha.“

„Ja.“

„Oh Mann! Das hätte doch ein Einbrecher sein können!“

„Oder ein knarrender Fußboden.“

„Also hast du nichts gefunden?“

„Ich hab's nicht mehr auf den Dachboden geschafft, weil eine Nachbarin ankam. Und da hat die Alte ein Mordstheater gemacht und gezetert, ich wär eine Diebin und Brandstifterin. Zum Schluss bin ich sauer geworden und abgehauen."

„Aber warum hast du ihnen denn nicht gesagt, wie es wirklich war?"

Ich seufzte.

„Hab ich doch. Aber sie haben mir nicht geglaubt."

Jetzt seufzte Jo auch.

„Wird wohl das Beste sein, du lässt dich dort nicht mehr blicken und hoffst, dass die alte Tante den ganzen Quatsch vergisst."

„Ja, glaub ich auch."

Aber irgendwie hatte ich das beunruhigende Gefühl, dass ich keine Chance bekommen würde, Frau Asp und das Spukhaus zu vergessen.

Als ich nach Hause kam, standen Mama und Papa beide in der Küche. Mama wusch gerade den Salat.

„Du kommst genau richtig. Die Hackfleischsoße ist fertig."

Papa deckte den Tisch.

„Na, wie läuft's denn so?"

Jetzt war die perfekte Gelegenheit, von der durchgeknallten Alten zu erzählen. Aber wieder einmal drückte ich mich davor. Es war einfach zu peinlich.

„Bestens. Und wie sieht's bei dir aus?"

Er sah mich leicht erstaunt an. Offenbar frage ich nicht allzu oft danach, wie es ihm geht.

„Alles im grünen Bereich. Ein bisschen viel zu tun vielleicht, aber nur, weil noch so vieles neu ist. Was hältst du von einer Joggingrunde nach dem Essen?"

„Jipp."

Ich häufte mir einen Berg Spaghetti auf den Teller und ertränkte ihn in Soße. Drohende Wolken zogen an meinem Himmel auf, aber ich hatte nicht vor, mich davon stören zu lassen.

MITTWOCH

Der Morgen war sonnig und erfüllt von Vogelgezwitscher. Jo war mit demselben Bus gekommen wie ich, jetzt gingen wir nebeneinander auf die Schule zu.

Die Frühlingsstimmung wurde von einer lärmenden Gruppe Neuntklässler gestört. Mit Elias an der Spitze liefen sie auf dem Fußweg ungefähr zehn Meter vor uns her.

Natalie, die offenbar wieder gesund war, befand sich auch in der Gruppe, aber ich sagte mir, das müsse ein Zufall sein, zumindest bis Jo mich anstieß.

„Guck mal!"

Elias legte den Arm um Natalies Schultern und so umschlungen gingen sie weiter in Richtung Schule.

Ich traute meinen Augen nicht.

Der obercoole Elias.

Und die schüchterne Natalie!

Jo gingen dieselben Gedanken durch den Kopf.

„Schätze, sie traut sich nicht, sich zu wehren."

Ich nickte.

„Der glaubt, er kann sich alles erlauben", fuhr Jo düster fort.

Elias ließ Natalie plötzlich los und die Gruppe zog weiter auf die Schule zu, während Natalie ihre Schritte verlangsamte.

Wir hatten sie bald eingeholt.

„An Jo hat er sich auch rangemacht", bemerkte ich tröstend.

Natalie wandte sich mir halb zu.

Geschockt starrte ich sie an.

Sie war leichenblass. Die Adern schimmerten durch ihre fast durchsichtige Haut und ihre Wangen wirkten eingefallen wie bei einem Totenschädel.

Aber ihre Stimmung war umso heftiger und der Blick, der meinem begegnete, funkelte schwarz und feindselig.

„Wovon redest du?"

„Ich meine Elias. Der ist doch ein echter Kotzbrocken!"

„Behalt deine Gedanken gefälligst für dich!"

Damit spurtete sie auf den Eingang los.

„Shit! Was ist denn in die gefahren?"

„Vielleicht ist sie in Elias verknallt", vermutete Jo.

„Oje, und dann komme ich und nenne ihn Kotzbrocken!"

„Man muss die Dinge beim Namen nennen, das hast du selbst gesagt", stellte Jo fest.

„Trotzdem irgendwie komisch. Dann hätte sie doch wie auf Wolken schweben müssen. Sie sah aber nicht gerade glücklich aus."

„Sie will es vielleicht geheim halten."

„Mhm. Weißt du, warum sie nicht in der Schule war?"

„Keine Ahnung. Irgend so eine Magen-Darm-Geschichte vielleicht. Sie sah blass aus."

Ich nickte nachdenklich. Wenn das der Fall war, hoffte ich, davon verschont zu bleiben.

Natalie hatte nämlich wie ein Gespenst ausgesehen.

Simon hatte gelogen. Das weckte meine Neugier. Gleichzeitig war mir klar, dass ich noch mehr Fakten brauchte, um die Wahrheit aus ihm herauszuholen. Die beste Möglichkeit, weiterzukommen, wäre, Hannamaria noch einmal auszuhorchen.

Die Gelegenheit ergab sich schon nach dem Mittagessen ganz von selbst. Als Jo und ich den Speisesaal verließen, stand Hannamaria vor Per Lundström und schien sich mit ihm zu streiten.

Hannamarias Freundinnen Ebba und Faduma, beide bis hinter die Ohren geschminkt, saßen noch im Speisesaal und steckten ihre Köpfe mit den gesträhnten schwarzen Mähnen eng zusammen. Die Gelegenheit für ein Schwätzchen mit Hannamaria war perfekt, ich brauchte bloß zu warten, bis sie ihre Auseinandersetzung mit dem Lehrer beendet hatte.

„Warte kurz“, flüsterte ich Jo zu.

Wir blieben zwei Meter entfernt stehen. Bald hörte ich, um was es ging. Hannamaria hatte einen Zahnarzttermin, wollte aber nicht alleine dorthin. Aber Lundström erlaubte nicht, dass Ebba oder Faduma sie begleiteten. Die beiden hatten schon viel zu oft gefehlt.

„Ich hasse den Zahnarzt!“, motzte Hannamaria. „Dann geh ich eben nicht hin und das ist dann Ihre Schuld. Meine Mutter wird stinksauer und sorgt dafür, dass Sie rausfliegen, Sie Diktator, Sie!“

Etwas Schlimmeres hätte sie nicht sagen können. Per Lundström mit seinem krausen kupferroten Haar und ebensolchem Bart sieht aus wie ein freundlicher Waldschrat. Meistens trägt er ausgebeulte Cordhosen, einen schwarzen Rolli und Strickweste. Die roten Flecken an seinem Hals verrieten, dass er gekränkt war.

Schnell trat ich ein paar Schritte vor.

„Ich kann mitkommen.“

Beide drehten sich erstaunt zu mir um. Ich bin nicht unbedingt als barmherzige Samariterin bekannt. Und definitiv nicht als eine von Hannamarias Freundinnen.

Jo warf mir saure Blicke zu.

Aber Hannamaria strahlte.

„Super!“, seufzte sie, bevor sie sich wieder Per Lundström zuwandte. „Oder wollen Sie es Svea auch verbieten?“

„Svea ist pünktlich und fleißig“, sagte Per Lundström. „Im Unterschied zu gewissen anderen.“

„Wann fahren wir?“, fragte ich schnell, bevor Hannamaria wieder anfangen konnte herumzumotzen.

„Jetzt.“

Ich grinste entschuldigend zu Jo hinüber und zog mit Hannamaria los. Sie fuhr sich durch ihre blondierten Strähnen und sandte mir ein schiefes Lächeln, während ich meine Mütze aufsetzte.

Hannamaria sieht älter aus als vierzehn und gehört zur coolsten und angesagtesten Clique der Klasse: Ebba, Faduma, Nilla, Viktor, Erik und Alexander. Die Jungs finden sie hübsch. In meinen Augen ist Jo hundertmal hübscher.

Jo und ich hängen nicht jedes Wochenende in Clubs und auf Partys herum, so wie diese Zicken mit Hannamaria an der Spitze. Ihre typischen SMS lauten ungefähr so: „Morgen steigt bei Ebba die geilste Party! Bitte, bitte, komm auch, sonst totale Kata!“ Dann kleistern sie sich so mit Schminke zu, dass ihr ganzes Gesicht aufplatzt, wenn sie lächeln.

So eine SMS kriege ich nie. Vielleicht tanze ich irgendwie peinlich, vielleicht sind meine Klamotten falsch, meine Haare, meine Schminke. Schätze, einfach alles an mir ist falsch.

„Gut, dass du deine Haare nicht mehr so trägst“, sagte Hannamaria unterwegs zum Bus.

„Wie?“

„Im Pferdeschwanz.“

Ich zuckte stumm die Schultern.

„Hat echt doof ausgesehen, irgendwie babymäßig“, fuhr sie kichernd fort.

Ich kicherte ebenfalls, obwohl ich am liebsten kehrtgemacht hätte. *Du falsches Luder*!

„Echt gut, dass du mitkommst“, plapperte Hannamaria unbekümmert weiter. „Zahnarzt ist das Letzte. Hinterher gehen wir Süßigkeiten kaufen, ja?“

„Klar.“

„Lädst du mich ein? Ich hab meine letzte Kohle für Kippen ausgegeben.“

„Ja klar“, versprach ich großzügig.

Als wir in den Bus stiegen, laberte sie darüber, wie sie sich ihre Haare schneiden lassen wollte und dass ich das auch tun müsste, aber natürlich nicht *genau* so wie sie, denn nachäffen sei ja der Abschuss.

Ich sagte „mhm“ und „genau“.

Vielleicht bildete sie sich ein, ich sei aus purer Freundschaft mitgekommen. Aber ich hatte Hintergedanken. Nur darum konnte ich ihr Geplapper und ihre giftigen Bosheiten ertragen. Ich lechzte nach Informationen über Simon. Und Hannamaria war dämlich genug, um ein Geheimnis nur aus Geltungsbedürfnis und Angeberei zu verraten.

„Was weißt du über Simon?“

Sie starrte mich an, als hätte ich gefragt, wer Anfang des siebzehnten Jahrhunderts schwedischer König gewesen sei oder etwas ähnlich Uninteressantes.

„Dieser Streber? Um den schert sich doch kein Mensch. Der sieht ja aus wie eine Ratte.“

„Hat er Geschwister oder Freunde?“

„Nein, bloß ein Kaninchen. Bist du in ihn verknallt?“

„Nein, in *ihn* bin ich nicht verknallt.“

„Hab ich mir doch gleich gedacht. Du stehst auf Linus, oder?“

„Na ja.“

„Der ist okay. Sieht auch gut aus. Simon ist eine Null. Von dem will niemand was wissen. Warum fragst du?“

„Ich dachte, ich hätte ihn mit ein paar älteren Jungs gesehen, und war überrascht, sonst nichts.“

Als sie mich mit schmalen Augen unter mascaraverklumpten Wimpern musterte, kam etwas Wachsames in ihren Blick. Ich sah sie ruhig an, worauf sie sich rasch zum Fenster umwandte.

„Mist, so viel Schnee!“, seufzte sie. „Ich sehne mich nach dem Frühling.“

Sie schien nicht über Simon reden zu wollen, also wechselte ich vorerst das Thema.

„Wart ihr in den Winterferien verreist?“

„Nein, meine Eltern, die kennen nichts als ihren Job. Und ihr?“

„Das Gleiche in Grün. Mein Vater hat gerade einen neuen Job angefangen und konnte nicht freinehmen. Wo machst du deine Schnupperlehre?“

„Im Restaurant.“

„Cool.“

„Nööö! Zwischen Essensresten rumhocken und verschimmeln! Bin fett neidisch auf Faduma. Die darf in einem Friseursalon jobben. Und Ebba in einer Boutique. Aber die haben natürlich Beziehungen. Und was machst du?“

„Hab einen Job bei H&M. Hat Mamas Freundin mir besorgt.“

„Wow."

Sie lächelte mich betrübt an. Ich beeilte mich, die Gelegenheit wahrzunehmen, solange ein gewisses Gemeinschaftsgefühl zwischen uns in der Luft hing.

„Ist Natalie in Elias verliebt?", fragte ich.

Sie starrte mich an, als hätte ich den Verstand verloren.

„Wenn, dann hat sie jedenfalls Pech. Der kann doch jede kriegen. Ehrlich gesagt glaube ich, er ist auf mich scharf."

„Echt?"

„Er hat mich schon ins Café eingeladen. Ich durfte mir aussuchen, was ich wollte. Und ein Geschenk hat er mir auch versprochen. Schmuck oder so was."

„Das klingt tatsächlich so, als wär er auf dich abgefahren."

„Ja, nicht wahr! Aber er kann sich's leisten. Ich sag bloß – seine fette Daunenjacke! Und hast du schon mal seine Uhr gesehen?"

„Wahrscheinlich sind seine Eltern ziemlich betucht?"

Sie zuckte leicht die Schultern, sagte aber nichts mehr.

Womöglich hatte sie kapiert, dass ich versuchte, sie auszuhorchen. Jedenfalls bildete ich mir ein, das sei die Ursache ihres plötzlichen Schweigens.

Der Bus hielt im Zentrum und wir stiegen aus.

Es würde noch mehr Gelegenheiten geben, Hannamaria auszufragen. Ich brauchte bloß abzuwarten, bis ihre Wachsamkeit wieder nachließ.

DONNERSTAG

Ich wachte davon auf, dass jemand mich anstarrte. Als ich die Augen aufschlug, stupste Wuff mich mit ihrer kalten Schnauze.

Ich schaute zwinkernd auf den Wecker. Erst Viertel nach sechs.

„Leg dich wieder hin", knurrte ich. „Der Wecker klingelt erst in einer Viertelstunde."

Ich wandte ihr den Rücken zu, aber Wuff presste ihre Schnauze gleich wieder in meinen Nacken.

„Ja, ja, ja", brummte ich.

Ich erhob mich widerstrebend. Wuff hüpfte auf den Fußboden hinunter und drehte sich vor Freude zweimal um ihre eigene Achse.

Ich zog die Thermohose und die Steppjacke über den Schlafanzug und drückte mir die Mütze auf den Kopf. Wir kamen in ein echtes Sauwetter hinaus. Es schneite wie verrückt und die Schneeflocken stoben in dem heftigen Wind durch die Luft.

Wuff lief vor zur Straße, hockte sich genau an unserer Grundstücksgrenze hin und flitzte dann zurück.

„Jetzt musst du noch eine Runde laufen, da hilft alles nichts", brummte ich. „Schließlich hast du mich ja aus den Federn gezerrt."

Es dauerte nur eine Minute, bis mein Missmut sich in Freude verwandelte. Linus kam im selben Moment mit Glöckchen heraus, als ich an seinem Haus vorbeiging. Er lächelte erfreut durch die tanzenden Schneeflocken, als er mich entdeckte.

„Wieso bist du so früh unterwegs?", fragte ich.

„Meine Mutter fährt nachher mit Glöckchen zum Schwimmtraining."

Ich schaute den stattlichen Rottweiler an. Glöckchen bewegte sich immer noch ein bisschen schwerfällig, als sie in Wuffs Spuren umherschnupperte.

„Es scheint ihr gutzutun."

„Zum Glück."

Auf den verlassenen Straßen mussten wir gegen den Wind und den wirbelnden Schnee ankämpfen. Aber wer fragt schon nach dem Wetter, wenn man mit jemandem unterwegs ist, den man gernhat! Ich fand alles nur spannend und aufregend. Als ich erzählte, wie Wuff mich geweckt hatte, lachte Linus.

Mein Herz klopfte. Ich liebte sein Lachen und seine Art, mich anzuschauen und mich anzulächeln, ja sogar seine Art, sich in der Kälte zu schnäuzen, liebte ich!

Ich hätte den ganzen Tag so weiterwandern können, doch die Hunde strebten wieder nach Hause. Und wir zwei mussten in die Schule.

Am liebsten wäre ich mit Linus zusammen hingefahren, traute mich aber nicht, ihn direkt zu fragen.

„Ist es nicht sehr anstrengend, im Schnee Fahrrad zu fahren?", sagte ich stattdessen.

„Alles Gewöhnungssache", meinte er.

Ich war enttäuscht. „Aber heute lasse ich das Fahrrad stehen", fügte er hinzu und deutete mit den Kopf auf den wirbelnden Schnee.

„Prima! Dann können wir vielleicht ..."

„... zusammen gehen", ergänzte er.

Gehen? Ich schluckte meine Enttäuschung. Aber von mir aus, umso mehr Minuten in seiner Gesellschaft! Ich hielt den Daumen hoch.

„Um zwanzig vor?"

Er nickte.

Ich duschte und frühstückte in Windeseile.

„Soll ich dich fahren?", fragte Papa.

„Ich gehe zu Fuß."

Papa sah nachdenklich in den Schneevorhang vor dem Fenster hinaus. Dann erhellte sich seine Miene.

„Aha, dein geheimes Training!"

„Ich glaube, es gibt andere Gründe", bemerkte Mama vielsagend und spähte nach draußen. „Er steht schon da und wartet auf dich."

„Wer?", wollte Papa wissen.

„Der Schneemann", sagte Mama.

Mehr hörte ich nicht, ich war bereits nach draußen unterwegs.

Gegen Nachmittag hatte sich das Schneegestöber ein wenig beruhigt. Es ging immer noch ein heftiger Wind, schneite aber nicht mehr. Jo und ich waren in den Pausen nicht im Freien gewesen – auch sonst niemand –, und ich sehnte mich nach frischer Luft. Die Stimmung im Klassenzimmer war schläfrig. Alle saßen über Matheaufgaben gebeugt an ihren Tischen. Ulf Bergman, unser staubtrockener Mathelehrer, saß am Pult und korrigierte Arbeiten.

Plötzlich stieß Hannamaria einen Schrei aus.

„Hiiilfe!"

Sie streckte einen zitternden Zeigefinger aus.

Auf dem Dach der Turnhalle stand eine dunkel gekleidete Gestalt.

„Das ist Natalie!"

„Hat die den Verstand verloren?"

„Will die etwa ... springen?"

„Wann ist die aus dem Zimmer gegangen?"

„Wie ist sie überhaupt da raufgekommen?"

Die ganze Klasse feuerte Fragen ab, die Bergman unmöglich beantworten konnte. Er versuchte es nicht einmal, sondern stürzte sofort hinaus, die ganze Klasse wie ein Schwanz hinterher.

Ein Strom von Schülern ergoss sich aus dem Schulgebäude. Das Gerücht hatte sich wie ein Lauffeuer verbreitet. Eine aus der Achten hatte einen Hirninfarkt gekriegt und war aufs Dach der Turnhalle geklettert.

Super Unterhaltung! Fast wie im Fernsehen.

Ich drehte mich um und hielt nach weiteren Lehrern Ausschau. Bergman stand ja bloß da und sperrte die Augen auf, genau wie wir Schüler. Irgendjemand müsste sich aufs Dach hinauftrauen und Natalie zum Runterkommen überreden. Ich habe zwar keine Höhenangst, aber die Vorstellung, auf ein glitschiges Dach zu klettern, war nicht unbedingt verlockend.

Plötzlich löste sich Elias aus der Gruppe der Neuntklässler. Er lief auf die Metalltreppe zu, die an der Wand der Turnhalle nach oben führte. Gleichzeitig kam Bjarne Lund aus dem Hauptgebäude gerannt. Jo und ich standen zu weit weg, wir konnten nicht hören, was sie sagten, aber aus ihren Gesten schloss ich, dass sie irgendwie gemeinsam versuchen wollten, Natalie herunterzuholen.

„Stell dir vor, sie fällt runter!", wimmerte Jo.

Ich nickte stumm und weigerte mich hinzuschauen. Dennoch blieb ich stehen. Genau wie all die andern. Wie Geier.

Natalie balancierte auf dem Dach und schaute zu den dunklen Wolken hinauf, die über den Himmel zogen. Solange sie nicht nach unten sah, konnte sie sich einbilden, sie stünde auf dem Boden, die Füße fest im weißen, frisch gefallenen Schnee verankert, anstatt auf dem rutschigen Dach der Turnhalle.

Sie holte ein paar Mal tief Luft und trat näher an die Kante heran. Bereits nach wenigen Treppenstufen hatten ihre Eingeweide rebelliert, aber sie war dennoch weiter nach oben gestiegen.

Sie hatte keine andere Wahl.

Seltsam. Ihr ganzes Leben lang hatte sie geglaubt, es genüge, brav und fleißig zu sein. Das alles hatte sich mit einem Schlag verändert. Ein einziges Gespräch – sie alleine gegen eine große Gruppe –, und ihr ganzes Leben war zerstört.

Sie fürchtete sich davor, auszurutschen oder vor Angst ohnmächtig zu werden und dann runterzufallen.

Dann würde sie sterben.

Aus dem Augenwinkel sah sie die Schüler unterhalb des Gebäudes, wie sie sich zu Grüppchen versammelten und nach oben spähten.

Ihre Quälgeister waren auch da. Sie sah ihre höhnisch lächelnden Gesichter und hätte am liebsten laut herausgeschrien, wer schuld daran sei, dass sie auf einem eisglatten Dach balancierte und vor Kälte und Angst am ganzen Leib zitterte.

Viele Schüler sahen erschrocken aus. Aber manche waren dabei, die sich zu wünschen schienen, dass sie fiel. Vielleicht würden sie dann den restlichen Tag freibekommen. Es würde eine Weile dauern, bis der Schulhof gesäubert wäre.

Aber ihr Tod würde das Leben in der Schule nicht verändern. Bereits nach einer Woche hätten alle sie vergessen.

Sie stand hier auf dem Dach, genau wie ihr befohlen worden war. Selbstverachtung vermischte sich mit Angst. Es war ein teuflischer Plan.

Sie hörte, wie jemand zu ihr nach oben kam und mit beruhigender Stimme auf sie einredete. Es war Bjarne Lund.

Schon wollten die Tränen hochsteigen, aber sie wischte sie schnell weg. Nur nicht zusammenbrechen. Sie musste durchhalten. Und schweigen.

Natalie war von Elias und Bjarne Lund heruntergebracht worden. Ruhe und Langweile waren wieder eingekehrt.

Nach außen hin.

Aber in den Schulkorridoren summte es. Bjarne Lund und Elias wurden als die Helden des Tages gefeiert, man klopfte ihnen immer wieder herzlich auf die Schultern.

Ich empfand eine nagende Unruhe. Ein Mädchen wie Natalie kletterte nicht ohne Grund auf das Dach der Turnhalle. Was hatte sie dort vorgehabt? War sie wirklich so unglücklich in Elias verliebt, dass sie einfach alles tat, um seine Aufmerksamkeit zu erregen?

Die Mädchen in meiner Klasse konnten Elias heldenhaften Einsatz nicht genug rühmen. Seltsamerweise hielt Hannamaria den Mund. Aber vielleicht war sie ja eifersüchtig.

Wirklich?

Auf die blasse Natalie?

Simon, der mich wie die Pest gemieden hatte, setzte sich überraschenderweise hinter mich, als wir zur letzten Stunde ins Klassenzimmer gingen. Ich hielt das für ein Zeichen, dass er mit mir reden wollte, aber er sagte nichts.

Lundström legte los. Aus unerfindlichen Gründen hielt er es für sinnvoll, uns den Unterschied zwischen UN und EU zu erläutern. Ich hatte meinen Wissensdurst für den Tag gestillt und widmete mich wichtigeren Dingen.

Meinem Tagebuch.

Ab und zu hob ich den Kopf, sah Lundström an und tat so, als würde ich zuhören.

„... die Vereinten Nationen haben viel von ihrer Macht verloren, weil ihre Hauptmitglieder ihr Vetorecht ausüben, obwohl gleichzeitig ausgerechnet zwischen diesen Ländern Konflikte und Zusammenarbeitsprobleme bestehen. Ein Beispiel ist der USA/Irak-Konflikt ..."

Gäähn.

Übrigens, was Konflikte betrifft, liebes Tagebuch ...

Ich schrieb mit Feuereifer, die Zungenspitze im Mundwinkel, hatte schon Natalies waghalsige Klettertour geschildert und war zu meinem nicht vorhandenen Liebesleben hinübergeglitten, als ich spürte, dass mir jemand in den Nacken schnaubte, genau wie Wuff es immer zu tun pflegt.

„Was hat er über den Irak gesagt?", flüsterte Simon.

„Weiß ich nicht."

„Aber du hast es doch aufgeschrieben?"

„Nja."

„Was schreibst du denn da?"

„Nichts."

Ich bedeckte den Text schnell mit den Händen, falls er auf die Idee kommen sollte, heimlich zu spicken. Er hatte sich von meinem fleißig kritzelnden Stift täuschen lassen.

„Zeig her!"

Per Lundström leierte weiter:

„... die immer engere Zusammenarbeit der EU-Länder vergrößert die Möglichkeit für ein starkes Europa mit Freihandel ..."

Da machte Simon etwas, auf das ich nicht vorbereitet war. Er beugte sich blitzschnell vor und schnappte sich mein Tagebuch.

„Lass das!", schrie ich.

Lundström zuckte sichtbar zusammen. Er schien zu glauben, ich hätte ihn gemeint.

„Gib her!"

Ich fuhr auf Simon los, aber er beugte sich nach hinten, mein Tagebuch hoch überm Kopf.

„Svea und Simon!", herrschte Lundström uns an. „Was treibt ihr da eigentlich!"

„Ich wollte mir bloß Sveas Notizen ausleihen", verteidigte sich Simon.

„Ja, ich habe bemerkt, dass du fleißig mitschreibst", sagte Lundström und nickte mir zufrieden zu. „Dürfen wir mal hören, was du geschrieben hast?"

„Nein!", brüllte ich.

„... ob er mich wohl genauso gernhat wie ich ihn", las Simon laut vor.

Ich warf mich auf ihn. Im selben Moment packte Micke meine Arme und hielt mich auf meinem Platz fest, während Simon weiterlas:

„Ich bin so verliebt ..."

„Hööör aauf!"

Ich war außer mir und wand mich in Mickes eisernem Griff, während die ganze Klasse uns anstarrte. Es war so peinlich, dass ich am liebsten gestorben wäre!

„Hör auf damit, Simon!", befahl Per Lundström. „Und Micke, du lässt ..."

Im selben Moment holte ich tief Luft, spannte die Muskeln an und rammte Micke meinen Ellenbogen an den Kopf.

Er ließ mich sofort los.

„Auuu! Spinnst du?!"

Micke war mir egal. Ich warf mich auf Simon und riss ihm mein Tagebuch aus den Händen.

„Du stinkende, ekelhafte, miese Ratte", stieß ich zischend zwischen den Zähnen hervor, wie im Film. „Weißt du überhaupt, was für ein Loser du bist! Das hier wirst du mir büßen!"

Micke hob besänftigend die Hände.

„Simon hat doch bloß Spaß gemacht. Wo bleibt dein Humor?"

Ich keuchte heftig, ohne Simon aus den Augen zu lassen.

„Das wirst du noch bereuen! Warte nur!"

„Beruhige dich erst mal, Svea", sagte Lundström. „Das war dumm von Simon, aber jetzt machen wir weiter. Wie gesagt ..."

Ich sah und hörte nichts mehr.

Ich saß nur da und hasste Simon.

Simon hatte sein Handy ausgeschaltet. So brauchte er wenigstens das Piepsen nicht zu hören, das ihm regelmäßig mitteilte, er habe eine neue SMS erhalten. Eine SMS, in der stand, was für ein Scheißkerl er sei. Ein Scheißkerl, der es nicht wert sei, weiterzuleben, wenn er nicht tat, was sie sagten.

Mit den SMS-Nachrichten hatte alles angefangen. Dann kamen die aufdringlichen Blicke. Er wurde auf dem Schulhof angestarrt, wohin er auch ging. Sie beobachteten jeden Schritt, den er machte.

Zum Schluss war er kurz davor durchzudrehen. Er wusste nicht, was er tun sollte. Niemand sonst merkte etwas. Sie rührten ihn nicht an, kamen nicht einmal in seine Nähe.

Sie starrten bloß.

Ein seltenes Mal, wenn die Pausenaufsicht durch irgendein Problem abgelenkt war, umringten sie ihn plötzlich. Wie eine menschliche Mauer. Er hatte keine Chance, ihnen zu entkommen.

Sie begnügten sich nicht damit, ihn nur in der Schule zu bewachen. Bald standen sie wie dunkle, drohende Schatten auch vor seinem Haus.

Er hatte die Jalousien heruntergelassen, hatte zitternd im Dunkeln gesessen, konnte an nichts anderes mehr denken als an die stummen, drohenden Gestalten. Als sie dann begannen, Forderungen zu stellen, hatte er nichts anderes gewagt, als ihnen zu gehorchen. Aber es wurde nur noch schlimmer.

Heute erwarteten sie ihn, als er von der Schule nach Hause kam, und zwangen ihn, sie ins Haus zu lassen. Sie wussten natürlich, dass er allein zu Hause war.

Ein paar hielten ihn fest, andere suchten. Er glaubte, sie würden den PC und den DVD-Player mitnehmen, Geld und den Schmuck seiner Mutter, als Strafe, weil es ihm nicht gelungen war, noch einmal in Frau Asps Haus einzudringen. Seine Mutter hatte dafür gesorgt, dass das Fenster repariert wurde, nachdem Svea dort hineingeklettert war.

Diese verdammte Svea, die sich in alles einmischen musste!

Den Tränen nahe überlegte er schon, wie er seinen Eltern das Verschwinden dieser Sachen erklären sollte. Sie würden durchdrehen.

Aber seine Quälgeister hatten nicht die Kostbarkeiten der Familie angeschleppt.

Nein, viel, viel schlimmer.

Sie kamen mit seinem Kaninchen.

Stampe baumelte kopfüber an den Hinterpfoten, die einer von ihnen mit festem Griff gepackt hielt. Seine großen braunen Augen waren vor Entsetzen weit aufgerissen. Er wand sich in dem Versuch, sich zu befreien. Sie wieherten laut wie über einen Witz. Sie machten sich über den hilflosen Kampf des Tieres lustig und spotteten darüber, dass Simon ein solches Haustier hatte. Einer von ihnen zog das Kaninchen fest an den langen Ohren. Es stieß einen schrillen Jammerlaut aus.

Im selben Moment sah Simon das Messer. Es war lang und scharf.

Sein Schrei hallte wie ein Echo auf das Aufheulen des Kaninchens durchs Zimmer.

„Neein!"

Er schrie und schluchzte. In Erinnerung an das grauenhafte Foto flehte er weinend um Stampes Leben, versprach, alles zu tun, einfach alles!

Die folgenden Sekunden waren endlos lang. Simon weinte mit offenem Mund.

Schließlich nickte einer von ihnen. Stampe fiel mit den Vorderpfoten voraus auf den Boden und hoppelte taumelnd in die Küche, um Schutz zu suchen.

Aber noch war es nicht vorbei. Das begriff Simon in dem Augenblick, als sie ihn umringten. Einer von ihnen trat vor und schlug zu.

Simon ertrug den Schlag, ohne zu schreien, ohne einen einzigen Laut von sich zu geben, obwohl es höllisch wehtat. Etwas Warmes rann ihm über die Stirn und ließ die drohenden Gestalten um ihn herum verschwimmen.

Als sie gegangen waren, setzte er sich mit tropfender Nase auf den Stuhl in der Diele und wischte sich das Blut mit dem Handrücken ab. Das eiskalte Entsetzen steckte wie ein Kloß, der nicht schmelzen wollte, noch in ihm.

Erst als er Stampe in der Küche rascheln hörte, vergaß er seine eigene Angst und ging hin. Das Kaninchen hatte sich hinter einem Schrank versteckt. Simon versuchte es hervorzulocken, aber Stampe hatte noch einen Schock und würde sich wohl erst Stunden später wieder hervortrauen.

Simon wünschte, er könnte die Schule wechseln, in eine andere Stadt fliehen. Aber das war nicht so einfach.

Ihm fiel keine Möglichkeit ein, ihnen zu entkommen.

Es blieb ihm nichts anderes übrig, als Sekunden, Minuten, Stunden und Tage zu durchleiden. Und das zu tun, was sie verlangten.

Vielleicht würde es irgendwann einmal ein Ende nehmen.

Doch so weit in die Zukunft konnte er nicht denken.

FREITAG

Zur allgemeinen Verwunderung kam Natalie am folgenden Tag in die Schule. Warum sie überhaupt auf das Dach geklettert war, würde vermutlich ein Rätsel bleiben. Plötzlich beanspruchte ein neuer Vorfall die allgemeine Aufmerksamkeit.

Simon kam mit einem leuchtend blauen Veilchen ins Klassenzimmer. Er sah richtig übel zugerichtet aus.

Die Schadenfreude blubberte in mir hoch. Zum zweiten Mal hatte der Engel der Rache meine Partei ergriffen.

Aber nach der ersten Stunde wurde mir klar, dass hinter meinem Rücken getuschelt wurde und die anderen mich seltsam ansahen.

Irgendwie ängstlich.

Als wäre ich die Schuldige!

Meine Freude verwandelte sich in Sorge.

„Glauben die etwa, *ich* hätte Simon geschlagen?", fragte ich Jo.

„Wahrscheinlich."

„Und warum?"

„Einfache Rechnung. Du hast geschworen, dich zu rächen. Irgendjemand hat Simon vermöbelt. Tädärätääää!"

Sie machte eine Geste, als hätte sie ein Kaninchen aus ihrer Jeanstasche gezaubert.

Ich starrte düster vor mich hin. Ich war eine Brandstifterin. Eine Diebin. Und außerdem verprügelte ich andere Leute.

In der großen Pause verzog ich mich auf die Toilette. Ich wollte ungestört sein und mich in aller Ruhe selbst bemitleiden. Auf dem Klodeckel hockend grübelte ich in einer der Kabinen darüber, wie ich mich von diesen Verdächtigungen reinwaschen könnte.

Da kam jemand herein. Ich hörte zwei Mädchen aufgeregt aufeinander einreden.

„... unglaublich. Voll krank."

„Sag ich doch."

„Total übertrieben, aber ehrlich."

„Aber warum ist sie denn so stinkig geworden?"

„Er hat aus ihrem Tagebuch vorgelesen."

Mir wurde ganz kalt.

Redeten sie etwa über ... mich?

„Das war natürlich echt fies, aber deswegen schlägt man doch nicht gleich zu!"

„Voll krass, so was. Glaubst du, sie hat ...?"

Zu einer Fortsetzung kam es nicht. Ich lehnte mich an die Tür, die Tür ging auf und ich kippte heraus.

Was sagt man in so einer Situation?

Wenn man vom Teufel spricht? Oder *Hoppla*?

Ich kam weder dazu, das eine, noch, das andere zu sagen. Die Mädchen starrten mich mit großen Augen an, während sie schleunigst den Rückzug antraten.

„Aber hallo! Ich hab doch nicht ..."

Ich stürzte hinter ihnen her, doch sie waren wie zwei Rennläuferinnen davongesprintet und schon über alle Berge.

Dampfend vor Wut machte ich mich auf die Suche nach Simon. Der Schulhof war voller eifrig redender Grüppchen. Nur Simon stand ein paar Meter entfernt allein da und starrte mich feindselig an, als ich angetrabt kam.

„Du bist ja total krank!", schrie ich schon von Weitem.

„Musst ausgerechnet du sagen!", konterte Simon und deutete auf sein übel zugerichtetes Gesicht.

„Du lügst!"

Er sah sich verstohlen um. Alle auf dem Schulhof spitzten neugierig die Ohren.

„Klar hast du mich geschlagen", murmelte er, ohne meinem Blick zu begegnen.

In mir begann es wieder zu brodeln. Wir wussten beide, dass er log.

„Was soll dieses beschissene Geschwätz!"

Ich trat einen Schritt auf Simon zu, der nach hinten hüpfte, offensichtlich aus Angst vor mir.

„Meine Mutter wird dich anzeigen!", teilte er mit.

Er drehte sich um und begann schnell auf das Schulhaus zuzugehen.

Ich schoss mit einem Satz vor und streckte einen Arm aus, um ihn aufzuhalten.

Ein paar Jungs aus der Neunten kamen zu uns hergerannt. Ich wurde von starken Armen gepackt und festgehalten.

„Hör auf!", sagte Elias. „Hast du nicht schon genug angerichtet?"

„Aber ich hab doch gar nichts getan!", schrie ich wütend.

Jo kam hergerannt. Mit glühenden braunen Augen deutete sie mit dem Zeigefinger auf Elias.

„Lass sie los!"

Elias stand hinter mir, ich konnte sein Gesicht nicht sehen. Eingeschüchtert war er wohl kaum, aber immerhin lockerte er seinen Griff.

Der Tumult lockte auch Lundström und den Rektor her.

„Alles in Ordnung?", fragte Lundström mit einem scharfen Blick auf mich.

„Ja, ja", antwortete Elias schnell. „Kein Problem. Wir haben die Sache geklärt."

Die Erwachsenen nickten ihm zufrieden zu. In meinen Augen war Elias ein verlogener Typ. Simon interessierte ihn kein bisschen. Er war nur darauf aus, seine eigenen Noten aufzubessern. Elias hat sich bei einem Sportgymnasium beworben und jetzt hatte er natürlich zusätzliche Punkte eingeheimst.

Ich dagegen kaum.

Mitten im Englischunterricht wurden wir vom Räuspern des Rektors unterbrochen. Die meisten von uns hüpften erschrocken hoch, bevor sich Gekicher im Klassenzimmer ausbreitete. Der Rektor hatte immer noch nicht gelernt, wie die Lautsprecheranlage funktioniert.

Schließlich gelang es ihm, die Lautstärke herunterzuschrauben und – „aus gegebenem Anlass" – eine knisternde Brandrede darüber zu halten, dass an unserer Schule für Mobbing eine Null-Toleranz-Politik gelte. Es sei feige, über seine Mitschüler herzufallen. Streitigkeiten sollten mit Worten ausgetragen werden, nicht mit Fäusten.

Mir steckte das Herz wie ein Kloß im Hals. Ich spürte die Blicke der anderen. In ihren Augen war ich eine feige Person, die einen Klassenkameraden gemobbt und misshandelt hatte.

Ich wollte aufstehen und brüllen, dass ich unschuldig sei. Stattdessen blieb ich sitzen, wandte mein flammend rotes Gesicht dem Fenster zu und wünschte, der Rektor würde seine Rede endlich beenden.

Doch das tat er nicht.

„Während des gestrigen Tumults auf dem Schulhof sind aus den unverschlossenen und unbewachten Klassenzimmern die Wertsachen mehrerer Schüler entwendet worden. Handys, Geldbeutel und Taschenrechner sind verschwunden. Das ist äußerst bedauerlich! Aber leider gibt es Menschen, die das Unglück anderer ausnützen, um ausgerechnet jene zu bestehlen, die eine helfende Hand anbieten. Auch bei Autounfällen und Bränden ist dies häufig zu beobachten."

Die meisten Schüler hatten zwar nur gaffend dagestanden, anstatt Natalie eine helfende Hand anzubieten, aber niemand protestierte gegen seine Darstellung.

„Alle, die bestohlen worden sind, melden sich bitte beim Klassenlehrer oder bei mir. Wir werden eine gemeinsame Anzeige erstatten. Und wer die Schuldigen vielleicht kennt, möge bedenken, dass es die eigenen Mitschüler sind, die betroffen wurden! Nicht die Diebe müssen beschützt werden, sondern deren Opfer!"

Wenigstens in diesem Fall konnte niemand mich beschuldigen. Ich hatte inmitten der anderen auf dem Schulhof gestanden.

„Krass", sagte Jo. „Alexander ist seinen Taschenrechner losgeworden."

Aber ich musste daran denken, dass es ein merkwürdiges Zusammentreffen war. Natalie auf dem Dach. Und gleichzeitig diese Diebstähle.

War das wirklich ein Zufall?

Mama und ich hatten gerade den Tisch nach dem Abendessen abgeräumt, als es an der Tür klingelte.

„Das ist Papa", sagte ich. „Er hat mir eine SMS geschickt, dass er seine Schlüssel vergessen hat."

Mama kicherte.

„Dann weiß ich was!"

Wuff lief bellend in die Diele und Mama kam hinterher. Sie schob den Riegel zurück, öffnete aber nur einen kleinen Spaltbreit, damit Wuff die Tür mit der Schnauze aufstoßen konnte. Als Wuff sich hinausstürzte, begann Mama auf und ab zu hüpfen und mit dem Hund um die Wette zu bellen.

„Wau, wau, wau, hahaha!"

Ich hielt mich würdevoll abseits und schüttelte den Kopf.

Manchmal ist sie echt zu verrückt.

Die fremde Frau, die vor unserer Tür stand, fand das bestimmt auch.

Sie zuckte zusammen und trat ein paar Schritte zurück, während ihr Blick zwischen Mama und Wuff hin und her fuhr. Sie schien sich zu fragen, wer von beiden wohl am gefährlichsten sei.

Mama erstarrte.

„Ääh ... ich dachte ... es sei ... mein Mann", stammelte sie errötend.

„Aha", sagte die Frau höflich.

Es gelang ihr, ein Gesicht zu machen, als wäre Mamas albernes Gehüpfe daher das Natürlichste auf der Welt.

„Darf ich kurz reinkommen?", fuhr sie fort. „Es gibt da etwas ... Nun, ich nehme an, Sie sind Sveas Mutter?"

„Ja", sagte Mama. „Wuff!"

Das Letztere galt Wuff, die ihre neugierige Schnauze in die Tasche der Frau gesteckt hatte.

Die Frau sah Mama jetzt doch recht bekümmert an.

Aber Mama trat höflich zur Seite.

„Bitte sehr."

Die Frau blieb zögernd in der Türöffnung stehen. Erst als sie mich sah, lächelte sie erleichtert und wagte das Irrenhaus zu betreten.

Mama hatte keine Ahnung, wen sie da hereinließ, aber ich erkannte die Nachbarin von Frau Asp sofort. Die Frau, die damit gedroht hatte, sich wieder zu melden. Jetzt war sie also hier.

Ich bereute es bitterlich, dass ich Mama nicht schon früher von den Ereignissen bei Frau Asp erzählt hatte. Jetzt würde sie die Wahrheit von einer Fremden in Gesicht geschleudert bekommen.

„Wer ...?“

Mama wurde durch ein Klopfen an der Tür unterbrochen.

Wuff begann wieder zu bellen.

Mama öffnete die Tür einen Spalt weit.

„*Klopfeliklopf, wer steht da vor der Tür?*“, sang Papas Stimme draußen auf der Haustreppe munter und laut, um das Gebell zu übertönen.

„Wuff!“, herrschte Mama den Hund an.

„*Huhuu, ich bin's, Janne ...*“

Papa streckte den Kopf fröhlich grinsend durch die Türöffnung. Sein munterer Gesang verstummte jäh, als er die fremde Frau erblickte.

„Tja ... hrm“, räusperte er sich verlegen.

Dann sandte er Mama einen flehenden Blick.

„Das hier ist mein Mann“, sagte Mama.

„Ich verstehe“, sagte die Frau.

„Und Janne, dies ist ... ja, tut mir leid ...?“

„Mein Name ist Rakel Haage. Mein Sohn Simon und Svea besuchen dieselbe Klasse.“

Simons Mutter!

„Aha?“, sagte Mama.

„Wir haben uns wahrscheinlich noch nicht kennengelernt. Meistens nimmt Simons Vater an Elternabenden und Abschlussfeiern teil. Meine eigenen Arbeitszeiten sind ziemlich unregelmäßig ...“

„Entschuldigung“, unterbrach Mama sie. „Möchten Sie nicht hereinkommen? Ich wollte mir gerade einen Kaffee machen. Vielleicht darf ich Ihnen auch einen anbieten?“

Simons Mutter nickte knapp.

Papa hatte immer noch rote Flecken am Hals. „Ich sorge für den Kaffee“, sagte er schnell.

Mama ging voraus ins Wohnzimmer. Sie setzte sich aufs Sofa und Simons Mutter ließ sich auf dem Sessel gegenüber nieder. Wuff umkreiste die Fremde voller Neugier, bis Mama den Hund zu sich lockte.

Ich hing in der Türöffnung herum, voller böser Vorahnungen.

Papa, ein Tablett mit Kaffee, Gebäck und einem Glas Saft für mich in den Händen, drängte sich an mir vorbei.

„Bitte sehr", sagte er, nachdem er eingeschenkt hatte.

Ich schleppte mich widerstrebend ins Zimmer und setzte mich so weit wie möglich von Frau Haage entfernt auf einen Stuhl.

Sie trank einen Schluck aus ihrer Tasse und stellte sie dann wieder ab.

„Leider habe ich ein unerfreuliches Anliegen", begann sie. „Es geht um Svea."

Alle drei starrten mich an, als wäre ich irgendein seltsames Tier.

„Sie hat Simon geschlagen."

„Neein!", riefen Mama, Papa und ich wie aus einem Mund.

„Leider doch. Simon ist gestern grün und blau geschlagen worden. Er weigert sich natürlich zu verraten, wer ihn so misshandelt hat, nun, Sie wissen ja, Teenager. Man bringt kein Wort aus ihnen heraus."

Mama und Papa warfen sich einen leicht verwunderten Blick zu, doch Frau Haage schien das nicht zu bemerken.

„Schließlich habe ich Per Lundström, den Klassenlehrer, angerufen", fuhr sie fort. „Und er hat mir erzählt, dass Svea in der letzten Woche einen Streit mit Simon hatte. Erst als ich Simon ohne Umschweife danach fragte, ist er zusammengebrochen und hat es gestanden."

„Er lügt!", schrie ich.

„Du hast doch gesehen, wie er zugerichtet war?"

„Ja, aber das war nicht ich!"

„Habt ihr denn tatsächlich einen Streit gehabt?", wollte Papa wissen.

Ich überlegte. Klar, so konnte man es natürlich auffassen.

„Na ja, wir haben uns ein bisschen gekabbelt."

„Du hast ihm anscheinend mitten im Unterricht gedroht", flocht Frau Haage ein.

„Er hatte mir mein Tagebuch weggenommen!"

„Und dann hast du einem Jungen, der Micke heißt, ins Gesicht geschlagen."

„Er hat mich festgehalten!"

„Ja, weil du sonst schon in diesem Moment über Simon hergefallen wärst!"

Auf Papas Stirn waren mehrere Sorgenfalten aufgetaucht.

„Es kann doch vorkommen, dass die jungen Leute Meinungsverschiedenheiten haben", sagte er in einem Versuch, das Ganze abzuschwächen.

„Und hallo! Als Simon nach der Schule nach Hause ging, war er total okay!"

Frau Haage sah mich skeptisch an und schien mir kein einziges Wort zu glauben.

„Und dann ist da noch diese Sache mit Frau Asp", sagte sie.

Mama fuhr zusammen.

„Frau Asp?"

„Meine Nachbarin, eine alte Dame."

„Hat Svea die etwa auch ... geschlagen?"

„Ich hab überhaupt niemanden geschlagen!"

Ich stand auf und schleuderte mörderische Blicke auf alle drei. In diesem Augenblick sah ich wahrscheinlich so aus, als könnte ich jedem von ihnen eine schmieren.

„Nein, nein, aber Frau Asp war völlig aufgelöst. Kein Wunder. Die arme alte Frau! Nun, wenn man jung und töricht ist, begeht man eben manche Dummheit. Das müssen Sie doch zugeben ...?"

Simons Mutter war so sehr damit beschäftigt, mich einer Missetat nach der anderen zu beschuldigen, dass sie nicht auf Wuff achtete. Mama tat das dagegen umso mehr. Wuff hatte sich immer näher an das Gebäckstück von Simons Mutter herangeschlichen, das in verführerischer Nachbarschaft zu ihrer Schnauze auf dem Tisch lag.

„Nein!", herrschte Mama sie an.

Offenbar war das nicht die Antwort, die Frau Haage erwartet hatte. Sie sah Mama erstaunt an.

Wenn ich nicht so wütend gewesen wäre, hätte ich es echt komisch gefunden.

Frau Haage setzte zu einem neuen Versuch an:

„Na ja, man kann natürlich geteilter Meinung sein, aber dass Schmuck und andere Gegenstände aus Frau Asps Haus verschwunden sind, ist wirklich empörend!"

In ihrem Eifer, zu Ende reden zu dürfen, ohne wieder von meiner Mutter unterbrochen zu werden, stolperte sie fast über die Worte.

„Was denn für Gegenstände?", erkundigte sich Papa.

„Unter anderem Goldschmuck mit echten Perlen. Und eine kleine Figur aus der Goldschmiedewerkstatt von Fabergé. Sie ist sehr wertvoll, obwohl sie komischerweise einen Affen darstellt."

Mama sah nichts Komisches darin und fragte auch nicht, wer Fabergé sei.

„Wollen Sie behaupten, Svea habe diese Sachen gestohlen?"

Mamas Stimme klang ruhig, aber ihr Blick auf unseren ungeladenen Gast war fast hasserfüllt.

Frau Haage seufzte.

„Jedenfalls hat Svea Frau Asps Kellerfenster eingeschlagen und ist unerlaubt ins Haus geklettert. Ich habe sie mit eigenen Augen bei Frau Asp gesehen. Ach ja, übrigens, du hast deine Handschuhe vergessen."

Sie kramte meine Handschuhe aus ihrer Tasche und legte sie auf den Tisch.

„Was *um alles in der Welt* hast du dort gemacht?"

Wuff hielt schon wieder auf das Gebäckstück zu, aber Mamas strenge Stimme ließ sie zurückweichen.

„Das war nicht ich", versuchte ich zu erklären. „Ein paar Jungs hatten am Tag vorher die Tannenhecke der Alten angesteckt und ihr Fenster eingeschlagen."

„Und warum bist du rein ins Haus?"

„Ich wollte nachschauen, ob ihr nichts fehlt."

„Aber", wandte Frau Haage fast triumphierend ein, „das Feuer in der Hecke war ja am Montag, und ich habe dich am Dienstag bei Frau Asp gesehen."

„Schon, aber ..."

Mama unterbrach mich.

„Warum hast du nicht an der Tür geklingelt, wie normale Leute?"

Frau Haages Mundwinkel zuckten. Bestimmt dachte sie an den eigenartigen Empfang, den sie hier bei uns erhalten hatte.

Aber ich fühlte mich in die Enge getrieben. Gleichzeitig war ich immer noch stinkwütend. Wie konnten meine Eltern diesen Lügengeschichten nur glauben?

„Wie gesagt, es ist leicht, der Versuchung nachzugeben", sagte Frau Haage.

„Ich weiß noch, als ich klein war, da hab ich im Laden einen Lolli gestohlen", sagte Mama. „Er lag direkt vor meinen Augen, und als die Verkäuferin sich umdrehte, schnappte ich ihn mir."

„Ich hab einen Fußball gestohlen", gestand Papa. „Ich weiß noch, wie schwierig es war, ihn hinterm Rücken zu verstecken, als ich das Sportgeschäft verlassen wollte. Aber so etwas passiert eben im jugendlichen Unverstand."

Ich selbst habe auch schon Süßigkeiten geklaut. Aber jetzt war nicht von Süßigkeiten die Rede oder von einem Ball. Es handelte sich um verschwundenen Goldschmuck und andere wertvolle Sachen. Ich erinnerte mich an den hässlichen Affen. Und den hatte ich nicht mitgenommen, der hatte mich kein bisschen verlockt.

„Frau Asp ist total durch den Wind, und trotzdem ... trotzdem ... glaubt ihr lieber ihr als mir!"

Vor lauter Zorn brachte ich meine Worte nur stoßweise heraus.

„Du musst zugeben, dass es seltsam ist", sagte Frau Haage anklagend. „Jedes Mal, wenn etwas los ist, bist du zur Stelle, aber trotzdem angeblich vollkommen unschuldig!"

Ich wollte weinen und schreien und einfach wegrennen. Dennoch blieb ich sitzen, verstummt und erstarrt. Sie kapierten nicht, wie verletzt ich war.

Frau Haage musterte kurz ihre fast unberührte Kaffeetasse und tastete zerstreut nach ihrem Gebäck. Doch das hatte Wuff verschlungen. Mama hatte andere Sorgen als einen Kuchendieb.

Sie saß da und starrte mich an.

„Das hätte ich nie ... von dir erwartet."

Mit einem Beben in der Stimme.

„Ich will ja nicht aufdringlich sein", sagte Frau Haage, „aber dürfte ich vielleicht einen Blick in Sveas Schultasche werfen? Einfach sicherheitshalber."

Und da kam es.

Die Worte pressten sich aus mir heraus. Ich schaffte es nicht, höflich zu einer Person zu sein, die mich in meinem eigenen Zuhause verdächtigte und meine Eltern mitzog.

„Ihr seid ja alle total durchgeknallt!"

Wütend stampfte ich die Treppe zu meinem Zimmer nach oben, schlug die Tür mit lautem Krachen zu und drehte den Schlüssel um, bevor ich mich aufs Bett warf. Schluchzend und wimmernd heulte ich meinen Zorn in die weiche Kissenfüllung. Ich hasste meine Eltern. Und Simons beschissene Scheißmutter. Und Frau Asp, die nichts als Watte im Kopf hatte. Und Simon, diesen Lügner.

Simons Mutter und meine Eltern wollten doch tatsächlich meine Tasche durchwühlen! Am liebsten wohl auch noch in meinem ganzen Zimmer herumschnüffeln! Die mit ihrem verständnisvollen Gehabe! Jeder kann einen Fehler machen! Jetzt erwarteten sie natürlich, dass ich meine Fehler gestand und alles wiedergutmachte.

Wenn ich Simon tatsächlich eine geschmiert und Frau Asps Sachen geklaut hätte, wäre das einfach gewesen. Dann hätte ich mich entschuldigen und die Sache aus der Welt schaffen können.

Aber so war es ja nicht.

Und was macht man dann?

Mama und Papa klopften im Laufe des Abends immer wieder an meine Tür. Sie versuchten mich sogar zum Öffnen zu bewegen, indem sie Wuff an die Tür scharren ließen.

Echt billiger Trick!

Ich schleuderte meine Schultasche an die Wand.

Hier habt ihr meine verdammte Scheißtasche! Von mir aus könnt ihr sie durchwühlen.

Bücher und Stifte flogen über den Boden, doch das war mir egal. Ich setzte Kopfhörer auf und ließ Big FM alle anderen Geräusche ertränken.

Wuff durfte erst herein, als ich ganz sicher war, dass sie allein vor der Tür stand. Ich lag in der Dunkelheit, presste mein Gesicht in ihr weiches Fell und suchte Trost in ihrer Wärme.

Zwar hab ich schon eine Menge Blödsinn gemacht und die Erinnerung daran werde ich auch immer mit mir herumschleppen müssen. Aber ich hatte nicht vor, für die Fehler von jemand anderem den Kopf hinzuhalten.

Es gab nur eins, was ich tun konnte – die Wahrheit herausfinden.

SAMSTAG

Meine Eltern schliefen noch, als ich aufwachte. Ich selbst hatte miserabel geschlafen und war schlecht gelaunt.

Ich schlich mich leise ins Klo und huschte dann wieder in mein Zimmer. Meine Bücher und Hefte lagen nach meinem gestrigen Ausbruch immer noch auf dem Fußboden verstreut. Ich bückte mich, um sie zusammenzuscharren, als ich etwas erblickte.

Eine kleine Plastiktüte. In der Tüte lag ein Paar Ohrringe. Kleine Perlohrringe.

Mir fiel ein, was Simons Mutter über den Schmuck gesagt hatte, der verschwunden war.

Gold und Perlen.

Was hatten die auf meinem Fußboden zu suchen?

Jemand musste sie mir in die Tasche gesteckt haben.

Aber wer?

Wann?

Und warum?

Wenn Simons Mutter tatsächlich meine Tasche durchwühlt hätte, dann hätte sie die Ohrringe gefunden!

Aber gehörten die wirklich Frau Asp?

Schnell schmuggelte ich die kleine Tüte in meine Schreibtischschublade und ging dann mit Wuff hinaus.

Die Wettergötter taten ihr Bestes, um mir neue Kräfte zu verleihen. Die Sonne zeigte sich vorerst nur als Röte am Horizont. Die Luft war frisch und mild. Ich umrundete das Haus, lief direkt in den Wald und den steilen Hang hinunter. Dort, unterhalb des Abhangs, ganz in der Nähe des verwunschenen kleinen Sees, war meine Klassenkameradin Mikaela tot aufgefunden worden. Seither hatte ich diese Gegend gemieden, es war, als hätte der Wald sie umgebracht, aber jetzt, als mein eigenes Leben ein einziges Durcheinander war, fühlte ich das Bedürfnis, meiner Angst zu trotzen, mich selbst am Kragen zu packen und mich daran zu erinnern, wie herrlich es ist, am Leben zu sein.

Trotz allem.

Ich folgte dem ausgetretenen Pfad. Wuff durfte frei laufen. Kurz versuchte sie, einen seitlichen Abstecher zu machen, versank dabei aber tief in den Schneewehen und arbeitete sich rasch zurück zum Pfad.

Ohne Eile stapfte ich durch den Schnee, während die Sonne allmählich aufging. Die Vögel zwitscherten um die Wette und verkündeten, dass der Frühling unterwegs war.

Und ich sagte mir, nicht ich sei bedauernswert, sondern Mikaela, die den Frühling und den Sommer, den sie so sehr geliebt hatte, nie mehr genießen durfte.

Das Leben ist nicht nur ein Tanz auf Rosen, man muss auch die Dornen aus den Fußsohlen rausziehen, wie mein Opa immer sagt.

Für mich war es an der Zeit, die Dornen rauszuziehen, egal wie schmerzhaft das sein würde.

Jemand versuchte mir die Schuld an Misshandlung und Diebstahl zuzuschieben, jemand, der mich genügend hasste, um gestohlenen Schmuck in meine Tasche zu schmuggeln.

Simon hatte über die Misshandlung gelogen. Aber hatte er auch die Ohrringe in meine Tasche gesteckt?

Und wenn ja, warum?

Mit einem Knäuel aus Fragen im Kopf drehte ich meine Runde. Wie sehr ich auch grübelte, sah ich letzten Endes nur eine Lösung: Ich musste noch einmal versuchen, mit Simon zu reden.

Ich wollte gerade in unsere Einfahrt einbiegen, als Linus mit Glöckchen auf den Fersen herauskam.

Er sah genauso überrascht aus wie ich.

„Du?“, sagte er.

„Ich wohne hier“, sagte ich.

Er lächelte leicht verärgert.

„Hab schlecht geschlafen“, fuhr ich sanfter fort. „Gestern hat uns

Simons Mutter besucht, um zu behaupten, ich hätte Simon vermöbelt und dieser alten Tante im Spukhaus Sachen geklaut."

Er zuckte stumm die Schultern.

„Ich hab nichts geklaut!", rief ich aus.

„Aber du hast dich mit Simon gestritten, das stimmt doch?"

„Geschlagen hab ich ihn aber nicht!"

„Wenn du das sagst."

„Glaubst du mir nicht?"

Ich sah ihn flehend an.

Er verzog bekümmert das Gesicht.

„Ehrlich, Linus! Glaubst du, ich könnte jemanden schlagen?"

„*Jeder* kann jemanden schlagen. Im Notfall."

„Aber es gab keinen Notfall!"

Ich trat einen Schritt vor, mit erhobenen Fäusten. Linus wich zurück und hob beschwichtigend die Hände. Glöckchen beobachtete uns aufmerksam. Wuff dagegen schwänzelte unbekümmert um uns herum, ohne die Spannung zu beachten, die in der Luft lag.

„Nein, nein. Wird schon so sein."

Sein Gesicht und seine Geste drückten das Gegenteil aus. Und jemandem mit den Fäusten vor dem Gesicht herumzufuchteln ist vielleicht nicht unbedingt die beste Art, Friedfertigkeit zu demonstrieren, das muss ich zugeben.

Die Luft ging aus mir raus. Ich stieß einen tiefen Seufzer aus.

„Niemand glaubt mir."

Er sah mich kurz nachdenklich an.

„Aber überleg doch mal. Wenn das stimmt, was du sagst, warum behauptet Simon dann solche Sachen?"

„Er hasst mich, findet mich doof, hässlich ..."

„Blödsinn!"

Mitten in dem ganzen Elend fühlte es sich gut an, dass er mich genau an dieser Stelle unterbrach. *Fast* wie eine Liebeserklärung. Aber ich gönnte mir keine Zeit, um es zu genießen.

„Wahrscheinlich traut er sich nicht, die Wahrheit zu sagen", sagte ich.

„Aber warum schiebt er ausgerechnet dir die Schuld zu? Warum nicht Micke oder Hannamaria? Oder mir?“

„Ich bin wohl die Einzige, die mit ihm gesprochen hat.“

Er nickte.

„Die sogar mit ihm gestritten hat. Passt unglaublich gut.“

„Er war derjenige, der angefangen hat“, beeilte ich mich zu erklären. „Er hat mir im Unterricht mein Tagebuch geklaut.“

„Hast du vorher schon mal mit ihm Ärger gehabt?“

„Nie.“

„Vielleicht hat er mit Absicht versucht, dich wütend zu machen. Um jemandem die Schuld geben zu können.“

Ich sah ihn skeptisch an.

„Er konnte doch kaum *im Voraus* wissen, dass er Prügel beziehen würde?“

„Das kann nur er beantworten. Aber versuch lieber nicht, ihn noch einmal auszufragen. Das gibt bloß noch mehr Zoff.“

„Wie soll ich ihn sonst dazu bringen, seine Lügen zuzugeben?“

„Weiß nicht.“

Ich sah ihn nachdenklich an.

„Und was ist mit dir?“

„Was soll das heißen – mit *mir*?“

Er kapierte genau, was ich meinte, und nickte schließlich widerstrebend.

„Okay, ich mach einen Versuch. Und wenn er sich weigert, mit mir zu reden ...“

„... drohst du mit der großen, bösen Svea.“

„Trotzdem ... gib zu, dass das eigenartige Zufälle sind. Ich meine, die Sachen der Alten sind verschwunden, nachdem du dort gewesen bist!“

Ich holte tief Luft, um mich zu verteidigen.

„Damit will ich nicht sagen, dass du sie mitgenommen hast. Aber komisch ist es doch, oder?“

Ich dachte an die Ohrringe in meiner Schreibtischschublade, traute mich aber nicht, ihm davon zu erzählen. Er glaubte mir auch so schon kaum.

„Bestimmt hat sie die Sachen bloß irgendwo anders hingeräumt", sagte ich ausweichend.

„Und wenn sie nicht wieder auftauchen?"

„Dann geht Simons Mutter zur Polizei."

„Ich komm dich dann besuchen, wenn du brummen musst", sagte er grinsend.

„Echt nett", sagte ich.

Aber ich lächelte ihn nicht an dabei. Ich musste wieder an die kleinen Ohrringe denken. Und daran, dass ich ganz schön in der Patsche stecken würde, falls jemand sie fände.

„Wenn wir schon von komischen Sachen reden, findest du nicht auch, dass Marko und Natalie sich komisch verhalten?", sagte ich. „Hat Marko verraten, warum er sich geprügelt hat?"

„Nein."

„Eigenartig."

Linus nickte, bevor er sich umdrehte und weiterging.

Als ich reinkam, saßen Mama und Papa beim Frühstück.

Wuff galoppierte schnurstracks in die Küche, wo sie liebevoll begrüßt wurde.

Während ich Jacke und Stiefel auszog, knurrte mir der Magen. Der Duft nach getoastetem Brot stieg mir verlockend in die Nase. Gleichzeitig war ich auf der Hut. Ein erneutes Verhör würde ich nicht ertragen.

„Svea!", rief Mama.

Beim ersten Wort über Simon oder Frau Asp fange ich an zu schreien, dachte ich.

„... möchtest du ein gekochtes Ei?"

Ich trat an die Küchentür.

„Ja bitte."

Papa sah von der Zeitung auf und zwinkerte mir zu.

„Iss lieber tüchtig. Nach dem Frühstück geht's gleich los zum Training."

„Wenn das so ist, werd ich die Gelegenheit wahrnehmen und Skizzen für mein neues Bild machen“, sagte Mama. „Die ganze Nacht hat mir schon der Kopf vor lauter Ideen gebrodelt.“

„Und ich hab geglaubt, es wäre die Kaffeemaschine!“

„Alter Witzbold!“ Mama tätschelte Papas Arm.

„Was willst du malen?“, fragte ich.

„Also, ich stelle mir Artemis in einer altertümlichen Küche vor, mit einer Schürze ...“

„Etwa blau-weiß gestreift?“, erkundigte sich Papa.

„Ist doch klar.“ Mamas Stimme klang erstaunt über eine so einfältige Frage. „Und sie ist gerade damit beschäftigt, eine Sahnetorte zu backen.“

„Eine passende Beschäftigung für die Göttin der Jagd“, bemerkte Papa.

„Ja, nicht wahr!“, sagte Mama, ohne die Ironie in seiner Stimme herauszuhören.

„Und womit wird die Torte dekoriert? Mit ... Blaubeeren?“

Mama starrte mich an, als hätte ich nicht alle Tassen im Schrank.

„Womit sonst?“

Trotz des heiteren Tons hingen die gestrigen Anschuldigungen noch zwischen uns in der Luft. Aber immerhin herrschte vorläufiger Waffenstillstand, und dafür war ich dankbar.

Ich rührte eine Tasse heiße Schokolade an und bestrich frisch getoastete Brote mit Margarine. Die gelbe Schicht verschwand wie durch Zauberei in den Broten. Für das eine hobelte ich Käse ab, das andere belegte ich mit Schinken.

Die Vorfrühlingssonne schien durchs Küchenfenster auf die kleinen rosa Knospen der Geranien. Mama und Papa raschelten mit der Zeitung und tauschten untereinander die Teile aus.

Ich saß am Küchentisch und zerbrach mir den Kopf darüber, warum Simon ausgerechnet mich als Sündenbock ausgewählt hatte. War ich vielleicht zu neugierig geworden?

Aber wer hatte ihn geschlagen?

Und warum?

Irgendwie mussten die Ereignisse bei Frau Asp auch mit Simon zu tun haben. Er war ihr Nachbar. Seine Mutter hatte mich in dem Haus gesehen. Bestimmt hatte sie Simon das erzählt.

War Simon mit seiner Mutter dort gewesen und hatte die Ohrringe mitgenommen, um sie mir später in meine Tasche zu stecken? Und was war dann mit den anderen Sachen?

Ich hatte mehr Fragen als Antworten.

Das Hallenbad liegt nur zwei Kilometer von unserem Haus entfernt. Papa und ich zogen uns um und stiegen auf je ein Trainingsfahrrad. Ich wählte ein Programm mit vielen Steigungen. Bis auf zwei Jungs, die Dauerbewohner des Fitnessraums zu sein schienen und gerade dabei waren, ihre bereits schwellenden Muskeln noch weiter zu quälen, waren wir allein.

Papa schien beschlossen zu haben, dass das Wochenende normal verlaufen sollte. Er begann loszuquasseln.

„Alfa Romeo hat im Crashtest sämtliche Punkte eingeheimst", sagte er, während er sich mit rotem Kopf abstrampelte. „Mit sieben Airbags sitzt man natürlich ziemlich sicher."

„Wenn du dir einen kaufst, dann bitte ein Cabrio!"

„Na, dann müssen wir aber nach Florida ziehen. Stell dir einen saukalten Tag im Januar vor."

„Stell dir einen heißen Tag im Juli vor."

„Mit Klimaanlage kein Problem."

Als er dazu überging, die Vor-und Nachteile von Ethanol und synthetischem Gas zu vergleichen, verpuffte mein Interesse. Der Schlafmangel der vergangenen Nacht machte sich bemerkbar. Mein Körper fühlte sich so zäh an wie Kaugummi und das Strampeln erforderte meine ganze Konzentration.

Plötzlich horchte ich jedoch wieder auf.

„Hast du nachher Lust auf eine Probefahrt mit einem Volvo?", fragte Papa.

„Willst du ein neues Auto kaufen?"

„Mal sehen. Jedenfalls mach ich eine Probefahrt."

„Klar hab ich Bock! Wann?"

„Wenn wir fertig sind. Ich rufe Mama an und sag, dass wir später kommen."

Ich nickte und strampelte plötzlich aus Leibeskräften. Es gelang mir *fast* zu vergessen, dass es Fragen zwischen uns gab, die noch nicht beantwortet waren.

Eine Viertelstunde später ging Papa zum Krafttraining über. Weil das für Vierzehnjährige nichts ist, lief ich zum Schwimmbecken.

Kurz darauf sprang Papa zu mir ins Wasser.

„Hast du so schnell aufgegeben?"

„Mir taten diese Jungs leid. Die haben so neiderfüllt auf meine Muckis geguckt."

„Klar doch." Ich grinste. „Los, du Muskelprotz! Hundert Meter Wettschwimmen. Letzter am Ziel ist eine Flasche!"

„Rückenschwimmen?"

„Du schon. Ich kraule."

„Ungerecht! Ich müsste einen Altersbonus kriegen!"

„Stell dich nicht so an. Eins, zwei ..."

„Als ich klein war, hat mein Vater einen Volvo 144 gekauft", erzählte Papa später. „Alle meine Kumpel wetteiferten darum, mit uns zum Hockeytraining zu fahren. Na, was hältst du von diesem Schlitten?"

Wir waren eine Weile in dem silbergrauen Volvo, der nach neuem Auto roch, herumgefahren, bis wir auf der Schnellstraße landeten. Dort herrschte lebhafter Verkehr. Die Schneewälle längs der Straße waren braun von hochgespritztem Schmutz, aber als die Sonne durch die Windschutzscheibe brannte, fühlte es sich fast sommerlich an.

„Die Heckklappe sieht irgendwie komisch aus."

„Ist aber ein schwerer Karren mit viel Power!"

„Ein bisschen sehr machomäßig vielleicht. Aber ..."

Papa warf mir einen strengen Blick zu.

„... du bist ja schließlich ein Mann."

„Na ja, vielleicht hast du recht", sagte er und nickte.

„Ich kann es gar nicht mehr abwarten, bist ich endlich Auto fahren darf!", seufzte ich.

„Geduld, Geduld! Wir besorgen dir die Übungsgenehmigung so bald wie möglich."

„Bis dahin dauert es ja noch ewig!"

„Die Jahre vergehen schnell, wenn man so viel Spaß hat wie wir beide", sagte er mit breitem Grinsen. „Jetzt fahren wir besser zurück, sonst glauben die noch, wir hätten den Wagen geklaut!"

Zuerst lachte er herzlich über seinen eigenen Scherz, doch dann erstarrte er plötzlich.

Die Spannung hing zitternd in der Luft.

„Ich hab nichts gestohlen, Papa", sagte ich leise.

Er seufzte.

„Aber Svea ..."

„Du musst mir glauben!"

„Das will ich ja, aber ..."

Er wandte mir den Kopf zu und sah mich an. Im selben Moment glitt das Auto vor uns unerwartet in unsere Fahrspur. Papa musste eine Vollbremsung machen.

„Verdammter Penner!", fluchte er. „Benutz gefälligst deinen Blinker! Hast du überhaupt einen Führerschein?! Idiot ..."

„Papa!", sagte ich flehend.

Zuerst sagte er nichts. Ich ließ ihn in Ruhe nachdenken, obwohl es mir vorkam wie eine wahre Ewigkeit.

„Es sieht dir gar nicht ähnlich", gestand er schließlich.

Er strich mir übers Knie.

„Das wird schon, keine Bange", sagte er aufmunternd.

„Das hoffe ich." Ich blickte starr geradeaus.

Eine Zeit lang blieb es still.

„Hast du das gemerkt?", fragte Papa dann.

Ich sah ihn erstaunt an.

„Was denn? Dass du über diesen verdammten Penner geflucht hast ..."

„Ja, schon, das war doch kein Wunder, oder? Aber es war tatsächlich dieses Auto, das von sich aus gebremst hat. Ich sag nur eins, adaptiver Geschwindigkeitsregler!"

Er sah mich mit einem zufriedenen Nicken an, als wäre es seine eigene Erfindung, und hielt mir dann einen langen Vortrag über sämtliche Raffinessen des Wagens.

Ich hörte zerstreut zu. Es war mein sehnlichster Wunsch, dass Papa tatsächlich an meine Unschuld glaubte. Er sollte es nicht nur behaupten, weil er mir glauben wollte.

SONNTAG

Der restliche Samstag verlief friedlich. Wahrscheinlich hatte Papa mit Mama über unser Gespräch im Auto geredet, sie ließ mich nämlich in Ruhe, obwohl sie mich bestimmt am liebsten noch mehr ausgehorcht hätte.

Am Abend liehen wir einen Film aus, als wäre nichts vorgefallen.

Aber als ich am Sonntagmorgen aufwachte, war mir klar, dass ich nicht weiterkommen würde, wenn ich alle Probleme verdrängte. Vielmehr war es an der Zeit, sie anzupacken.

Als Erstes schrieb ich eine Liste über alle unerklärlichen Vorfälle, die im Laufe der Woche passiert waren, angefangen mit dem Brand in der Tannenhecke bis hin zu den Ohrringen, die ich in meiner eigenen Schultasche gefunden hatte. Die Liste wurde überraschend lang.

Dann versuchte ich, irgendwelche Zusammenhänge herzustellen, doch das gelang mir nicht besonders gut. Meine Gedanken bewegten sich schwerfällig und landeten immer wieder in derselben Spur. Ich sah ein, dass ich Hilfe brauchte, und zwar von jemandem, dem ich vertrauen konnte.

Die Versuchung, Linus anzurufen, war groß. Er ist zwar kein Spezialist für die Lösung vertrackter Rätsel, aber ich sehnte mich einfach danach, seine Stimme zu hören.

Doch stattdessen rief ich Jo an. Sie ist Weltmeisterin im Zuhören.

Diesmal klang sie allerdings müde. Sie war am Abend zuvor spät von einem Reitturnier nach Hause gekommen, hörte aber trotzdem brav zu, als ich über Simons idiotische Mutter und deren Besuch bei uns Gift und Galle spie.

Als ich zu guter Letzt geendet hatte, stöhnte sie laut auf.

„Also wirklich! Als ob du was klauen würdest!"

„Na ja, hab schon mal Süßigkeiten gemopst!"

„Wer hat das nicht."

„Aber geschlagen hab ich ihn nicht."

Sie schwieg eine Weile.

„Jetzt reg dich bitte nicht auf, aber du warst schließlich stinksauer auf Simon ..."

Ich holte tief Luft, um zu protestieren.

„Ich dachte bloß", fuhr sie schnell fort.

„Tu das lieber nicht. Davon kriegst du bloß Falten!"

„Ich hab doch gesagt, du sollst dich jetzt nicht aufregen."

„Wann denn dann?"

„Ich werd ja noch fragen dürfen."

„Und ich werd ja noch sagen dürfen, dass ich dich bescheuert finde!"

„Das bin ich aber nicht! Ich hör dir doch zu. Okay?"

Ich seufzte. Sie hatte ja recht.

„Okay."

„Hey, wann hast du deinen Rucksack das letzte Mal ausgemistet?"

„In den Weihnachtsferien."

Obwohl ich sie nicht sah, wusste ich, dass sie grinste.

„Als ob das wichtig wäre! Für meine alten Schulbücher interessiert sich doch kein Schwein. Außerdem ist das Klassenzimmer abgeschlossen, wenn wir nicht dort sind. Allerdings ..."

„Allerdings?"

„... nicht am Donnerstag, als Natalie aufs Dach der Turnhalle raufkletterte. Bei der Gelegenheit ist ja einiges gestohlen worden."

„Mhm, und genau da kann jemand dir die Ohrringe in den Rucksack gesteckt haben. Bist du sicher, dass sie dieser alten Tante gehören?"

„Frau Asp? Nein, aber so wie Simons Mutter den Schmuck beschrieben hat, passt es."

„Wer weiß, vielleicht hast du ja einen geheimen Verehrer."

„Oder einen geheimen Hasser, der möchte, dass ich als Diebin geschnappt werde."

Ich überlegte kurz.

„Schätze, die Ohrringe hätten schon früher gefunden werden sollen. Simons Mutter wollte doch in meinem Rucksack herumwühlen."

„Wie hast du sie gefunden?“

„Hab den Rucksack an die Wand gepfeffert und da sind sie rausgefallen.“

Jo kicherte.

„Es gibt viele Arten, eine Schultasche zu leeren. Hast du den Rucksack bei Frau Asp dabeigehabt?“

„Nein.“

„Warum wollte sie dann in deinem Rucksack nachschauen und nicht in deinen Kleidertaschen oder Schubladen?“

Ich zermarterte mir den Kopf. Die einzige Erklärung, die mir einfallen wollte, war, dass jemand ihr einen Tipp gegeben hatte. Und das konnte nur Simon gewesen sein.

„Woran denkst du?“, fragte Jo, als ich lange nichts mehr gesagt hatte.

„Es muss Simon sein. Als Natalie oben auf dem Dach herumturnte, hab ich ihn nirgends gesehen. Du etwa?“

„Nein, aber ich hab auch nicht nach ihm geschaut. Wahrscheinlich hat er die Gelegenheit wahrgenommen, als alle draußen im Freien waren. Vielleicht hat er auch Alexanders Taschenrechner gestohlen. Ja, und die übrigen Sachen auch.“

Ich schüttelte den Kopf, obwohl sie mich nicht sehen konnte.

„Das kommt mir ziemlich abwegig vor. Hannamaria behauptet, er hätte reiche Eltern. Warum sollte er lauter gebrauchten Kram mitgehen lassen, wenn er sich alles kaufen kann, was er will? Ich hoffe, Linus bekommt die Wahrheit aus ihm heraus. Er hat versprochen, es zu versuchen.“

„Simon wird kein Wort sagen“, vermutete Jo.

„Dann muss ich ihn eben selbst fragen.“

„Die Lehrer haben dich zurzeit auf dem Kieker!“

„Dann machen wir's nach der Schule.“

„*Wir?* Willst du mich etwa da mit reinziehen?“

Ich lachte.

„Du bist schon mittendrin! Stell dich nicht an! Ich werd Mama morgen bitten, Wuff am Nachmittag auszuführen.“

„Aber ich muss gleich nach der Schule heim zu den Pferden!“

Verräterin, wollte ich schon sagen, ließ es aber im letzten Moment bleiben. Sie hätte bestimmt zugesagt, wenn es möglich gewesen wäre.

„Dann mach ich's eben allein."

„Bitte nicht", bat sie. „Stell dir vor, er denkt sich neue Lügen aus und behauptet noch mal, du hättest ihn geschlagen."

„Dann glaubst du mir also?"

„Klar tu ich das! Du hättest nie den Mund darüber halten können, falls du ihn geschlagen hättest. Aber tut mir leid, Svea, ich kann wirklich nicht mitkommen."

„Verstehe. Du hilfst mir trotzdem."

„Das hoffe ich."

MONTAG

Schon als wir an der Schule ankamen, spürte ich die eigenartige Stimmung. Ich selbst war ein Teil davon. Jüngere Schüler drehten sich nach mir um und deuteten auf mich, als sie glaubten, ich sähe es nicht.

Seltsam. Es war, als hätten sie Angst vor mir. Als wäre ich eine tickende Bombe, die jederzeit explodieren könnte.

Weil alle mich anstarrten, wurden die Blicke von zwei Gestalten abgelenkt, die hundertmal furchteinflößender waren als ich – von Jimmy und Stoffe.

Beide groß und laut und heute außerdem voll cool gestylt. Bisher waren sie immer in abgetragenen schwarzen Jeans herumgelaufen, aber plötzlich erinnerten sie eher an Elias und seine Kumpel und stolzierten in Markenklamotten herum, auf die ich mindestens ein Jahr lang hätte sparen müssen. Um Jimmys Hals funkelte ein Goldkettchen und Stoffe hatte ein neues Handy, das von Hand zu Hand wanderte.

Ich beobachtete sie verstohlen, als sie sich über den Schulhof bewegten. Eine Bande lärmender Siebt- und Achtklässler folgte ihnen auf Schritt und Tritt.

Auf einmal umringten sie einen Jungen aus der Siebten.

Es sah aus wie eine normale Unterhaltung. Keiner von ihnen erhob die Stimme oder fuchtelte mit den Fäusten. Die Gruppe stand in einiger Entfernung, daher konnte ich nicht hören, worüber sie sprachen. Die Pausenaufsicht ging quasselnd paarweise um den Hof, offensichtlich zufrieden, weil alles so schön friedlich war.

Die Lehrer sahen, was sie sehen wollten.

Ich dagegen entdeckte Dinge, die ich früher nicht bemerkt hätte. Unruhe schärft die Sinne. Es war klar wie Kloßbrühe, wie Opa zu sagen pflegt, dass der Junge verängstigt war. Und als die Meute ihn allein auf dem Schulhof zurückließ, sah er immer noch total verstört aus.

Aber kaum hatte ich einen Schritt in seine Richtung gewagt, war er schon davongeschossen.

„Och Mann!“, stöhnte ich enttäuscht. „Ich wollte doch mit ihm reden.“

„Du darfst eben nicht so viel lächeln“, sagte Jo. „Da kriegen die Leute Angst.“

Ich fand ihren Scherz nicht komisch.

Auch in der Mittagspause behielt ich Jimmy und Stoffe im Auge. Diesmal knöpften sie sich ein Mädchen aus Linus' Klasse vor. Wieder spielte sich das Gleiche ab: Lange nachdem sie allein gelassen worden war, stand sie da und starrte mit angsterfüllten Augen vor sich hin.

Was ging da vor?

„Du glotzt zu auffällig rüber“, bemerkte Jo nervös. „Komm!“

Widerstrebend zog ich mich ein paar Meter zurück. Wir befanden uns ohnehin zu weit weg, um hören zu können, was gesagt wurde.

„Hast du Lust, am Samstag bei mir einen Film anzugucken?“, fragte Jo.

„Mhm“, sagte ich, während ich die Jungs beobachtete. „Hast du kein Turnier?“

„In den nächsten Wochen nicht. Bitte-e!“

Ich sah sie verwundert an.

„Wenn du willst, von mir aus.“

„Starr nicht so penetrant rüber, meine ich!“

Sie zerrte an meinem Ärmel und zwang mich, in eine andere Richtung zu schauen.

In der letzten Pause des Tages entdeckte ich das Mädchen aus Linus' Klasse, mit der Jimmy und Stoffe gesprochen hatten. Sie stand nur ein paar Meter von uns entfernt allein da. Ich rannte zu ihr hin, bevor es ihr gelang wegzulaufen.

„Was haben Jimmy und Stoffe zu dir gesagt?“, fragte ich.

Sie sah sich erschrocken um, als wollte sie nicht mit mir zusammen gesehen werden.

„Das wirst du bald genug erfahren!“, sagte sie.

Bevor ich mehr fragen konnte, war sie schon abgehauen.

Unser Sportlehrer stand etwas weiter weg auf dem Schulhof und sprach mit ein paar kleineren Jungs, was ihn aber nicht daran hinderte, die Flucht des Mädchens zu beobachten. Er runzelte die Stirn und schüttelte warnend den Kopf. Als ob *ich* etwas angestellt hätte. Schon wieder.

„Was hat sie gesagt?“, fragte Jo.

„Ich weiß nicht so recht ...“

Mir war nicht klar, ob das eine Drohung gewesen war. Es hatte unweigerlich so geklungen. Ich erwähnte es lieber nicht, um Jo nicht zu ängstigen. Es genügte, dass ich selbst dadurch verunsichert war.

Irgendetwas Bedrohliches spielte sich hier ab, ohne deutlich greifbar zu sein.

„Hast du mit Simon gesprochen?“, fragte ich Linus, als wir nach der Schule unsere Hunde ausführten.

„Hab's versucht, aber er hat mich bloß angeglotzt.“

Ich seufzte.

„Dann werd ich es noch einmal versuchen müssen.“

„Warum kannst du die andern nicht in Ruhe lassen? Häkeln oder Briefmarken sammeln wär doch viel netter!“

Ich lachte, aber er war todernst.

„Ehrlich. Simon ist eh schon stinksauer auf dich.“

„Dann komm doch mit! Als Zeuge, dass ich ihn nicht vermöble.“

„Du bist unglaublich!“

„Find ich auch“, sagte ich lachend.

„Du suchst Probleme und willst mich mit reinziehen.“

„Ja“, gab ich vergnügt zu. „Morgen habt ihr doch auch um drei Uhr aus?“

„Morgen kann ich nicht.“

Ich wartete darauf, dass er mir erzählte, was er nach der Schule vorhatte, doch das tat er nicht.

„Und heute Abend?“, fragte ich.

„Nein, aber morgen nach dem Abendessen.“

Er klang so bestimmt, dass ich mich damit wohl zufriedengeben musste.

DIENSTAG

Am Dienstagmorgen erhielten wir einen Englischtest zurück.

Alexander war der Beste, wie immer. Aber ich kam als gute Nummer zwei.

Als unsere Lehrerin die Tests austeilte, beugte sie sich über Natalie und sagte etwas zu ihr. Natalie schüttelte düster den Kopf und starrte auf die Bank. Offenbar war das Ergebnis nicht so gut wie sonst ausgefallen.

Aber ich war natürlich total happy. Allerdings konnte ich mein Glück nicht besonders lange genießen.

In der Mittagspause passierte nämlich etwas.

Ich sah Linus mit einem Mädchen reden.

Sie standen nicht mit den anderen aus der Klasse in einer Gruppe, sondern etwas weiter weg. Nur die zwei.

Linus.

Und ein Mädchen.

Ein hübsches Mädchen.

„Wenn Blicke töten könnten", sagte Jo.

„Wer ist die da?"

„Eigentlich bist du doch die Detektivin. Aber sie heißt Paulina."

„Was macht sie hier?"

„Sie ist neu in Linus' Klasse. Ihre Eltern haben sich scheiden lassen. Außerdem gab es in ihrer alten Schule irgendwelchen Ärger."

Paulina war ein fröhliches Mädchen. Sie lachte über etwas, das Linus gesagt hatte. In meinen Ohren klang es affektiert. Und Linus benahm sich wie der letzte Obertrottel und grinste sie pausenlos an. Komisch, dass er keinen Muskelkater in den Mundwinkeln bekam!

„Bestimmt haben die in der alten Schule gedacht, solche modelmäßigen Zicken können wir hier nicht brauchen!"

Jo lachte.

„Stimmt, sie sieht total super aus! Ich kann mir kaum vorstellen, dass so ein Mädchen gemobbt wird.“

„Woher weißt du so viel über sie?“

„Sie reitet.“

Das erklärte alles. Alle, die reiten, kennen sich untereinander.

„Ist sie gut?“

„Jedenfalls war sie das früher, aber ich hab sie schon länger nicht bei einem Turnier gesehen.“

„Bestimmt geht sie Linus jetzt mit Pferdegelaber auf den Geist“, vermutete ich hoffnungsvoll.

„Bestimmt“, tröstete Jo.

Als es wieder zum Unterricht läutete, liefen wir nur ein paar Meter hinter den beiden her, aber Linus sah nicht zurück. Er hatte nur Augen für sie.

Im Schulhaus zog Paulina ihre Jacke aus und warf sie sich über die Schulter. Ihr dichtes blondes Haar schwang im Takt mit ihren Schritten und glänzte im Schein der kahlen Neonröhren.

Sie trug Jeans und T-Shirt. Genau wie ich. Nichts Auffallendes, nichts Peinliches mit dussligen Texten auf der Brust, wie „Mamis Schätzchen“ oder so.

Aber im Vergleich zu ihr sah ich wie eine Pennerin aus. Ihre Jeans und ihr Top schmiegten sich wie eine zweite Haut an ihren schlanken Körper.

Da kam mir eine Idee.

Not macht erfinderisch, wie Opa immer sagt. Als ich am Nachmittag nach Hause kam, steckte ich meine Jeans in die Waschmaschine, drehte den Regler auf 90 Grad und drückte auf den Startknopf.

Ich setzte mich an meinen Schreibtisch und versuchte mich auf den morgigen Mathetest vorzubereiten, obwohl sich meine Gedanken ständig nur um eine einzige Person drehten. Aber ausnahmsweise nicht um Linus.

Sondern um Paulina.

Ich sah mich selbst schon in meinen hautengen Jeans. Ein einziger

Blick auf mich würde genügen, um Linus davon zu überzeugen, dass ich diejenige bin, für die sein Herz schlägt.

Als ich in einem tapferen Versuch, mich in die verwaschen blauen, frisch geschleuderten Hosen hineinzuzwängen, auf dem Fußboden lag und mich wie ein Wurm wand, stellte ich fest, dass meine Jeans vorher definitiv bequemer gewesen waren, vor allem war es einfacher gewesen, sie anzuziehen.

Anfangs konnte ich nicht einmal sitzen damit, doch nachdem ich eine Zeit lang durchs Zimmer gestakst war, dehnte sich der Stoff. Um den Bauch herum spannte er allerdings noch, ehrlich gesagt, sogar sehr.

Aber vor dem Spiegel fühlte ich mich zufrieden. Die Jeans klebten an den Beinen und mein Po sah schön klein aus. Kleiner als der von Paulina. Ich drehte mich hin und her und genoss den Anblick. Ha!

Dann schminkte ich mich genau wie Paulina, trug jede Menge Lidschatten auf, Mascara und Lipgloss.

Über das T-Shirt kamen noch ein Rolli und eine Fleeceweste, bevor ich die Steppjacke überzog und die Füße mit einem Paar Extrasocken in die Stiefel presste. Als Abschluss eine Mütze auf den Kopf.

Während ich hinausging, träumte ich von Linus' bewundernden Blicken auf mein perfekt geschminktes Antlitz und meine superschlanken Beine.

„Brrr", sagte er, zog den Reißverschluss ans Kind hinauf und die Mütze bis über die Ohren.

„Gehen wir?"

Kein Wort darüber, dass ich hübsch aussah. Ich weiß nicht, ob er überhaupt bemerkte, dass ich geschminkt war.

Aber immerhin quatschte er aufgekratzt über eine Fernseh-Serie, die ich zwar nicht gesehen hatte, aber sofort beschloss, regelmäßig anzuschauen.

Ich versuchte mir einzureden, seine Redseligkeit habe damit zu tun, dass er gern mit mir zusammen war. Aber eine Stimme in meinem Innern flüsterte etwas anderes. So ausgelassen war er sonst nie gewesen.

Außer auf dem Schulhof.

Heute.

Mit Paulina.

Vielleicht stellte er sich vor, er würde mit ihr reden, während er mit mir durch die Gegend trabte.

Plötzlich fühlte ich mich gekränkt.

Aber ein klein wenig glücklich war ich trotzdem.

Trotz allem war er ja mit mir zusammen.

„Glaubst du, die lassen so einen Schlägertyp wie dich überhaupt rein?", fragte Linus, als wir uns Simons Haus näherten.

„Darum bist du ja dabei. Als Leibwächter."

„Du brauchst keinen Leibwächter."

„Ich nicht, aber Simon. Wenigstens glaubt seine Mutter das."

Rechter Hand lag der dunkle Wald, aber links auf unserer Seite leuchteten die Fenster warm und gemütlich.

Ich wappnete mich gegen die Begegnung mit Simons Mutter und ihren Falkenblick, aber als wir läuteten, war es der Vater, der aufmachte. Er trug eine starke Brille und war erstaunlich groß, wenn man bedenkt, dass Simon einen Kopf kleiner ist als ich.

Als ich fragte, ob ich Simon sprechen dürfe, brummte er irritiert.

„In letzter Zeit hat der Bengel so schlechte Noten heimgebracht, dass ich ihm eigentlich gar nichts anderes außer büffeln erlauben sollte. Aber wenn es nur kurz ist, dann von mir aus."

„Wir wollten mit ihm über Hausaufgaben reden", flunkerte ich.

Mit einem freundlicheren Nicken wies er auf die Küche.

„Meine Frau ist nicht zu Hause. Ich hab zu tun ..."

„Wir kennen uns aus", behauptete ich schnell.

Wir mussten eine Zeit lang umherirren. Das Haus war alt, mit dunklen Tapeten und altertümlichen Möbeln, Tische mit Löwenpranken und so.

„Hier kann man ja echt totale Depris kriegen", flüsterte ich.

Wir liefen eine dunkle, geschwungene Holztreppe hinauf und passierten eine offene Tür, die in ein Schlafzimmer mit Kachelofen führte, wo ein großes Doppelbett mit einem gehäkelten Überwurf stand. Wir gingen weiter zur einzigen Tür, die geschlossen war, und öffneten sie.

Simon saß an einem massiven Schreibtisch, der mindestens hundert Jahre alt zu sein schien. Der Computer mit dem Flachbildschirm passte schlecht dazu. Simon spielte irgendein Spiel, hatte Kopfhörer auf und hörte uns daher nicht.

Ich trat ein. Er musste eine meiner Bewegungen kurz aus dem Augenwinkel wahrgenommen haben. Mit gereizter Miene drehte er sich um und zuckte zusammen, als er uns erkannte.

„Was habt ihr hier zu suchen?“, fragte er mit eisiger Stimme.

„Wir wollen mit dir reden.“

Er riss sich die Kopfhörer vom Kopf. Plötzlich hallte dröhnende Musik durchs Zimmer.

„Aber ich will nicht mit euch reden. Vor allem nicht mit dir.“

Seine Proteste waren mir egal.

„Den Schmuck von Frau Asp hast du doch gestohlen, oder?“

„Nein. Das warst du.“

Ich seufzte.

„Hör auf! Du und ich, wir kennen die Wahrheit. Was treibst du eigentlich?“

An seinem Hals tauchten rote Flecken auf. Er starrte mich hasserfüllt an.

„Als ob dich das interessieren würde. Die ganzen Jahre, die wir in derselben Klasse verbracht haben, hast du mich nie auch nur eines Blickes gewürdigt. Was weißt du schon über mich?“

„Nicht viel. Erzähl.“

Ob er vorgehabt hatte, das zu tun, erfuhr ich nicht. Plötzlich beanspruchte etwas anderes unsere Aufmerksamkeit.

Ein weiß-schwarz geflecktes Kaninchen guckte unter Simons Bett hervor und schnupperte mit zitternden Barthaaren.

„Oooh, ist das süß!“

Das Kaninchen erstarrte beim Klang meiner Stimme, hüpfte dann aber weiter zu Simon hin. Behutsam nahm er es in die Arme. Erst da entdeckte ich etwas Eigenartiges. Das eine Ohr des Kaninchens war von Wundpflaster bedeckt und schien kürzer zu sein als das andere.

„Was ist denn mit seinem Ohr passiert?“, fragte ich.

Simon strich mit der Hand über das weiche Fell des Kaninchens und schluckte ein paar Mal.

„Ein Unfall."

Seine Stimme klang rau, und während er sein Kaninchen ansah, musste er noch einmal schlucken.

Plötzlich gab sein Handy auf dem Schreibtisch einen Ton von sich. Er sah es an, als wäre es eine Schlange, streckte aber schließlich die Hand danach aus und klickte die Nachricht an.

Beim Lesen runzelte er die Stirn und verzog den Mund zu einer Grimasse. Er tippte eine Antwort, sandte sie ab und klappte dann den Handydeckel zu.

„Hör mal, Simon ...", begann ich.

Er schüttelte den Kopf.

„Geht jetzt!"

Er drehte sich wieder zu seinem Computer um und setzte den Kopfhörer auf.

„Simon, kannst du nicht einfach sagen, was los ist?"

Er drehte die Lautstärke auf, ohne mich anzusehen.

Wir warteten eine Weile, gaben dann aber auf und gingen.

„Was machen wir jetzt?", fragte Linus, als wir ins Freie kamen.

Ich spähte ratlos zu Simons Fenster hoch.

„Weiß nicht."

Plötzlich sah ich ihn ans Fenster treten und herausschauen, als wollte er sich vergewissern, dass wir tatsächlich gingen.

Ich zupfte Linus am Ärmel und begann auf die Hauptstraße zuzugehen, aber als wir außer Sichtweite waren, blieb ich stehen.

Im Schutz der Dunkelheit konnten wir Simons Haus im Auge behalten. Ich sah ihn am Fenster, aber er schaute nicht mehr raus, sondern zog sich gerade einen Pulli über.

„Er ist nach draußen unterwegs", flüsterte ich.

„Und?"

„Wir warten."

Der Abendhimmel war wolkenlos und voller Sterne. Der Halbmond leuchtete mit eisig kaltem Schein.

Linus und ich warteten darauf, dass Simon herauskam, aber er ließ sich so viel Zeit, dass ich allmählich die Hoffnung aufgab.

Ich hüpfte auf und ab und schlug zum Aufwärmen die Arme um mich. Plötzlich erblickte ich zwei Häuser weiter etwas Interessantes. Das Haus an sich war nicht besonders auffällig, ein kleines einstöckiges Haus mit hellem Putz und einem Kellergeschoss. Aber in der Garagenauffahrt stand ein goldlackierter BMW.

Ich schlich näher hin, um besser zu sehen. Helle Ledersitze, glänzendes Armaturenbrett. Was für ein Schlitten! Der Schlüssel steckte im Zündschloss. In dieser Gegend vertraute man seinen Mitmenschen.

Ich befühlte die Motorhaube. Sie war warm.

Linus stand noch auf dem Gehweg.

„Was machst du eigentlich?"

„Ich genieße. Mann, das ist vielleicht ein scharfer Wagen!"

Er stöhnte auf.

„Wie lange sollen wir noch warten?"

„Äh ..."

Ich unterbrach mich, weil ich in der Küche des hell verputzten Hauses eine vertraute Gestalt erblickte.

Jimmy!

Ich lief zum Briefkasten und schaute nach dem Namen.

Steffens.

Jimmy war ein Nachbar von Simon!

Ich hatte erwartet, einen Brutalo wie ihn in einem vollgesprayten Hochhaus oder in einer luxuriösen Gangstervilla vorzufinden. Aber nicht in einem bescheidenen kleinen Einfamilienhaus.

Instinktiv verzog ich mich hinter eine dichte Tanne im Nachbargarten und zerrte Linus hinter mir her. Wir schafften es gerade noch rechtzeitig, uns zu verstecken, bevor die Tür aufging. Die Lampe über der Haustreppe beleuchtete einen Typen mit nach hinten gegeltem schwarzen Haar. Er war älter als Jimmy und trug modische Klamotten – schwarze Hose, weißes Hemd und schwarzes Ledersakko.

Mit ein paar raschen Schritten war er beim Auto. Ohne sich umzusehen, stieg er ein. Die Tür schlug zu, der Motor schnurrte los und die Lichtkegel der Scheinwerfer strichen genau an der Stelle über die Straße, wo wir eben erst gestanden hatten.

Nachdem die roten Rücklichter hinter der Kuppe verschwunden waren, kam Jimmy heraus, von Stoffe begleitet. Die beiden waren identisch gekleidet – dunkle Hosen und Steppjacken. Sie gingen zu Simons Haus, und als hätte er nur darauf gewartet, trat Simon vor die Tür.

Simon verkehrte mit Jimmy und Stoffe!

Die Puzzleteilchen fügten sich ineinander. Jimmy und Simon waren Nachbarn von Frau Asp. Sie mussten diejenigen gewesen sein, die Frau Asps Tannenhecke angezündet hatten. Garantiert hatte Frau Asp die beiden irgendwann angemeckert, genau wie mich, und da hatten sie sich rächen wollen.

Jetzt hielten die drei auf die Hauptstraße zu. Linus und ich blieben hinter der Tanne, bis sie vorbeigezogen waren, dann folgten wir ihnen in sicherem Abstand, durch menschenleere Straßen. Alle einigermaßen vernünftigen Leute hockten im Warmen vor der Glotze, anstatt draußen in der Kälte umherzuschleichen.

Als die drei auf die Hauptstraße einbogen, wurden sie plötzlich von einer Schar kleinerer Jungs umringt, alle in schwarzen Jeans und Kapuzenjacken.

Ich zog Linus schnell mit mir in den nächstgelegenen Garten, wo wir hinter einem Geräteschuppen Schutz fanden. Jetzt würde es eine Rauferei geben, davon war ich felsenfest überzeugt, aber als ich um die Schuppenecke linste, hatten die Jungs Jimmy, Stoffe und Simon zurückgelassen und waren zur nächsten Bushaltestelle weitergezogen. Dort steige ich immer aus, wenn ich zur Schule will. Im Wartehäuschen standen ein älteres Paar und ein ungefähr zwanzigjähriger junger Mann. Das hinderte die Jungs nicht im Mindesten. Zwei von ihnen begannen, das Wartehäuschen mit Fußtritten zu traktieren. Das Glas zersprang zu einem Spinnennetzmuster und wölbte sich nach außen.

Das Rentnerpaar schaute unangenehm berührt in die andere Richtung.

Die Jungs traten weiter gegen das Glas, bis einer von ihnen einen Volltreffer landete. An der Querseite zersplitterte die Scheibe, blieb jedoch im Rahmen hängen. Das alte Paar entfernte sich rasch, verfolgte aber die Machenschaften der Bande aus einigem Abstand.

Der Zwanzigjährige sprang mit einem Satz aus dem Häuschen.

„Hört mit dem Blödsinn auf!"

Die Jungs hielten inne, verblüfft, dass jemand zu protestieren wagte.

„Kann dir doch scheißegal sein!"

Der Zwanzigjährige rückte seine Brille zurecht.

„Bushaltestellen werden unter anderem auch mit meinen Steuergeldern finanziert", sagte er in einem Versuch, pädagogisch zu sein.

Das Interesse der Jungs an dem Bushäuschen verpuffte schlagartig, stattdessen rückten sie aus mehreren Richtungen auf den jungen Mann zu.

„Mann, hast du eine affenhässliche Visage!"

„He, Leute, schon mal so eine bescheuerte Brille gesehen?"

Sie schrien, er sei ein Feigling, und warfen ihm immer gröbere Beschimpfungen an den Kopf, während sie sich knuffend und stoßend um ihn drängten und sich gegenseitig aufhetzten.

Der erste Schlag klatschte ihm ins Gesicht. Er stöhnte laut auf. Schon im nächsten Moment war er übermannt. Sie schlugen abwechselnd von links und rechts auf ihn ein, einer trat von hinten nach ihm, ein anderer von vorn. Seine Brille fiel auf den Boden und wurde sofort zertrampelt.

Jimmy, Simon und Stoffe standen in einiger Entfernung und sahen zu.

Genau wie das alte Paar.

Und Linus und ich. Wenigstens ein paar Sekunden lang. Dann wurde es unerträglich.

„Ich kann nicht bloß hier stehen und zuschauen!"

Ich trat einen Schritt vor, aber Linus packte mich sofort am Arm und versuchte mich aufzuhalten. Ich riss mich los.

Während ich auf die Straße zulief, hörte ich ein willkommenes Geräusch, ein kräftiger Dieselmotor, der sich aus der Ferne näherte. Hinter der Kurve rollte ein roter Bus heran. Die Scheinwerfer warfen zwei große Lichtkegel Kegel auf den Asphalt. Der Bus blinkte nach rechts und bremste mit schwachem Knirschen. In der Dunkelheit schien das erleuchtete Vorderteil in der Luft zu schweben.

Plötzlich erblickte der Fahrer die bedrohliche Bande. Schreck spiegelte sich in seinem Gesicht. Er wandte sich schnell ab, drehte am Lenkrad und gab Gas. In den erleuchteten Fenstern drängten sich Leute, erschrocken, erstaunt, aber auch verärgert. Bestimmt hatten einige ausgerechnet hier aussteigen wollen.

Den jungen Mann verließen die Kräfte. Er sackte zusammen.

Simon rannte zu ihm hin und beugte sich über ihn. Schnell zog ich mein Handy heraus und fotografierte ihn. Als er zu Jimmy und Stoffe zurücklief, gelang mir noch eine Aufnahme. Dann verschwanden sie.

Doch das war jetzt nicht wichtig. Der misshandelte junge Mann brauchte Hilfe.

Ich wollte schon den Polizeinotruf wählen, als ich sah, dass Linus in sein Handy sprach.

„Hast du die Polizei angerufen?“, flüsterte ich.

Er antwortete nicht. Ich wollte meine Frage gerade wiederholen, als ich das Martinshorn heulen hörte. Der Ton kam rasch näher.

Ein blau-weißer Wagen bog um die Kurve. Ich winkte heftig mit den Armen. Das Auto machte mit quietschenden Reifen neben mir eine Vollbremsung und eine junge Polizistin sprang heraus. Sie trug eine Lederjacke, die bei jeder Bewegung knarrte. Unter der Uniformmütze hing ein langer blonder Zopf hervor. Bei ihrem Anblick sah ich ganz kurz meine eigene Zukunft.

Nach ihr stieg ein älterer Polizist aus.

Sie bückten sich über den jungen Mann, der inzwischen wieder zu sich gekommen war, sich aber mit schmerzverzerrtem Gesicht darüber beklagte, dass man ihm Handy und Brieftasche gestohlen hatte.

Sie halfen ihm auf die Beine und stützten ihn auf dem Weg zum Auto von beiden Seiten.

Nur noch Linus und ich standen an der Haltestelle. Alle anderen waren verschwunden. Sogar das alte Paar.

Die Polizistin kam gleich zurück.

„Habt ihr gesehen, was passiert ist?“, wollte sie wissen.

Ich beschrieb, wie die Bande das Wartehäuschen mit Fußtritten bearbeitet hatte und über den jungen Mann mit der Brille hergefallen war.

„Wie sahen sie aus?“, fragte die Polizistin an Linus gewandt.

„Es ist ja dunkel. Aber sie waren jünger als wir, vielleicht aus der Sechsten.“

Ich bereute, dass ich nicht daran gedacht hatte, auch die Horde zu fotografieren.

„Aber was ist mit Jimmy“, begann ich. „Und ...“

„Die haben davon nichts gesehen“, wandte Linus ein.

„Stimmt nicht, die waren doch ...“

„Das hast du falsch gesehen!“

Linus und ich starrten einander an. Ich verstand nicht, worauf er hinauswollte. Jimmy, Stoffe und Simon hatten genauso viel gesehen wie wir.

Die Polizistin ging nicht auf unsere Auseinandersetzung ein, sondern fuhr gehetzt mit ihren Fragen fort.

„Habt ihr beobachtet, wer die Brieftasche und das Handy des Opfers an sich genommen hat?“, fragte sie.

„Nein“, sagte Linus entschieden.

„Ich hab bloß gesehen, dass sie ihn schlugen“, sagte ich. „Aber eigentlich ...“

Mein erneuter Versuch, Jimmy und Stoffe zu erwähnen, wurde von dem Kollegen der Beamtin unterbrochen.

„Komm, Emma! Gerade kam ein Anruf, da treibe sich eine Bande in den Straßen herum. Vielleicht können wir sie noch erwischen!“

„Tut mir leid. Schafft ihr es allein nach Hause?“

„Ja, klar“, versicherte ich. „Wir wohnen ganz in der Nähe.“

Sie kritzelte unsere Namen und Telefonnummern in ihr Buch, bevor sie zu dem blau-weißen Wagen hastete. Dann fuhren sie davon.

„Natürlich haben Jimmy, Stoffe und Simon genauso viel gesehen wie wir!“, beharrte ich. „Simon ist doch sogar zu dem Typen hingerannt.“

„Na und?"

„Die könnten doch beschreiben, wie die Kids ausgesehen haben, vielleicht wissen sie sogar, wie die heißen."

„Wenn du glaubst, Jimmy und Stoffe würden jemanden verpfeifen, liegst du voll daneben!"

Da wurde ich wütend.

„Zu wem hältst du eigentlich?"

Linus war blass, sah mich aber finster an.

„Sag mal, bist du so kindisch oder tust du nur so?", schnauzte er mich an.

Wir machten uns auf den Heimweg, wechselten aber kaum ein Wort, bis wir fast zu Hause waren.

„Jimmy hat mich angerufen, als wir dort standen", murmelte er plötzlich leise.

„Was? Ich dachte, du hättest die Polizei angerufen. Woher hat er deine Nummer?"

„Keine Ahnung! Simon war ja dabei, der wird sie haben."

„Und was hat er gesagt?"

„Wir sollten vergessen, dass wir sie dort gesehen hätten."

„Und du hast gehorcht!", fauchte ich.

„Schließlich hatten die ja nichts mit der Prügelei zu tun, oder?"

„Wie feige darf man sein?"

„Ich will bloß die einzige Haut retten, die ich habe", sagte er ruhig.

Mir fiel ein, dass Jo sich ganz ähnlich ausgedrückt hatte. Und mich hatte sie als mutig bezeichnet.

„Die haben nicht mehr gesehen als wir", behauptete er hartnäckig.

„Aber es hätte doch nichts geschadet, wenn sie auch mit der Polizei gesprochen hätten."

„Ehrlich, Svea!"

Ich nickte. Jimmy und Stoffe würden der Polizei kaum mit Informationen behilflich sein.

Wir waren da.

„Sehen wir uns?", fragte Linus.

Ich nickte kurz.

„Morgen früh nehme ich den Acht-Uhr-Bus. Aber du fährst wohl wie immer mit dem Fahrrad?“

„Nein, ich komme mit dir.“

Ich sagte weder „cool“ noch „bis morgen“. Ich ging einfach.

Mama kam mir in der Diele entgegen. Bevor ich anfangen konnte, von meinen Erlebnissen zu erzählen, stöhnte sie laut und deutete mit dem Finger auf mich.

„Wie siehst du denn aus!“

Ich drehte mich zum Spiegel um. Was sich mir dort bot, war alles andere als ein schöner Anblick. Die Mascara hatte sich verflüssigt, Waschbärenringe um meine Augen geschmiert und auf meinen Wangen Streifen hinterlassen. Meine Haare standen mir wirr vom Kopf.

„Hoffentlich hat dich niemand gesehen.“

Leider doch.

„Und was ist mit deiner Jeans passiert? Ist die eingegangen? Wie kannst ...“

„Du bist echt so was von fies!“

Ich stürmte in mein Zimmer hoch und heulte, bis die restliche Mascara davongeschwemmt war. Ich weinte über meine eigene Angst und voller Zorn über Mama, die nicht zuhörte.

Und weil ich in Gegenwart des Jungen, in den ich verliebt war, wie ein Halloweengespenst ausgesehen hatte!

MITTWOCH

Normalerweise kommt die Nachbarschaft in den frühen Morgenstunden nur selten in den Genuss meiner bleichen Erscheinung, aber jetzt war ich zum zweiten Mal innerhalb kurzer Zeit schon in aller Herrgottsfrühe auf den Beinen.

Ich hatte mich die ganze Nacht hin und her gewälzt. Die gestrigen Ereignisse an der Bushaltestelle steckten mir wie ein Dorn im Gehirn. Je mehr ich über den Überfall nachdachte, desto mehr war ich überzeugt, dass Jimmy und Stoffe irgendwie damit zu tun hatten. Entweder hatten sie befohlen, jemanden an der Haltestelle auszurauben, oder die Jüngeren hatten versucht, mit ihrem Überfall auf das Bushäuschen und den Typen mit der Brille Jimmy und Stoffe zu imponieren.

Aber warum war Simon mit diesen beiden Schlägern unterwegs?

Zu dumm, dass sie Linus und mich gesehen hatten. Ein einziges Wort von Simon, dass wir sie vermutlich von seinem Haus aus verfolgt hatten, und wir würden eine Lektion erteilt bekommen, die uns einbläute, die Klappe zu halten.

Irgendwie gelang es mir, den Vorfall einigermaßen zu verdrängen. Ich hatte ja noch andere Probleme.

Paulina.

Am Morgen wand ich mich wieder in die superengen Jeans hinein und föhnte die Haare mit so viel Haarfestiger, dass sie wie eine Mähne um meinen Kopf herum abstanden. Diesmal ließ ich die Steppjacke hängen und wählte stattdessen die kurze Jeansjacke, auf eine Mütze verzichtete ich.

Als Linus mich draußen vor dem Haus begrüßte und wir zusammen zur Bushaltestelle gingen, blies der Wind eisig kalt. Die Kälte drang mir unter den Kragen, kroch an den Hosenbeinen hoch und in die Ärmel hinein.

Linus sah mich im Gehen mit seinen warmen braunen Augen an. Allerdings nicht voller Bewunderung, wie ich gehofft hatte.

„Du siehst krank aus", stellte er fest.

Jetzt bloß nicht heulen, sagte ich mir. Ehrlich gesagt fühlte ich mich wirklich krank. Die Jeans presste meinen Magen unerbittlich zusammen, es war ein Wunder, dass ich Linus nicht auf die Füße kotzte.

„Hab schlecht geschlafen", murmelte ich zwischen klappernden Zähnen hervor.

„Ich auch", sagte er leise.

Die Glaswände des Wartehäuschens boten keinen Schutz, aber der Bus kam schon nach ein paar Minuten. Fröstelnd beeilte ich mich, vor Linus hineinzukommen.

Das Erste, was ich erblickte, war Paulina.

Sie saß neben Jo, stand aber sofort auf.

„Ihr wollt bestimmt nebeneinandersitzen?", zwitscherte sie, lächelte anmutig und zeigte ihre perfekten Zähne.

Da konnte ich nicht widersprechen. Jo wäre sauer geworden. Also setzte ich mich neben sie.

Und Paulina setzte sich zu Linus. Schon nach kurzer Zeit begannen sie zu lachen. Du lieber Himmel, war das ein Getue! Was gab's denn da zu lachen?

Ich konnte nur noch an die beiden denken. Nebeneinander.

„Oh Mann!", stöhnte Jo. „Da könnte ich ja genauso gut Vokabeln lernen! Du hörst ja gar nicht zu."

Und ob ich zuhörte. Ich hörte Paulina und Linus zu. Ich hörte sein wundervolles Lachen, das von Herzen kam, und ich hörte ihr affektiertes, schrilles Kichern. Wenn ich ein so abscheuliches Lachen hätte, würde ich mich zu Tode schämen.

Wir stiegen an der Haltestelle aus, die gestern Abend vor meinen Augen demoliert worden war.

„Sorry, ich musste an was anderes denken. Ich war gestern hier."

Ich deutete mit einer Geste auf das zerstörte Wartehäuschen, und während wir auf die Schule zugingen, erzählte ich ihr, was vorgefallen war.

„In deinem Leben passiert ein bisschen zu viel, finde ich", sagte Jo.

Ich nickte und schob die Eingangstür der Schule auf. Wir traten in den warmen Korridor.

„Du musst eben ..."

Ich erfuhr nie, was sie hatte vorschlagen wollen, denn als wir in den Korridor kamen, lehnten dort Jimmy, Stoffe und zwei andere Jungs aus der Neunten an der Wand. Fast als hätten sie auf uns gewartet, begannen sie zu viert nebeneinander auf uns zuzugehen. Sie füllten den ganzen Korridor aus.

Jo schlüpfte hinter mich. Ich dachte, die werden uns bestimmt Platz machen, wurde aber immer zittriger, je näher die menschliche Mauer kam.

Keiner von ihnen sah mich an. Ihre Augen waren leer und kalt, wie die Augen toter Fische. Doch das beruhigte mich kein bisschen. Mein Herz schlug schneller und meine Beine fühlten sich an wie Gelee.

Genau in dem Moment, als sie an uns vorbeigingen, machte Stoffe einen Schritt zur Seite. Er holte tief Luft und rempelte mich mit aller Kraft an. Ich wurde heftig an die Wand geschleudert. Mein Rucksack flog durch die Luft und ich selbst plumpste in den kiesvermischten Schmeematsch auf dem rutschigen Fußboden.

Mohammed aus unserer Klasse kam mit Alexander und Saga angestürzt. Sie scharten sich um mich und halfen mir hoch.

„Diese Idioten halten sich wohl für die Obercoolen!"

„Alle haben denen gefälligst Platz zu machen!"

„Ist dir was passiert?"

„Tut es weh?"

Ich richtete mich langsam auf. Meine eine Schulter schmerzte ganz abscheulich, aber immerhin konnte ich den Arm bewegen.

Unsere drei Klassenkameraden gingen weiter. Jo bückte sich und sammelte die Bücher und Papiere ein, die aus dem Rucksack gefallen waren. Während ich mich abbürstete, entdeckte ich ein großes Loch überm Knie im einen Hosenbein.

„Das haben die mit Absicht getan", bemerkte Jo. „Lass diese Typen lieber in Ruhe."

„Mhm", versprach ich.

Aber wir wussten beide, dass ich mein Versprechen nicht würde halten können.

FREITAG

Obwohl ich die Ereignisse in der Schule am liebsten weiter untersucht hätte, musste ich Ruhe geben. Meine Schulter schmerzte so sehr, dass ich nachts kaum schlafen konnte. Auch am folgenden Tag tat es noch höllisch weh. Außerdem war der ganze Arm steif.

Meinen Eltern hatte ich gesagt, ich sei hingefallen. Ich wusste, was los gewesen wäre, wenn ich die Wahrheit erzählt hätte.

Aber am Freitagmorgen, als ich lange unter der warmen Dusche stand, spürte ich, wie die Lebensgeister in meinen Körper wiederkehrten.

Ich zog Jeans und Pulli an, aber die engen Jeans ließ ich im Schrank. Wie ein Model auszusehen, davon hatte ich die Nase voll. Außerdem waren sie kaputt.

„Gehen wir raus, Wuff?“

Sie lag auf dem Bett und reckte sich, gähnte maunzend wie eine Katze und sprang dann herunter.

Im Küchenfenster der Nachbarn war Licht, aber die Straße lag verlassen da. Während unseres Spaziergangs überlegte ich, ob ich die mysteriösen Vorfälle in der Schule nicht einfach ignorieren und all die falschen Anschuldigungen gegen mich lieber vergessen sollte.

Zwar lagen die kleinen Ohrringe immer noch in meiner Schublade, aber ich wusste ja nicht sicher, ob sie tatsächlich mit den behaupteten Diebstählen bei Frau Asp zu tun hatten. Simons Mutter hatte nichts mehr von sich hören lassen. Frau Asp hatte ihren verschwundenen Kram vielleicht mittlerweile wiedergefunden.

Ich hatte meine Warnung bekommen, und wenn ich aufhörte, in Sachen, die mich nichts angingen, herumzustochern, würden sie sich vielleicht damit zufriedengeben.

Vielleicht sollte ich am Wochenende lieber etwas Erfreuliches tun, mit Papa schwimmen gehen und mir mit Jo einen Film reinziehen.

Das Dumme war nur, dass Jimmy und Stoffe nichts von meinem Entschluss, erst mal Zurückhaltung zu üben, wussten. Sie beobachteten mich in jeder Pause. Standen einfach da und bewachten mich, ewig lang. Und nicht nur Jimmy und Stoffe. Die beiden anderen Jungs, die bei der Rempelei dabei gewesen waren, verhielten sich genauso.

Ich empfand ein kriechendes Unbehagen. Vielleicht brüteten sie inzwischen etwas Neues aus. Etwas Schlimmeres.

Ich sagte nichts davon zu Jo, war aber auf der Hut und sorgte dafür, immer in Begleitung zu sein.

Nach der Schule holte Papa mich ab und fuhr mit mir zum Hallenbad. Aber die kalt musternden Blicke wichen auch während des Schwimmens nicht aus in meinen Gedanken.

Wollten Stoffe und seine Kumpane mir damit Angst machen? Wenn, dann waren sie auf dem besten Weg, ihr Ziel zu erreichen.

Vom Hallenbad fuhren wir zur Videothek, danach brachte Papa mich zu Jo.

Jo wohnt auf einem Hof mit mehreren rot gestrichenen Gebäuden. Das größte davon ist der Pferdestall. Die Koppel war leer. Die Pferde standen drinnen in der Wärme in ihren Boxen.

Hier draußen auf dem Land schloss niemand die Türen ab. Man brauchte bloß einzutreten.

„Hallo!"

„Wir sind in der Küche!"

Jos Eltern waren dabei, den Tisch nach dem Abendessen abzuräumen. Jos Mutter ist genauso blond wie ich. Jo hat die dunklen Augen, das dunkle Haar und die immer gebräunt wirkende Haut von ihrem Vater geerbt. Seine Zähne leuchteten weiß, als er mich mit einem breiten Lächeln begrüßte.

„Hallo, Svea, schon lang nicht mehr gesehen! Wie geht's, wie steht's?"

In jeder Silbe schwang der Louisiana-Akzent mit.

„Gut."

Jos Mutter drückte das Schwammtuch aus und hängte es über den Wasserhahn.

„Und deinen Eltern?"

„Auch gut."

„Wollt ihr einen Film anschauen?"

„Ja."

„Irgendwas Spannendes natürlich?"

„Ja."

Jo kam hereingestürmt.

„Hört mit diesem Kreuzverhör auf! Komm, Svea!"

Ich lächelte entschuldigend, als Jo mich zur Treppe hinüberzog.

„Die sind echt ätzend", seufzte sie.

„Mhm."

Eigentlich finde ich ihre Eltern total in Ordnung. Die lassen uns meistens ganz in Ruhe. Im Gegensatz zu meinen oberpeinlichen Eltern, die immer was zu essen anbieten müssen und anfangen, über alte Erinnerungen zu quatschen, kaum dass mich jemand besuchen kommt.

Jos Zimmer lag im Obergeschoss, mit Aussicht auf die Pferdekoppel. Die helle Tapete wurde fast völlig von Pferdepostern bedeckt. Ich warf mich auf ihr breites Bett und lehnte mich in das Meer aus Kissen und Stofftieren zurück. Dem Bett gegenüber stand ein Regal mit einem Fernseher und einem DVD-Player.

Ich reichte Jo den Film.

„Was meinst du, soll ich die Polizei informieren, dass Jimmy, Simon und Stoffe bei dem Überfall zugeschaut haben?"

„Und was würdest du der Polizei sagen? Dass du vermutest, sie hätten den ganzen Angriff gesteuert?"

Sie steckte den Film in den DVD-Player und warf einen sehnsüchtigen Blick auf die Fernbedienung, die ich in der Hand hielt.

Aus ihrem Mund klang mein Verdacht nicht besonders glaubwürdig. Im Gegenteil.

Ich zuckte die Schultern. Dann eben nicht.

Sie hielt eine große Plastikschüssel vor mich hin.

„Lass dir die Chips schmecken und drück endlich auf Start!"

SONNTAG

Als ich klein war, hab ich Oma und Opa oft freiwillig besucht. Inzwischen kommt das immer seltener vor. Nicht etwa, weil sie zu weit weg wohnen würden. Mit dem Auto sind es bloß zehn Minuten und mit Bus und Vorortbahn dauert es nur wenig länger. Außerdem gibt es immer was Leckeres zu essen und jede Menge Kuchen und Gebäck. Und Opa ist ein echt cooler Typ.

Aber wenn man erst mal ein Teenie ist, landen Großeltern weit unten auf der Prioritätenliste, nach Freunden, Fernsehen, Computer, Schwimmen, Lesen und Chillen. Irgendwo zwischen Gassi gehen mit dem Hund und Zimmer aufräumen.

Doch als Mama am Sonntagmorgen fragte, ob ich zum Nachmittagskaffee bei Oma und Opa mitkommen wolle, sagte ich Ja.

Mama sah mich überrascht an. Sonst habe ich immer unglaublich viele Hausaufgaben, wenn ich etwas tun soll, wozu ich normalerweise keine Lust habe.

„Ich hab nichts auf", erklärte ich eilig, bevor sie dazu kam, mich zu fragen. „Morgen fängt die Schnupperlehre an."

Oma und Opa wohnen in einem alten roten Holzhaus mit weißen Holzverzierungen. Mama ist dort groß geworden.

Oma empfing uns mit umgebundener Schürze überm Sonntagskleid. Sie hatte sich mit Mascara und Lippenstift zurechtgemacht, ihr kurzes blondes Haar war frisch gelockt. Noch bevor ich meine Jacke ausziehen konnte, versank ich schon in ihrer parfümduftenden Umarmung. Wuff schoss schnurstracks zu den Wohlgerüchen in der Küche und hinterließ einen zerknautschten Dielenteppich, während wir anderen gemächlich ins Wohnzimmer gingen, wo Opa es sich in seinem Lesesessel bequem gemacht hatte.

„Das da regt mich schrecklich auf!", erklärte Oma und deutete auf

Opa, der sich freundlich lächelnd mühsam aus dem weichen Sessel erhob.

„Dass Vater die Zeitung liest?", fragte Mama.

„Unsinn", sagte Oma. *„Die da."*

„Welche *die da*?"

Während Opa uns zur Begrüßung umarmte, nahm Oma die Zeitung vom Tisch, wo Opa sie hingelegt hatte, und wedelte damit in der Luft.

„Es ist so feige."

„Was denn?", fragte Papa, von Omas rätselhaftem Gebaren leicht gereizt.

„Alte Leute auszurauben. Hier steht etwas über Ganoven, die bei alten Leuten anklopfen. Sie lügen ihnen vor, sie müssten mal kurz telefonieren, und räumen dann Schmuck und Geld aus den Schubladen."

Mama verzog bekümmert den Mund und warf mir einen Blick zu. Ich wusste, woran sie dachte. An die Anschuldigungen von Simons Mutter. Sie holte Luft, um etwas zu sagen, aber Opa kam ihr zuvor.

„Das ist doch ganz natürlich", bemerkte er.

„Was sagst du denn da für dummes Zeug, Gösta?", rief Oma aus.

„Überleg doch! Warum sollten die Kriminellen bei irgendwelchen Muskelpaketen anklopfen? Ist doch klar, dass sie sich Opfer aussuchen, die keinen Widerstand leisten können."

„Das ist feige. Heutzutage sollte man lieber nicht mehr hilfsbereit sein. Und ja nicht versuchen, einen Streit zu schlichten. Das steht auch in der Zeitung. Ein Mann, der versuchte, eine Schlägerei zu verhindern, hat ein Messer in den Bauch bekommen."

„Du irrst dich, Anna", sagte Papa. „Wir brauchen im Gegenteil mehr Zivilcourage, sonst gewinnen die Kriminellen die Oberhand. Wer sich nicht traut, sich einzumischen, kann immer noch die Polizei anrufen oder das Verbrechen fotografieren. Die meisten Leute haben ja ein Handy."

Mama sah immer noch bekümmert aus.

„Was ist denn, Stella?", fragte Oma.

Falls sie jetzt anfängt, über den bescheuerten Schmuck von Frau Asp zu sprechen, haue ich sofort ab, dachte ich.

Mama schüttelte entschlossen den Kopf.

„Nichts. Ich hab nur über das nachgedacht, was du gesagt hast."

Wenn Oma zum Kaffee einlädt, gibt es nicht nur einen Kuchen oder einen Hefezopf. Nein, da werden mindestens drei verschiedene Sorten Schnittchen aufgetischt, sieben Sorten Plätzchen, Rosinenschnecken und eine Torte.

Wie immer war es nett und gemütlich. Aber meine Gedanken hielten sich anderswo auf. Ich dachte an Opas Bemerkung, die Kriminellen würden sich ihre Opfer bei den Schwächsten aussuchen.

Dann musste ich an Simon denken. Aber nicht als Kumpel der schlimmsten Schlägertypen der Schule, sondern als deren Opfer. Dieses Bild überzeugte mich mehr. Vielleicht wurde er dazu gezwungen, mitzumachen und sie zu decken.

Womit drohten sie ihm wohl? Mit noch mehr Gewalt? Letzte Woche hatte ihn jemand geschlagen und da hatte er behauptet, ich wäre die Schuldige.

Aber was war mit Marko? Warum hatte der sich auf dem Schulhof geprügelt? Wollte er jemanden beeindrucken?

Oder war es genau andersherum?

War er das Opfer und Leo hatte auf ihn eingedroschen, um Jimmy und Stoffe zu imponieren?

Oma hatte mich offenbar schon eine Zeit lang beobachtet, während ich mir den Kopf zerbrach.

„Dieser Nachbarsjunge ... wie heißt er doch gleich?"

„Linus", flocht Mama ein.

„Dieser Linus – sitzt du jetzt da und träumst gerade von ihm, Afrodite?"

Oma lächelte. Sie ist eine genauso unverbesserliche Romantikerin wie Mama. Sie hat Linus ein einziges Mal getroffen und ist schon bereit, mich mit ihm zu verheiraten.

Ganz anders als Papa.

„Wahrscheinlich ist sie nervös", vermutete er. „Morgen fängt sie ihre Schnupperlehre an."

„Das hatte ich ganz vergessen", sagte Oma. „Wo denn?"

„Bei Elin", antwortete Mama an meiner Stelle. „Elin ist die Chefin eines H&M-Ladens in der Innenstadt."

„Wie schön, dass ihr euch die ganzen Jahre nicht aus den Augen verloren habt!", sagte Oma. „Ich weiß noch, wie ihr hier in unserem Garten auf einer Decke gesessen und mit Papierpuppen gespielt habt. Als ich neulich aufräumte, hab ich ein Foto von euch gefunden. Es muss hier irgendwo liegen."

Sie durchwühlte eine Schachtel im Bücherregal, bis sie schließlich ein Foto fand, das sie Mama reichte. Mama betrachtete es eine Weile mit einem Lächeln auf den Lippen, bevor sie es mir gab.

Das Bild war in Omas lauschigem Garten aufgenommen. Im Hintergrund war das Haus zu erkennen. Auf einer Decke unter einem Baum saßen zwei kleine Mädchen mit schneeweißen Haaren und lachten in die Kamera.

„Wann hat Elin angefangen, sich die Haare rot zu färben?", fragte ich.

„Als sie ein Teenager war", antwortete Mama. „Bereits mit zehn Jahren begannen ihre Haare dunkler zu werden."

„Und jetzt wird deine Tochter bei ihr arbeiten", sagte Oma mit einem verträumten Lächeln. „Das wird dir doch Spaß machen, Afrodite? Ein Job, der mit Mode zu tun hat?"

„Also ehrlich, Oma! Ich hätte tausendmal lieber eine Schnupperlehre bei der Polizei oder der Feuerwehr gemacht."

Oma warf den Kopf missvergnügt in den Nacken. Die Vorstellung, dass ich zur Polizei will, hat ihr noch nie so recht gepasst. Sie wandte sich an Mama.

„Wie geht es Elin?"

„Gut."

„Sie ist doch hoffentlich immer noch verheiratet?"

„Warum sollte sie das nicht sein?"

„Heutzutage ist es nicht selbstverständlich, dass Paare so lange zusammenhalten. Und ihre Kinder ... sie hat ..."

„Zwei. Denen geht es auch gut. Und der Katze ebenfalls."

Oma sah Mama gekränkt an und ich musste an Jo und ihre Mutter denken. Und daran, wie leicht ich selbst gereizt auf Mama reagierte. Warum fasst man die Fragen der eigenen Eltern nur immer als Verhör auf?

Auf dem Heimweg konnte sich Mama nicht länger beherrschen.

„Gestern hat die Mutter deines Mitschülers wegen dieser verschwundenen Schmuckstücke angerufen."

„Will sie mich in den Knast bringen?"

„Natürlich nicht, aber sie wollte wissen, warum wir uns nicht gemeldet hätten."

„Ich hab nichts mehr dazu zu sagen."

Sie seufzte stumm.

„Was hast du geantwortet?"

„Dass wir wieder anrufen würden."

„Du glaubst mir also immer noch nicht!"

„Svea, ich weiß wirklich nicht recht, was ich glauben soll."

„Ich finde, du solltest deiner eigenen Tochter glauben und nicht einer dussligen Zicke, die lügt."

Mama zuckte zusammen, als ich Simons Mutter dusslige Zicke nannte, korrigierte mich aber nicht.

Die restliche Heimfahrt verbrachten wir schweigend. Meine gute Laune war wie weggeblasen.

FREITAG

Hannamaria hatte mich um meinen Job, der mit Kleidern zu tun hatte, beneidet. Aber weil ich mit Mode nicht besonders viel am Hut habe, war es für mich bloß etwas, das ich während der Schnupperlehre-Wochen erledigen musste.

Meine Aufgabe bestand darin, im Laden für Ordnung zu sorgen und die Kleider wieder aufzuhängen, die auf den Boden gefallen oder von den Kunden achtlos in den Ecken zurückgelassen worden waren.

Am meisten Spaß machte mir, in der Mittagspause mit Elin essen zu gehen. Sie zeigte mir ihre Lieblingslokale, und wenn noch Zeit war, schauten wir auf dem Rückweg zum Job noch in verschiedene Kaufhäuser oder Läden rein.

So wie am Freitag, als sie sich plötzlich in den Kopf gesetzt hatte, ich bräuchte einen neuen Pulli für die Schule. Das führte zu einer extralangen Mittagspause. Sie erklärte mir, welche Farben mir standen und welche nicht. Schwarz und Weiß zum Beispiel standen mir nicht.

Ich probierte bestimmt zehn Tops an, bevor sie zufrieden war. Und ich auch. Das marineblaue Top betonte das Blau meiner Augen, genau wie Elin versprochen hatte.

Mama war in der Küche, als ich nach Hause kam und schnitt Gemüse für den Salat. Auf dem Herd köchelten zwei Töpfe vor sich hin. Zwischen den Tellern auf dem gedeckten Küchentisch lag ein flaches Paket.

Vor lauter Eifer, mein neues Top vorzuführen, fragte ich nicht einmal, was das für ein Paket sei. Ich zog den Pulli aus der Tüte und hielt ihn vor mich hin.

„Schau mal!“

„Hübsch“, sagte Mama. „Aber woher hast du das Geld dafür?“

„Elin hat ihn mir gekauft.“

„Tatsächlich?"

„Sie geht in jeder Mittagspause mit mir essen. Das macht unheimlich Spaß. Wir quasseln und lachen. Elin ist echt witzig."

In Mamas Augen glomm etwas Eigenartiges auf.

„Hat sie denn dafür Zeit?"

„Sie *nimmt* sich die Zeit. Sie sagt, sie will die Gelegenheit wahrnehmen. Und ich hab jede Menge von ihr gelernt. Über Kleider und Farben und so. Dieses Top hat genau die richtige Farbe für mich. Aber mit Schwarz sehe ich aus wie eine Leiche."

„Aha", sagte Mama.

Sie hieb das große Küchenmesser in die Gurke wie eine Axtmörderin und wirkte kein bisschen erfreut.

„Was ist?", fragte ich.

„Nichts."

Ich sah das Paket auf dem Tisch an.

„Ist das für mich?"

„Mhm."

Ich riss das Papier auf. In dem Paket lag etwas Weiches. Ich nahm das Kleidungsstück heraus.

Ein Top.

Ein schwarzes Top.

„Hab mir gedacht, du könntest was Neues brauchen, weil du so tüchtig gewesen bist." Mama zuckte kurz die Schultern.

Ich hielt es hoch, hielt es an mich hin.

„Gefällt mir echt super", sagte ich.

In Schwarz sehe ich aus wie eine Leiche.

Mama schwieg und sah zum Fenster hinaus. Dann drehte sie sich mit leerem Blick wieder zu mir um.

„Das Essen ist bald fertig. Wir essen, wenn Papa kommt."

„Es gefällt mir wirklich. Vielen, vielen Dank, liebe Mama!"

Ich hörte selbst, wie piepsig meine Stimme klang.

„Ich hab die Quittung noch, falls du es umtauschen willst", bemerkte sie gleichgültig.

„Das *will* ich aber nicht umtauschen. Ich find das Top superklasse!"

„Mhm."

Sie verließ die Küche, ohne sich umzudrehen.

Mir stiegen Tränen in die Augen.

Ich knetete das schwarze Top in den Händen und versuchte den Kloß runterzuschlucken, der mir im Hals steckte.

SAMSTAG

Ich hatte mit Elin ausgemacht, am Samstag zur Arbeit zu kommen, weil da am meisten los war. Dafür würde ich Sonntag und Montag freibekommen.

Als der schlimmste Andrang nachgelassen hatte, durfte ich Schluss machen. Auf dem Weg zum Hauptbahnhof taten mir die Beine von dem langen Stehen ganz schön weh. Ich hatte meine Bahn gerade verpasst und daher reichlich Zeit für einen Schaufensterbummel.

Plötzlich entdeckte ich auf der gegenüberliegenden Straßenseite eine erstaunliche Gesellschaft. Ich traute meinen Augen nicht!

Jimmy und Stoffe kamen vom Bahnhof her die Klarabergsgatan entlang, zusammen mit Elias, Marko, Filippa und Paulina. Marko trug eine große Tasche.

Filippa ist kurz vor Weihnachten neu in unsere Schule gekommen, in die 8C. Mit schwarz umrahmten Augen und rasiertem Schädel, Ohren und Nase gepierct, wirkt sie mindestens so furchteinflößend wie Jimmy und Stoffe, aber ich hab noch nie gesehen, dass sie auch nur ein Wort miteinander gewechselt hätten. Und dazu Paulina. Und der brave Marko. Und Elias, der immer auf Jimmy und Stoffe herabschaut.

Brennend vor Neugier überquerte ich schnell die Straße. Was mochten die sechs zusammen in der Stadt vorhaben?

Ich folgte ihnen im Abstand von fünfzig Metern. Die Straßen wimmelten von Menschen. Selbst wenn einer aus der Gruppe zufällig einen Blick nach hinten werfen sollte, würde ich in der Menge verschwinden.

Sie bogen in die Fußgängerzone der Drottninggatan ab, gingen nebeneinanderher und nahmen die ganze Straßenbreite ein. Die Leute wichen ihnen aus, und wer nicht rechtzeitig beiseiteging, bekam einen Ellbogen in die Seite oder wurde angerempelt.

Elias legte den Arm um Paulina, so wie er es auch mit Jo getan hatte, aber sie schubste ihn weg, genau wie Jo. Dann bogen sie und Filippa nach links in eine Nebenstraße ab.

Elias und Marko gingen mit Jimmy und Stoffe weiter. Die vier verschwanden in einem Plattenladen. Ich ging vorbei und vertiefte mich vor dem nächsten Schaufenster in den Anblick von T-Shirts und Bechern, die mit dem Stockholmer Stadthaus dekoriert waren, und ähnlichem Touristenkitsch.

Bereits nach einer knappen Minute kamen Elias und Stoffe mit Jimmy wieder heraus und entfernten sich schnell in Richtung Kaufhaus Åhléns.

Marko war im Laden zurückgeblieben. Ich war mir unschlüssig, ob ich die drei verfolgen oder lieber in den Laden gehen sollte, um mich mit Marko zu unterhalten.

Bevor ich mich entschieden hatte, kam er herausgestürzt, von einem Verkäufer verfolgt.

„Gib die CD zurück!“, rief der Verkäufer hinter Marko her.

Doch der war schon über alle Berge.

Laut vor sich hin fluchend trottete der Verkäufer in den Laden zurück.

Ich stand mit aufgerissenen Augen da und konnte es nicht fassen. Marko hatte eine CD gestohlen! Jetzt gab es zwei Möglichkeiten. Entweder half ich dem Verkäufer und sagte ihm, wer der Dieb war. Oder ich lief hinter Marko her.

Weil ich Markos nächsten Schritte nicht verpassen wollte, wählte ich Letzteres.

Vor dem Eingang zur *Galleria* erblickte ich die ganze Bande wieder. Marko steckte Jimmy etwas zu. Etwas Flaches. Das konnte nur die gestohlene CD sein.

In gemächlicherem Tempo überquerten sie die Hamngatan und schubsten sich durch das Menschenmeer voran.

Plötzlich blieben sie vor einem Schaufenster stehen und begannen wild gestikulierend zu streiten. Marko sträubte sich offensichtlich, wurde aber schließlich von Stoffe in den Laden gezerrt.

Ich zögerte kurz, witschte dann aber hinter ihnen her. Neben dem

Ladeneingang stand ein großes Regal mit Haarspangen und Halsbändern. Ich verbarg mich dahinter und linste vorsichtig hervor.

Die Jungs standen im Kreis um ein Drehgestell und suchten Hosen aus, die dort hingen. Danach waren Pullis an der Reihe. Jeder nahm sich ein paar Kleidungsstücke mit, dann schlenderten sie zu den Umkleidekabinen.

In vielen Läden muss man vorher zeigen, wie viele Kleidungsstücke man in die Kabine mitnimmt. Hier nicht. Die beiden Verkäuferinnen waren von der Schlange an der Kasse voll in Anspruch genommen.

Die Umkleideräume wurden von Schwingtüren abgeschirmt. Ich wartete. Irgendwas war im Gange. Stoffe hielt ab und zu Ausschau nach den Verkäuferinnen. Vielleicht steckten die Jungs in der Kabine gerade irgendwelche Kleidungsstücke unter ihre eigenen Klamotten.

Ganz schön riskant! Die Sicherheitsanlage am Ausgang würde ein fürchterliches Geheul von sich geben.

Plötzlich kam Marko heraus. Er sah blass und verbissen aus und brachte keines der Kleidungsstücke, die er in die Kabine mitgenommen hatte, wieder heraus. Nur die große Tasche, die dem Platzen nahe zu sein schien.

Aha, die Kleider liegen in der Tasche, dachte ich. Und Marko wird geschnappt, kaum dass er die Alarmanlage passiert.

Ich zog mich noch weiter hinter das Regal zurück, aber Marko hätte mich nicht einmal gesehen, wenn ich neben ihm gestanden hätte. Wie ein Schlafwandler bewegte er sich auf den Ausgang zu. Als er an den Alarmbögen vorbeiging, bereitete ich mich innerlich darauf vor, die Hände an die Ohren zu pressen.

Aber nichts geschah.

Ein Sensor registrierte, dass er sich den Glastüren näherte, die daraufhin unendlich langsam auseinanderglitten.

Die anderen Jungs waren noch im Umkleideraum, aber ich folgte Marko.

Draußen auf der Hamngatan strömte dichter Verkehr. Marko lief zielstrebig auf den Hauptbahnhof zu.

Wie hatte er es geschafft, an der Alarmanlage vorbeizukommen?

Mir fiel ein, was Papa gesagt hatte. Auch wenn man nicht eingreift, kann man ein Verbrechen wenigstens fotografieren. Ich zog mein Handy heraus und machte von hinten ein Foto von Marko, der die pralle Tasche davonschleppte.

Im selben Moment hörte ich hinter mir schnelle Schritte – Jimmy, Stoffe und Elias.

Mein Herz klopfte vor Angst, dass sie mich entdecken könnten. Aber sie waren voll auf Marko konzentriert.

Er sah nicht einmal zurück, lief bloß wie in Trance.

Sie holten ihn ein und setzten den Weg zusammen fort.

Ich machte noch eine Aufnahme und folgte ihnen verwirrt und verblüfft.

Zuerst vermutete ich, sie wollten wieder zurück zum Bahnhof, doch stattdessen nahmen sie die Treppe, die zur Vasagatan hinunterführte, und gingen zu McDonald's.

Ich folgte ihnen und setzte mich an einen Tisch, wo jemand ein Tablett mit ein paar kalten Pommes stehen gelassen hatte. Ich hatte den Jungs den Rücken zugewandt, konnte sie aber im Spiegel an der Wand beobachten.

Sie standen vor der Kasse in der Schlange, und als sie an der Reihe waren, kramte ausgerechnet Marko seine Brieftasche hervor. Bald kamen sie mit ihren voll beladenen Tabletts und nahmen einige Tische von mir entfernt Platz.

Jimmy biss in seinen Hamburger, dass das Dressing nur so zwischen den Brotscheiben hervorquoll und schließlich über seine Finger troff. Er nahm noch einen Bissen und wischte sich dann die Finger an einer Serviette ab, bevor er sich über die Tasche beugte, die zwischen ihm und Marko stand.

Er zog den Reißverschluss auf. Zuoberst in der Tasche lag eine silberglitzernde Folie, fast so groß wie die Tasche selbst.

Die Tasche war präpariert! Das war der Grund, warum der Alarm nicht ausgelöst worden war!

Ich machte noch eine Aufnahme.

Stoffe murmelte eine Bemerkung, worauf Jimmy den Reißverschluss wieder zuzog. Vermutlich fand Stoffe den Ort nicht ideal, um Diebesgut auszubreiten.

Markos Blick flackerte ebenfalls unruhig durch das Lokal. Er hatte Angst, das war deutlich.

Jimmy streckte seine Hand zu ihm aus. Offensichtlich wollte er etwas von Marko haben.

Aber Marko reagierte nicht. Er starrte bloß auf das Tablett, das vor ihm stand.

Plötzlich erhielt er einen Schlag aufs Ohr. Er stieß einen grunzenden Laut aus und verzog schmerzlich das Gesicht.

Schnell grub er in seiner Tasche und reichte Jimmy irgendwas. Was war das? Sein Handy?

Ein Mädchen mit langen blonden Haaren, das am Nachbartisch saß, starrte die Bande befremdet an. Ihr Freund, ein Brillenträger mit handgestricktem Wollpulli, zog es vor, nur verstohlen rüberzuschielen, während er sich aus einer Tüte auf dem Tablett Pommes in den Mund stopfte.

„Hey, was gibt's da zu glotzen?"

Jimmy hob leicht den Hintern an, als wollte er sich erheben. Das Mädchen senkte rasch die Augen.

Jimmy warf dem Mädchen einen höhnischen Blick zu, während er laut schlürfend den Bodensatz seines Milkshakes aufsaugte. Stoffe schob sich gelangweilt die letzten Krümel aus seiner Pommestüte in den Mund und Elias lutschte seine Fingerspitzen sauber.

In diesem Moment drehte sich Marko zum Spiegel um.

Unsere Blicke trafen sich. Ich sah, dass er mich wiedererkannte, obwohl ich die Mütze tief über die Ohren gezogen hatte. Eilig schüttelte ich den Kopf.

Bitte, halt den Mund!

Svea!

Marko geriet in Panik. Sein Puls begann zu rasen, vor Angst und weil er sich für seine eigene Feigheit schämte, für das, was er getan hatte.

Svea würde alles verraten. Jede Sekunde könnte die Polizei hier sein.

Hastig fuhr er hoch und floh hinaus, von Jimmys Rufen verfolgt. Atemlos stürzte er die Rolltreppe nach unten, raste den langen gekachelten Gang entlang, der zu den Sperren führte, und prallte dabei immer wieder gegen die anderen Fußgänger.

Eine S-Bahn stand abfahrbereit am Bahnsteig. Marko stürmte die Treppe hinauf, immer zwei Stufen auf einmal. Die Passagiere waren schon eingestiegen. Vor den offenen Türen war es leer.

„Bitte zurücktreten."

Die Stimme des Fahrers hallte über den Bahnsteig.

Er warf sich nach vorn und schaffte es gerade noch zwischen den Türen hindurch, die sich schon mit einem zischenden Laut aufeinander zubewegten. Doch zu seinem Entsetzen öffneten sie sich automatisch noch einmal.

Ein paar lange, grauenhafte Sekunden verstrichen, während Marko mit geschlossenen Augen, auf zitternden Beinen, im Mittelgang stand, wartete und betete.

Erst als die Türen wieder zischend zuglitten, wagte er die Augen zu öffnen. Er war von gleichgültigen, unbekannten Gesichtern umgeben.

Im selben Moment, als er sich auf den Sitz sinken ließ, bereute er schon, dass er abgehauen war. Sie hatten vorgehabt, noch mehr Läden zu besuchen.

Er spürte einen harten Kloß im Magen.

Wie konnte ich bloß so idiotisch sein!

Verdammte Svea! Das war ihre Schuld!

Jetzt konnte er nicht mehr umkehren.

Er schloss die Augen. Hinter den Lidern brannten die Tränen.

Er musste anrufen und Anna warnen.

Dann fiel es ihm ein. Das ging ja nicht.

Jimmy hatte sein Handy an sich genommen!

Ich sah Marko davonflitzen und rannte gleich hinter ihm her, in Richtung Bahnhof. Aber als ich auf dem Bahnsteig ankam, war der Zug gerade abgefahren. Und Marko mit ihm. Es blieb mir nichts anderes übrig, als auf den nächsten Zug zu warten.

Ich rief Linus vom Zug aus an und sagte, ich sei unterwegs und müsse mit ihm reden, erwähnte aber nicht, warum. Nicht in einem voll besetzten Vorortzug. Irgendwie ist es einigermaßen privat, wenn der Kumpel von jemand, den man gut kennt, sich plötzlich als Ladendieb entpuppt.

Ich begab mich schnurstracks zu Linus und läutete.

Linus öffnete die Tür. Glöckchen begrüßte mich mit einem wütend piepsenden Plastikfrosch im Maul.

„Darf ich reinkommen?", fragte ich.

Linus trat widerstrebend ein paar Schritte zurück, forderte mich aber nicht auf, meine Jacke abzulegen. Seine Eltern waren nirgends zu sehen.

„Bist du allein?", fragte ich.

Er brummte etwas, das ich als ein Ja deutete.

Aber trotzdem blockierte er mir hartnäckig den Weg.

„Und? Was ist denn so unheimlich wichtig?", fragte er fast gereizt.

Ich holte mein Handy hervor und drückte auf die Tasten, bis ein Foto erschien.

„Schau dir das hier mal an!"

„Schön."

„Hast du sonst nichts dazu zu sagen?"

Er zuckte stumm die Schultern.

„Ich dachte, das würde dich aufregen."

„Das ist doch Wuff."

Ich sah nach. Das falsche Bild.

Also suchte ich das Foto von Markus hervor, der mit der Tasche davonlief.

Linus wirkte immer verwirrter.

„Ein Typ mit einer Tasche."

„Das ist Marko. Die Tasche ist vollgestopft mit geklauten Klamotten. Da, bitte!"

Ich zeigte ihm die Aufnahme aus dem McDonald's.

Auf dem Bild wurde die silberfarbene Folie in der Tasche ganz und gar von Markos Beinen verdeckt. Und dabei war ich überzeugt gewesen, meine Fotos würden den sonnenklaren Beweis für die Diebstähle liefern!

„Ooh, Mann!", stöhnte ich enttäuscht. „Aber er hatte eine präparierte Tasche voller Kleider dabei, ehrlich!"

„Und woher willst du wissen, dass er sie gestohlen hat?"

„Ich hab's gesehen. Zuerst hat er eine CD geklaut, dann Kleider."

„Haben Jimmy, Stoffe und Elias auch etwas gestohlen?"

„Nja ... nicht soweit ich gesehen hab. Aber sie waren die ganze Zeit mit Marko zusammen. Und weißt du, wen ich noch mit ihnen gesehen hab? Paulina und Filippa!"

„Aber die haben doch nichts geklaut?"

„Nein, die sind schon abgehauen, bevor Marko in dem ersten Laden was gestohlen hat. Kannst du Marko nicht anrufen und rausfinden, was er eigentlich treibt?"

„Das geht im Moment nicht."

„Ach so?"

Er schielte verlegen zur Seite, in Richtung Küche. Ich trat ein paar Schritte vor.

Am Küchentisch saß Paulina.

Sie winkte mir fröhlich zu.

„Hallo, Svea!"

Als ob sie sich darüber freute, mich zu sehen!

Die Freude war nicht gegenseitig.

Ich kapierte sofort, warum Linus mich nicht hatte hereinlassen wollen. Er wollte mit Paulina allein sein!

Mein Herz begann wild in der Brust zu hämmern.

Linus räusperte sich betreten.

„Wir ... äh ... sitzen gerade an einer Gruppenarbeit."

Ich nickte kurz.

„Verstehe", entgegnete ich kühl. „Echt die perfekte Unterhaltung an einem Samstagabend."

„Ja, ich würde am liebsten den ganzen Abend weitermachen", zwitscherte Paulina. „Aber ... sag mal, ich hab gehört, dass du über mich und Filippa gesprochen hast."

Du hast gelauscht!

„Ich hab euch in der Stadt gesehen", sagte ich ausweichend. Hoffentlich hatte sie nicht alles gehört, was ich gesagt hatte.

„Ich hab Filippa geholfen, einen Pulli auszusuchen."

„Ich wusste gar nicht, dass ihr euch kennt."

„Wir kennen uns seit vielen Jahren. Früher haben wir in derselben Band gespielt, ich Gitarre und sie Schlagzeug, aber dann hab ich aufgehört. Pferde sind mir lieber. Kann man dir was anbieten?"

Sie erklärte nicht, warum sie mit den Jungs unterwegs gewesen war. Stattdessen schob sie einen Teller mit Kuchenstücken zu mir rüber.

„Bitte sehr!"

Als würde sie hier wohnen!

„Ich muss nach Hause."

Linus fuhr sich verlegen durchs Haar.

„Wollen wir mit den Hunden ...", fing er leise an.

„Ruf Marko an", unterbrach ich ihn. „Wenn du nicht mehr so beschäftigt bist."

„Tschüs!", rief Paulina fröhlich aus der Küche. „Schön, dass du da warst!"

Findest du vielleicht!

Ich sagte nichts, als ich ging, weil ich befürchtete, meine Stimme könnte versagen.

Eine Meute aus Jungs umringte Marko, als er den Bus verließ, und zwang ihn, mitzukommen.

Ihm war klar, warum. Er hatte gekniffen. Jetzt würde er seine Strafe erhalten.

Sie würden ihn schlagen, ihn mit Füßen treten, bis er starb.

Sie trieben ihn vor sich her bis zum Eingang der Kiesgrube.

Dort blieben sie stehen.

Und warteten.

Auf was?

Noch mehr kamen hinzu, auch die drei aus der Stadt waren inzwischen angelangt.

Aber nichts geschah.

Sie standen einfach dort, während die Dunkelheit sich herabsenkte. Eine Ewigkeit lang.

Marko weinte vor Entsetzen, stammelte schniefend Entschuldigungen hervor und gelobte Buße und Besserung.

Er unterbrach sich jäh, als eine Stimme seine von Selbstmitleid benebelten Sinne durchdrang. Jemand rief seinen Namen.

Anna!

Da erst begann das wirkliche Grauen.

Er sah sie kommen, konnte ihren Ruf jedoch nicht erwidern, um sie zu warnen. Eine harte Hand presste sich auf seinen Mund.

Sie bogen ihm die Arme hinter den Rücken hoch und hielten ihn mit eisernem Griff fest, zwangen ihn, zuzuschauen.

Seine Tränen ließen Annas dünne Gestalt verschwommen erscheinen. Sie rief immer noch seinen Namen. Aber es gab nichts, was er tun konnte.

Außer weinen.

Und hassen.

Und hoffen, dass sie Anna nicht zu sehr wehtun würden.

Anna schob die Hände tief in die Taschen und kämpfte sich gegen den heftigen Wind voran, während sie über ihren Bruder fluchte.

Mitten in ihrer Lieblingssendung im Fernsehen hatte sie eine SMS von Marko bekommen.

„Komm an den Eingang der Kiesgrube. Ich muss dir was zeigen.“

Sie hatte versucht, ihn anzurufen, wollte protestieren. Es war dunkel und kalt, sie hatte keine Lust. Aber er antwortete nicht, egal wie oft sie anrief. Als Einziges erhielt sie eine neue Nachricht.

„Komm!“

Obwohl sie verärgert war, war sie auch ein wenig neugierig. Marko war in letzter Zeit so seltsam gewesen, abwesend und müde. Vielleicht würde sein Verhalten jetzt eine Erklärung finden. Wenn ja, dann wäre sie stolz darauf, diejenige zu sein, der er sich anvertraute.

Sie vergötterte ihren großen Bruder. Er war nur ein Jahr älter als sie, und während ihre Freunde laufend Zoff mit ihren Geschwistern hatten, waren sie und Marko immer ein Herz und eine Seele. Und sie hatten keine Geheimnisse voreinander. Bis jetzt.

Seit kurzer Zeit war Marko wie ausgewechselt. Er wollte nicht mehr so wie früher mit ihr reden und war sauer geworden, als sie ihn fragte, was denn eigentlich los sei. Er war ständig unterwegs und kam abends spät nach Hause, obwohl er bis dahin eigentlich immer nur vor seinem Computer gehockt hatte.

Ab und zu fuhren vereinzelte Autos an ihr vorbei, ansonsten war sie allein auf dem Fußweg, aber sie trabte zielstrebig weiter, ohne sich umzuschauen. Ihre Mutter hatte sie gewarnt. Nie mit Fremden reden. Nie zu einem Auto hingehen, das anhielt.

Zum Glück war es nicht weit. Innerhalb von zehn Minuten war sie am Ziel. Vielleicht würde sie es noch schaffen, das Ende der Sendung zu sehen, wenn das hier schnell erledigt wäre. Linker Hand konnte sie schon den Eingang zur Kiesgrube erkennen. Der Weg war mit einer Schranke versperrt. Neben dem Weg stand ein Wachhäuschen mit vollgesprayten Wänden.

Sie ging weiter, obwohl sie diesen Treffpunkt ziemlich eigenartig fand.

„Marko!"

Der Ruf wurde von dem starken Wind verschluckt.

Sie umrundete das Häuschen. Vor ihr öffnete sich eine dunkle Sandlandschaft, bedeckt von Schnee. Eine Zeit lang war es beliebt gewesen, an den steilen Hängen Schlitten zu fahren, bis das ein brutales Ende genommen hatte. Ein Junge war direkt auf einen großen Steinbrocken gefahren, der unterm Schnee verborgen lag. Er hatte sich den Kopf aufgeschlagen und hatte mehrere Monate im Krankenhaus verbringen müssen.

Plötzlich hörte sie knarrende Schritte. Jemand war hinter dem Häuschen.

„Marko?"

Sie drehte sich um und spähte umher. Es war wirklich sehr dunkel. Sie sah überhaupt nichts.

„Marko!", rief sie noch einmal.

Diesmal mit einem leichten Zittern in der Stimme.

„Hör mit dem Quatsch auf. Ich krieg Angst."

Sie näherte sich dem Häuschen und hörte wieder Schritte. Bestimmt würde Marko jeden Moment hervorhüpfen und sie erschrecken. Sie wappnete sich. Ich werde nicht schreien.

Plötzlich kamen die Schritte aus allen Richtungen. Im Nu war sie umringt. Harte Hände griffen nach ihr und hielten sie fest.

Sie schrie auf, doch da presste sich eine lederbehandschuhte Hand auf ihren Mund und Anna spürte, wie sie auf die steile Kante zugeschleppt wurde.

DIENSTAG

Als ich wieder zur Arbeit kam, fragte ich Elin, ob sie wüsste, dass man Kleider stehlen kann, obwohl die Sicherungsmarke noch dran ist.

In ihrem Blick tauchte ein wachsamer Funke auf, als sie mich ansah.

„Warum willst du das wissen?"

„Auf *Facebook* haben welche das behauptet."

Sie überlegte kurz, bevor sie mit zögerndem Nicken antwortete.

„So was kommt vor. Neulich haben wir zwei Mädchen erwischt, die eine Tasche mit dicken Schichten aus Isolierband präpariert hatten. Fast wäre es ihnen gelungen, die ganze Tasche voller Kleider nach draußen zu schmuggeln, aber eine aufmerksame Verkäuferin fand das Benehmen der beiden irgendwie auffällig. Unsere Sicherheitsabteilung arbeitet intensiv daran, die Ladendiebe zu überlisten, daher empfehle ich dir nicht, es auszuprobieren. Oder es auf ... *Facebook* zu verbreiten."

Ich lachte.

„Ich hab's ja nicht nötig, etwas zu klauen. Wenn ich lieb lächle, kaufst du mir doch, was ich haben will, oder nicht?"

Sie lachte ebenfalls, sah mich aber immer noch leicht fragend an.

Als ich am Abend nach Hause kam, wurde ich in der Eingangsdiele vom wütenden Klingeln des Telefons empfangen. Wuff umkreiste eifrig jaulend meine Beine, einen Gummiknochen im Maul, während ich den Hörer abnahm.

„Hallo, hier ist Bjarne Lund."

Jedes Mal, wenn ein Lehrer bei uns anruft, gehe ich in Gedanken schnell sämtliche Dummheiten durch, die ich begangen habe. Nach der letzten Sportstunde vor der Schnupperlehre hatte ich nicht geholfen, die Bälle einzusammeln. Und ich hatte den Kasten stehen gelassen. Oder vielleicht war Lund sauer, weil ich dieses eine nasse Handtuch einfach hinter den Heizkörper gestopft hatte, anstatt es beim Hausmeister abzugeben.

Ich war selbst überrascht, dass es so viele Anlässe gab, mich zu kritisieren.

„Was macht die Schnupperlehre?"

„Geht gut."

Mein Gehirn lief auf Hochtouren, um die geeignete Taktik zu finden. Sollte ich flunkern, meine Eltern wären nicht zu Hause? Oder war es besser, die Standpauke gleich einzustecken?

„Und wie sieht es mit deiner Kondition aus?"

„Gut ..."

„Ausgezeichnet. Ich brauche deine Hilfe."

„Aha?"

„Die Mannschaft der Neunten hat in rund zwei Wochen ein Freundschaftsspiel gegen eine Schule in Södertälje. Bist du dabei?"

„Ich geh in die Achte."

„Weiß ich doch, aber du und Alexander seid besser als die meisten unserer Neuntklässler. Ich hab ihn gefragt und er macht mit."

„Gemischte Mannschaft?"

„Ja."

„Und wen müssen wir ersetzen?"

„Elias und Nicke."

„Und warum?"

„Nicke hat sich den Knöchel verstaucht."

„Und Elias?"

„Der kommt nicht mehr infrage."

„Aber hallo! Elias ist doch der Beste der ganzen Schule!"

„Das *war* er einmal."

Bjarne Lund klang bitter. Ich wartete geduldig. Er fuhr fort.

„Was er zurzeit alles treibt, weiß ich nicht. Mit Training hat es jedenfalls nichts zu tun."

Ich dachte an das, was ich in der Stadt gesehen hatte, und daran, dass Elias neuerdings mit Jimmy und Stoffe herumhing, wollte aber nicht petzen.

„Na?“, fragte er, nachdem ich eine Weile geschwiegen hatte.

„Ich bin dabei, wenn Alexander mitmacht.“

„Gut! Ich melde mich noch wegen des Trainingstermins. Wahrscheinlich am Montag.“

Ich fühlte mich geschmeichelt. Gleichzeitig fragte ich mich leicht beunruhigt, was Elias dazu sagen würde, dass ich einfach als sein Ersatz in die Mannschaft hereingetrampelt kam.

Vermutlich würde es ihm kein bisschen gefallen.

Ich sah mich selbst bereits platt auf dem Boden liegen, von Elias umgerempelt. Und bereute mein Versprechen.

Aber ich rief Lund trotzdem nicht noch einmal an. Irgendwie würde es schon hinhauen.

DONNERSTAG

Im Laufe der Woche nervte ich Linus immer wieder damit, er solle doch mit Marko reden. Wir drehten wie üblich unsere abendlichen Runden mit den Hunden, aber er wirkte irgendwie abwesend.

Ich wusste, woran er dachte. Oder besser gesagt, an wen.

An Paulina.

Aber ich versuchte so zu tun, als wäre es mir egal. Hauptsächlich mir selbst machte ich das vor. Ich erzählte von witzigen Sachen, die während der Arbeit passiert waren, und brachte ihn zum Lachen und dazu, sich auf seine eigene Schnupperlehre zu freuen.

Am Donnerstagabend schlug ich schließlich vor, wir könnten uns doch beide zusammen mit Marko unterhalten. Widerstrebend stimmte Linus zu. Marko war diese Woche gar nicht in der Schule gewesen, er hatte sich weder am Telefon gemeldet noch Linus' SMS beantwortet, und das kam Linus allmählich seltsam vor.

Gleich, als ich nach Hause kam, machten wir uns auf den Weg.

Marko wohnt in der Nähe der Kreuzung, wo wir morgens aus dem Bus steigen, in einem niedrigen Holzhaus.

Er selbst machte uns auf. Blass und hohläugig erinnerte er an die Junkies, die sich im Stadtzentrum herumtreiben. Man konnte fast seine Rippen unter dem T-Shirt zählen, und seine Arme waren dünner als meine eigenen Handgelenke.

Zuerst sah er Linus an und blinzelte betreten. Dann entdeckte er mich und verzog das Gesicht.

„Na, wie geht's?", fragte Linus.

Marko zuckte stumm die Schultern.

„Wir wollen mit dir reden."

Marko rührte sich nicht vom Fleck. Offensichtlich wollte er nicht mit uns reden.

„Wer ist da?", rief eine Frau aus dem Innern des Hauses.

„Linus!", rief Marko zurück.

„Mach die Tür zu. Es zieht."

Ich drängte mich vor, bis er zurückweichen musste, und schlüpfte ins Haus. Linus folgte mir.

Marko grummelte irgendwas, schloss aber hinter uns die Tür.

Er bat uns nicht, unsere Jacken abzulegen, aber das taten wir trotzdem.

„Hallo, Linus", sagte plötzlich eine Stimme von einer Türöffnung her. „Und ..."

„Svea", sagte ich.

„Hallo, Svea. Ich bin Markos Mutter, Anita. Lieb von euch, Marko zu besuchen. Bei uns geht alles drunter und drüber, seit ..."

Sie machte eine Geste und nahm offensichtlich an, wir wüssten, wovon sie sprach.

„Marko geht es auch nicht besonders gut", fuhr sie fort.

„Wahrscheinlich irgendein Virus", schlug ich vor.

Als Linus' Mutter mich ansah, tauchten ein paar tiefe Falten auf ihrer Stirn auf.

„Habt ihr denn nicht gehört, was mit Anna passiert ist?"

„Nein, was denn?", fragte Linus.

„Es war entsetzlich! Was hatte sie bloß bei der Kiesgrube zu suchen! Ich ..."

„Hör auf!", fuhr Marko sie an. „Kommt!"

Er zog uns hinter sich her und führte uns die Treppe nach oben in sein Zimmer.

Mein Zimmer sieht meistens ziemlich chaotisch aus, aber im Vergleich mit Markos Zimmer könnte man es geradezu als ordentlich bezeichnen. Überall flogen Kleider, Bücher und Sachen herum. Kein Licht, aber dank des fahlen Scheins eines eingeschalteten Computerschirms fanden wir uns trotzdem zurecht.

Marko machte nicht einmal den Versuch, etwas wegzuräumen, sondern ging einfach zu seinem Bett und ließ sich darauffallen.

Schließlich schob ich Klamotten und Handtücher vom Schreibtischstuhl, um mich irgendwo hinsetzen zu können. Linus machte das Gleiche mit einer Ecke des Schreibtisches und setzte sich dann auf den Tisch.

Das schwache Summen des Computers erfüllte das Zimmer. Keiner von uns sagte etwas.

Linus nahm ein Foto vom Schreibtisch, ich warf auch einen Blick darauf. Ich erkannte das Mädchen wieder, hatte sie schon in der Schule gesehen, wahrscheinlich ging sie in die Siebte. Dagegen hatte ich sie bisher nicht mit Marko in Verbindung gebracht, obwohl die Ähnlichkeit eigentlich ziemlich auffallend war.

Sie war mit Abstand das hübscheste Mädchen, das ich je gesehen hatte. Und wenn man bedenkt, dass ich Jo kenne, will das etwas heißen. Sie hatte blonde Locken und betrachtete den Fotografen neugierig mit großen braunen Augen.

„Ist das deine Schwester?“, fragte ich.

Marko nickte kurz.

„Was ist denn mit Anna?“, erkundigte sich Linus.

„Als ob dich das einen Scheiß interessieren würde!“

„Wir sind doch Freunde.“

Marko schnaubte.

Linus’ Gesichtsausdruck wurde hart.

„Mann, stell dich nicht so an! Wir wollen dir helfen!“

Marko sah Linus in die Augen, die Mundwinkel verbittert nach unten gezogen.

„Und was könntet ihr schon machen?“

Seine Stimme klang höhnisch, aber nachdem es uns immerhin gelungen war, ihn zum Sprechen zu bringen, wollte ich nicht aufgeben.

„Was ist deiner Schwester denn passiert?“, fragte ich.

„Ein Unfall.“ Markus sah zur Seite. „Sie liegt im Krankenhaus.“

Wir warteten eine Weile, aber er schwieg.

Ich sah mich um. An der einen Seite des Zimmers war eine steile Dachschräge. Dort hatte Marko Poster angebracht, eins, auf dem ungefähr fünfzig Pflanzen abgebildet waren, und eins mit Vögeln. Dazwischen hing ein großes Plakat mit dem Sternhimmel der nördlichen

Erdkugel. Ich erkannte die sieben Sterne des Großen Wagens, die auf den Polarstern hinwiesen.

Über dem Bett hing ein Poster mit sechs tätowierten Jungs, die um einen Instrumentenhaufen herumstanden.

Marko folgte meinem Blick.

„Findest du die gut?"

Ich hatte keine Ahnung, wer die waren, wollte aber meine Unwissenheit nicht verraten.

„Es geht so."

„Und auf welche Art von Musik stehst du?"

Einfach drauflosreden, sagte ich mir, das lockert die Stimmung auf.

„Pop, Balladen, alles Mögliche."

Linus und Marko wechselten vielsagende Blicke. Ich fühlte mich uncool. Hätte wohl besser Rock oder etwas Angesagteres erwähnen sollen. Darum ging ich auch nicht so sanft vor, wie ich mir ursprünglich vorgenommen hatte.

„Ich hab gesehen, wie du eine CD und Klamotten geklaut hast", knallte ich ihm hin.

Marko hob mit gespielter Lässigkeit die Schultern, biss sich aber nervös auf die Unterlippe.

„Dann verpfeif mich doch. Ist mir so was von egal."

„Stimmt nicht! Jimmy und Stoffe haben dich und Elias gezwungen, mitzukommen, oder? Warum lässt du sie nicht einfach auffliegen?"

„Wie denn? Hast du etwa beobachtet, dass sie mich mit dem Messer bedrohen? Oder dass sie was gestohlen haben?"

„Nein, aber sie waren es doch, die dich dazu gezwungen haben, das zu tun, oder?"

Marko sagte nichts.

„Warum hängst du überhaupt mit diesen bescheuerten Idioten herum?", fragte ich erschöpft.

„Du kapierst wohl gar nichts, was?"

„Solange du nicht damit rausrückst, was los ist, kapier ich echt nichts!", fuhr ich ihn ungeduldig an. „Dann sprich eben mit deinen Eltern! Du bist vierzehn, du kannst gar keine Strafe kriegen. Nur ein ordentliches Donnerwetter!"

„Werd endlich erwachsen!", sagte Marko.

Ich sah ihn verständnislos an.

„Warum schützt du Jimmy und Stoffe?"

Er schüttelte den Kopf.

„Ihr blickt echt überhaupt nichts", sagte er leise. „Verschwindet jetzt lieber."

„Aber ..."

„Verpisst euch!"

Linus und ich wechselten einen Blick, dann standen wir auf und verließen das Haus.

Als ich später am Abend schlafen gehen wollte und die Jalousie herunterließ, sah ich auf der Straße zwischen unserem Haus und dem von Linus eine Schar dunkel gekleideter Jungs stehen.

Sie machten gar nichts, standen bloß da.

Als in der Stille plötzlich mein Handy losdudelte, erschrak ich heftig.

„Schau mal aus dem Fenster!", zischte mir Linus' erregte Stimme ins Ohr.

„Ich weiß. Erkennst du, wer die sind?"

„Nein, dazu ist es zu dunkel. Aber mir kommt das unheimlich vor. Warum stehen die überhaupt da?"

„Null Ahnung."

Aber insgeheim dachte ich, vielleicht hat es etwas damit zu tun, dass wir bei Marko gewesen waren.

„Ich dreh noch durch, wenn die nur so dastehen und glotzen!"

„Genau das beabsichtigen sie wahrscheinlich", bemerkte ich nachdenklich.

„Jetzt hören wir auf mit dem Quatsch! Jimmy und Stoffe können von mir aus treiben, was sie wollen, das interessiert mich nicht mehr. Und du solltest auch lieber die Finger davon lassen, finde ich."

„Mhm", sagte ich.

Aber nur, um ihn zu beruhigen.

Nachdem wir unser Gespräch beendet hatten, fotografierte ich die Bande durch die Lamellen der Jalousie hindurch. Aber obwohl ich die Aufnahme im Computer vergrößerte, konnte ich keine einzelne Person darauf erkennen.

Ich ahnte nur, wer sie waren.

Und die Vorstellung, dass Jimmy und Stoffe herausgefunden hatten, wo Linus und ich wohnten, gefiel mir ganz und gar nicht. Bald würden sie sich vielleicht nicht damit begnügen, nur vor unseren Häusern herumzustehen.

Ich beschloss, von nun an besonders vorsichtig zu sein.

SONNTAG

Alles Schöne hat ein Ende, so auch meine Schnupperlehre. Es war an der Zeit, die Schulbücher wieder hervorzukramen.

Ich baute mich selbst innerlich mit Bjarne Lunds Weisheiten über positives Denken auf. Man muss sich selbst als Sieger sehen, anstatt sich den mühsamen Weg zur Spitze vorzustellen. Ich sah mich schon Antworten auf sämtliche kniffligen Fragen abfeuern, die unsere Lehrer eventuell stellen würden.

Aber vorher machte ich ein paar Aufwärmübungen: Erst mal ein kleines Computerspiel, dann ein bisschen zwischen den Radiosendern hin und her zappen, um in Stimmung zu kommen, und schließlich noch eine zusätzliche Runde am PC.

Danach war ich total motiviert für meine Hausaufgaben.

Die Französische Revolution, dachte ich. Super! Voltaire und Rousseau. Und dann dieser Typ, der Monte-irgendwas heißt.

Das hilft mir bestimmt weiter, wenn ich später mal bei der Polizei bin. Dieser Monte-irgendwas wollte anstelle eines Königs einen Präsidenten haben. Das sag ich mal den Ganoven, wenn die angekettet und in Handschellen in der grünen Minna hocken. Dann bereuen sie ihre schlimmen Taten und werden garantiert ganz brav.

Für die Disco ist dieses Wissen bestimmt auch sehr nützlich. Superromantisch, um es Linus ins Ohr zu flüstern.

Wieso kam ich jetzt gerade auf ihn?

Er hatte seit Donnerstag, als diese Typen vor unseren Häusern herumlungerten, nichts mehr von sich hören lassen. Jedes Mal, wenn ich das Haus verließ, hatte ich mich ordentlich umgeschaut, aber die Bande war nicht wieder aufgetaucht.

Meine Gedanken glitten wieder zur Schule zurück. Und zum Hockeytraining.

Elias war bestimmt stinksauer. Ich konnte nur hoffen, dass er mir nicht die Schuld dafür gab. Es war schließlich Bjarne Lund, der bestimmt hatte, dass Elias nicht mitspielen durfte.

Ich schickte eine SMS an Alexander.

„Was hat Elias eigentlich vermasselt?"

Die Antwort kam umgehend.

„Hat das Training sausen lassen. Und Lund Schwuchtel genannt."

Das klang natürlich weniger gut. Aber ob unsere reguläre Sportlehrerin Anita den besten Spieler unserer Mannschaft aus diesen Gründen wohl ausgeschlossen hätte? Ohne Elias hatte unsere Schulmannschaft kaum eine Chance zu gewinnen. Vermutlich hatte Lund sich vorher mit ihr abgestimmt. Er war ja trotz allem nur eine Vertretung.

Ich begriff einfach nicht, warum Elias sich mit Jimmy und Stoffe eingelassen hatte. Vielleicht aus Angst, genau wie Marko, obwohl er das nicht zugeben wollte? Denn freiwillig würde Elias bestimmt nicht mit ihnen verkehren. Er hatte eigene anständige Freunde, Sportler wie er selbst.

Mir fielen keine brauchbaren Antworten auf meine Fragen ein, also versuchte ich mich wieder auf die Hausaufgaben zu konzentrieren. Ich las noch zwei Abschnitte durch und spürte, wie sich die Weisheit in meinen Hirnzellen ausbreitete.

Kurz schielte ich auf die nächste Seite im Buch. Shit! Noch jede Menge Abschnitte!

War es überhaupt erlaubt, so viele Hausaufgaben zu geben?

Ich simste die Frage an Jo.

„Null Ahnung", antwortete sie. *„Pest und Cholera. Hab aufgegeben."*

Jo wird später mal irgendwas mit Pferden machen. Da braucht sie nicht zu wissen, wann Napoleon geboren wurde. Eher wann sein Pferd auf die Welt kam.

Ich stand auf und sah hinaus. Meine Eltern schippten gerade die Garagenauffahrt frei. Wuff hüpfte zwischen ihnen umher und presste vergnügt schnaubend die Schnauze in den Schnee.

In der Nacht waren zehn Zentimeter gefallen und der funkelte jetzt in der Sonne, als hätte jemand Millionen winzig kleiner Diamanten auf dem Boden ausgestreut. Nur vereinzelte Wolken, die friedlich über den klarblauen Himmel schwammen, warfen ihre Schatten auf die weiße Decke.

Mir war von dem vielen Wissen der Kopf schwer und ich sagte mir: Damit komme ich schon durch. Falls Lundström wissen will, wann Napoleon geboren wurde, gibt es bestimmt jede Menge eifriger Klassenkameraden, die ihn darüber informieren wollen. Es gibt Grenzen für das, was eine zukünftige Polizeibeamtin an Wissensgut in sich reinstopfen kann.

Ich ging ins Freie – von der unwiderstehlichen Lust auf Schneeschippen heimgesucht.

MONTAG

Am Montagmorgen bereitete mir die Kleiderwahl erhebliche Probleme. Und das, obwohl ich zwei neue Tops hatte. Ein blaues und ein schwarzes. Wenn ich das blaue anzog, würde Mama traurig werden. Wählte ich das schwarze, wäre Elin betrübt.

Schließlich entschied ich mich für das schwarze. Elin konnte mich schließlich nicht sehen, Mama dagegen schon.

Ich war eine halbe Stunde früher aufgestanden, um mich zurechtmachen zu können. Ich wollte genauso hübsch aussehen wie Paulina.

Zu dem schwarzen Top zog ich eine schwarze Hose an. Dann steckte ich mir die Haare hoch, kräuselte ein paar Strähnen, die mir seitlich ins Gesicht fielen, und schminkte mir die Augen mit Kajalstift und Lidschatten, anstatt mich wie sonst mit Mascara zu begnügen.

Betrieb Paulina jeden Morgen einen solchen Aufwand? Wie hielt sie das nur aus!

Aber als ich nach unten in die Küche ging, fühlte ich mich echt modelmäßig.

Papa sah mich lange an. Ich lächelte geheimnisvoll.

„Du brütest doch hoffentlich nichts aus? Du siehst so blass aus."

Ich schielte zu Mama rüber. Als sie mich ansah, legte sie die Stirn in bekümmerte Falten.

„Wahrscheinlich ist mein Puder zu hell", sagte ich schnell.

Mamas Stirn glättete sich. Sie lächelte.

„Nimm ein bisschen von meinem Rouge."

Mit rougegeröteten Wangen stieg ich zwanzig Minuten später in den Bus.

Jo saß ganz hinten, hübsch wie immer, mit nur einem Hauch von Mascara auf den superlangen Augenwimpern, die ihre braunen Augen umrahmten.

Immer so hübsch auszusehen, muss ganz schön langweilig sein, sagte ich mir. Wie wenn es keinen Unterschied zwischen Alltag und Fest mehr gäbe.

„Wow!", sagte sie und sah mich an.

Ich deutete das als Kompliment.

Vor der ersten Stunde hielt Bjarne Lund Alexander und mich vor dem Klassenzimmer auf.

„Morgen um sieben treffen wir uns zum Training", sagte er.

„Abends?", fragte ich.

„In der Früh."

„Ojeee!", stöhnte ich.

„Passt schon", sagte Alexander.

Unsere Mitschüler strömten gerade ins Klassenzimmer, bewegten sich aber im Zeitlupentempo an uns vorbei, um ja nichts zu verpassen.

„Na, was ist, Svea?"

„Nja."

„Du darfst mich jetzt nicht im Stich lassen! Du hast versprochen, mitzumachen, wenn Elias nicht mehr dabei ist!"

Ich schrak zusammen. Die anderen zuckten auch zurück. Seine Äußerung konnte total falsch verstanden werden, ging mir voller Entsetzen auf. Als hätte *ich* gefordert, dass Elias ausgeschlossen würde!

„Ja, schon, aber ...", begann ich.

„Punkt sieben", sagte Lund.

Plötzlich legte er den Kopf leicht schief und sah mich noch einmal extra an. Zwischen seinen Augenbrauen war eine nachdenkliche Falte aufgetaucht, als fände er, ich sähe irgendwie anders aus. Dann lächelte er hastig und nickte.

„Coole Stiefel."

Er entfernte sich mit großen Schritten, bevor ich dazu kam, ihn aufzuhalten.

In der großen Pause hatte es sich bereits wie ein Lauffeuer verbreitet. Elias durfte nicht in der Hallenhockeymannschaft gegen Södertälje spielen. Und ich würde ihn ersetzen. Ein paar klopften mir auf den Rücken und wünschten mir viel Glück. Andere sahen mich bedauernd an.

Darunter auch Lina. Lina geht in die 8B und ist oft mit Papa und mir beim Schwimmtraining. Jetzt betrachtete sie mich, als sähe sie mich zum letzten Mal.

„Hab gehört, du hast das Schicksal herausgefordert und verlangt, dass Elias beim Spiel gegen Södertälje nicht mitspielen darf."

„Das hab ich überhaupt nicht!"

Lina zuckte die Schultern.

„Jedenfalls hat Hannamaria das behauptet."

Ich spürte, wie mir die Farbe aus dem Gesicht wich. Elias stand in einiger Entfernung auf dem Schulhof. Seine Augen glühten. Wenn Blicke töten könnten, läge ich jetzt wie ein nasser Fleck im Schnee. Ohne die Pausenaufsicht hätte er sich bestimmt schon auf mich gestürzt, weil sich sein Hass nur auf mich konzentrierte.

Verdammter Bjarne Lund!

Und verdammte Hannamaria!

Sie unterhielt sich gerade mit den kichernden Ebba und Faduma.

Ich zog sie unsanft zur Seite.

„Was ist?", fragte sie hochnäsig.

„Ich fass es nicht, dass du die Klappe nicht halten kannst!", fauchte ich sie an. „Du hast in der ganzen Schule verbreitet, ich hätte verlangt, dass Lund Elias aus der Mannschaft wirft."

„Selber schuld. Wer so bescheuert ist und eine Menge Scheiß über andere Leute daherredet ..."

„Ich hab keinen Scheiß geredet! Darum geht's doch!"

„Hör mal, du musst doch asseptieren ..."

Akzeptieren!, korrigierte ich automatisch im Kopf.

„... dass du behauptet hast, Elias ist ein Mistkerl."

„Das hab ich nie gesagt!"

„Aber das denkst du doch, oder? Entschuldige, so ist es nun mal. Wenn du Elias schlecht machst, musst du dafür geradestehen."

Sie musterte mich mit kaltem Blick an und schüttelte den Kopf.

„Und du", fuhr sie fort. „Zu viel Rouge, das haut nicht hin. Ich kann dir eine Zeitschrift mitbringen, in der stehen Tipps, wie man sich trendy schminkt."

Ich starrte sie an.

Blöde Kuh!

Ich schluckte den Kommentar über mein Aussehen, obwohl er wehtat. Es war mir wichtiger, das Missverständnis zu klären.

„Es war Lund, der Elias rausgeworfen hat, nicht ich! Er hat mich vorige Woche angerufen und gefragt, ob ich Elias ersetzen will."

„Dann sag das doch! Also, wenn du wirklich unschuldig bist."

Ihre hochnäsige Miene verriet, dass sie mir kein Wort glaubte.

„Klar bin ich das! Und das musst *du* tun. Du warst es, die die falschen Gerüchte verbreitet hat."

Ich machte auf dem Absatz kehrt und steuerte auf Jo zu. Besonders erleichtert war ich nicht. Jetzt hatte ich Lund den Schwarzen Peter zugeschoben. Aber es war sein Entschluss, Elias rauszuwerfen, also war es nur recht und billig, dass er das ausbaden musste. Und nicht ich.

In der Hoffnung, Hannamaria mit Elias reden zu sehen, spähte ich über den Schulhof. Beide waren verschwunden.

Dagegen entdeckte ich Linus und konnte zufrieden feststellen, dass er nicht mit Paulina zusammen war. Die unterhielt sich mit Filippa. Filippa von Kopf bis Fuß in Schwarz und mit rasiertem Schädel. Paulina niedlich wie ein Püppchen. Wirklich ein ungleiches Paar.

Linus sprach mit ein paar Mitschülern. Er musste gespürt haben, dass jemand ihn beobachtete, weil er sich suchend umdrehte, bis unsere Blicke sich trafen.

Junge, Junge, was für ein gut aussehender Kerl! Von diesem Blick könnte ich für den Rest meines Lebens existieren!

Hoffentlich fand er mich hübsch. Denn egal was Hannamaria sagte, ich selbst war davon überzeugt. Allerdings schien er meine fantastische Verwandlung in eine blühende Rose nicht zu bemerken. Sein Blick drückte ausschließlich Besorgnis aus.

Er riss sich los und kam zu uns her.

„Was ist denn?", fragte ich.

„Hab gerade erfahren, warum Markos Schwester im Krankenhaus liegt. Irgendjemand hat Anna drüben bei der Kiesgrube den Hang runtergestoßen."

Am späten Nachmittag kam ein Anruf von Axel, einem Kumpel von Elias. Bisher hatte ich noch nie mit ihm gesprochen und war daher überrascht, erfuhr aber bald den Grund des Anrufs. Er und Bjarne Lund riefen die ganze Mannschaft an, weil das Training auf sieben Uhr heute Abend vorverlegt worden war.

Ich bot an, Alexander anzurufen, doch das hatte Axel schon erledigt.

Gegen die Änderung hatte ich nichts einzuwenden. So würde ich morgen früh ausschlafen können.

Aber als ich mich abends auf den Weg machte, spürte ich eine nagende Unruhe in mir. Womöglich könnte Elias vorhaben, das Training zu sabotieren.

Schon als ich den Bus verließ und den menschenleeren Fußweg zur Schule entlanglief, hatte ich ein unangenehmes Gefühl.

Tagsüber ist der Weg voller schreiender, lachender, lärmender Schüler.

Jetzt war ich allein.

Sehr allein.

Und es war dunkel. Jemand hatte an den Straßenlampen Zielschießen geübt. Fast jede zweite war zerschmettert.

Ich dachte an Markos Schwester. Warum war sie allein zur Kiesgrube gegangen? Und wer hatte sie runtergestoßen?

Vielleicht war ein Irrer hier in der Gegend unterwegs, der junge Mädchen überfiel?

In der Hoffnung, das Licht der Schulfenster bald durch die Dunkelheit leuchten zu sehen, beschleunigte ich meine Schritte. Oft finden abends dort noch Besprechungen statt oder irgendwelche Lehrer sind noch länger geblieben, um Arbeiten zu korrigieren.

Aber heute Abend nicht. Das ganze Schulhaus lag im Dunkeln. Die roten Backsteine wirkten fast schwarz.

Ich umrundete das niedrige Gebäude. Auch die Turnhalle sah dunkel aus. Sonst müssen wir meistens warten, bis irgendwelche Rentner nach ihren Gymnastikkursen fertig geduscht oder die Kleinkindmütter ihre wild herumhüpfenden Sprösslinge eingesammelt haben. Aber aus irgendeinem Grund war keine dieser Gruppen da. Wahrscheinlich war es deshalb möglich gewesen, den Trainingstermin nochmal zu ändern.

Ich sah auf die Uhr. Viertel vor sieben.

Hatte ich die Zeit falsch verstanden? Oder war ich einfach als Erste da? Ausnahmsweise.

Ich stellte mich vor den Umkleideraum der Mädchen und wartete. Der Haupteingang wird nur bei Wettkämpfen benutzt.

Es war ein kalter Abend, mehrere Grad unter null. Nase und Wangen kribbelten vor Kälte. Ich war froh, dass ich mich ordentlich eingemummt hatte, ohne Mütze und Handschuhe zu vergessen.

Plötzlich hörte ich ein Auto. Ich trottete vor zur Ecke und spähte zum Parkplatz hinüber. Das musste Lund sein.

Das kalte Scheinwerferlicht fiel auf die Straße vor der Schule. Doch das Auto bog nicht ab. Die roten Rücklichter verschwanden hinter einer entfernten Kurve.

Enttäuscht kehrte ich an meinen Posten zurück.

Nach ein paar Minuten befühlte ich den Türgriff zum Umkleideraum. Die Tür war nicht abgeschlossen.

„Hallo!“, rief ich.

Keine Antwort.

Ich trat ein und tastete nach dem Lichtschalter. Die kahle Neonröhre blinkte ein paar Mal, bevor der ganze Raum erhellt wurde.

Er war leer.

Ich stellte meine schwere Tasche mit dem Trainingszeug ab, unschlüssig, ob ich mich schon umziehen sollte, beschloss dann aber zu warten, bis ich sicher sein konnte, die Zeit nicht falsch verstanden zu haben. Vielleicht hatte Axel doch acht gesagt?

Auf einer Bank lagen ein vergessenes Handtuch und ein Unterhemd. Mir fiel dieses eine nasse Handtuch ein, das ich hinter den Heizkörper gestopft hatte.

Tatsächlich fand ich ein zerknautschtes Knäuel genau dort, wo ich es versteckt hatte. Inzwischen war es nicht mehr nass. Ich zog es heraus und warf es neben das andere Handtuch hin.

In diesem Moment schlug eine Tür mit lautem Knall zu. Aus dem Umkleideraum der Jungs kamen Schritte.

Endlich!

Ich war wohl das einzige Mädchen der Mannschaft, denn niemand kam zu mir herein.

Ich spähte in die Turnhalle. Dort war es dunkel. Nur ein grünes Schild mit einem rennenden Männchen leuchtete schwach überm Haupteingang.

Seltsam, wie eine vertraute Umgebung sich im Dunkeln in etwas Unheimliches verwandeln kann. Dieses nagende Gefühl von Unbehagen, das ich schon die ganze Zeit empfand, sorgte dafür, dass ich es unterließ, Hallo zu rufen. Stattdessen schloss ich die Tür zum erleuchteten Umkleideraum hinter mir, bevor ich vorsichtig in die dunkle Halle trat.

Die ganze Zeit wartete ich darauf, den üblichen Lärm zu hören, wenn eine Mannschaft aus lauter Jungs in einen Raum hereingepoltert kommt. Gelächter, Geschrei, Rufe, Flüche.

Aber keine Stimme war zu hören.

Gleichzeitig spürte ich deutlich, dass ich nicht mehr allein in dem Gebäude war. Es waren nicht nur die Schritte, da waren auch andere Geräusche: Knarren, Schlurfen, Kleiderrascheln. Die Tür zum Umkleideraum der Jungs ging einen Spaltbreit auf und gab ein klagendes Knarzen von sich.

Es war stockfinster. Mir wurde immer mulmiger zumute. Warum machten sie kein Licht?

Wieder hörte ich Schritte. Kräftige Sohlen trafen auf dem Boden auf.

Ich blieb wie gelähmt stehen.

Irgendetwas stimmte ganz und gar nicht.

Plötzlich tauchte jemand in der Türöffnung auf, die Umrisse einer Person, die größer war als ich. Das musste einer der Jungs sein. Der Hausmeister ist viel dicker. Obwohl ich in die Dunkelheit starrte, bis mir die Augen tränten, gelang es mir nicht, ein Gesicht auszumachen.

Ich versuchte meine Angst zu zügeln, obwohl sie danach drängte, sich in einem heftigen Schrei Luft zu schaffen. Auf keinen Fall durfte ich in Panik geraten, das war mir klar. Weil ich schon eine Zeit lang hier stand, hatten meine Augen sich an die Dunkelheit gewöhnt. Solange ich still stehen blieb, würde ich nicht entdeckt werden. Ich wagte kaum zu atmen.

Ich hoffte, der Kerl würde kehrtmachen und in den Umkleideraum zurückgehen. Doch diesen Gefallen tat er mir nicht. Stattdessen kam er weiter in die Halle herein.

Ich fühlte mich, als würde ich von Kopf bis Fuß aus diesem schleimigen grünen Gelee bestehen, das mir als Kind so geschmeckt hatte. Es war höchste Zeit zu fliehen. Bald würde er mich entdecken.

Plötzlich hörte ich neue Schritte. Eine Tür schlug zu und mehrere Personen polterten in den Umkleideraum der Jungs hinein. Die Neuankömmlinge bemühten sich nicht einmal, leise zu sein.

Im nächsten Moment badete die Turnhalle in Licht.

Die plötzliche Helligkeit blendete mich, es gelang mir aber trotzdem, einen kurzen Blick auf einen Jungen in einer schwarzen Mütze zu werfen. Ich hatte keine Ahnung, wer er war, aber mir war klar, dass er nicht gekommen war, um mit der Mannschaft zu trainieren.

„Sie ist hier!"

Das war das Einzige, was ich noch hörte. Der Rest ertrank im Echo von rennenden Schritten, meinen eigenen und denen meiner Verfolger.

Ich floh in den Umkleideraum, tastete voller Panik nach dem Türgriff der Tür, die nach außen führte, und stieß gleichzeitig die Tür mit der Schulter auf. Atemlos warf ich mich in die Kälte hinaus und rannte auf den Fußweg zu.

Hinter mir erklang das Dröhnen vieler Schritte. Die Kälte drang mir in die Lungen und ich hatte das Gefühl, als würden sie zerspringen.

Ich bin durchtrainiert, doch meine Verfolger waren das auch. Aus Angst zu stolpern traute ich mich nicht einmal, einen kurzen Blick nach hinten zu werfen, aber es klang, als würden sie mich einholen.

Mein Herz hämmerte wie wild in der Brust und der Schweiß strömte mir über den Rücken.

Mein einziger Gedanke war, sie dürfen mich nicht hier so allein in der Dunkelheit erwischen.

Hinten an der Ampel sah ich ein Paar auf den Fußweg einbiegen. Sie hatten einen zottigen Hund an der Leine. In der Kälte dampfte die Luft vor ihren Mündern.

Dieser Anblick verlieh mir neue Kräfte.

„Hilfe!", krächzte ich.

Meine Lungen waren kurz vorm Zerspringen und in meinem Mund stieg ein metallischer Geschmack hoch.

Mit letzten Kräften stolperte ich auf das Paar zu und stieß fast mit ihnen zusammen.

Sie waren im Alter von Oma und Opa und wirkten sehr besorgt.

„Ach du liebe Zeit", sagte die Frau. „Was ist denn passiert?"

„Die ... verfolgen ... mich", gelang es mir hervorzukeuchen.

„Wer denn?", fragte der Mann.

Als ich mich umdrehte, war niemand mehr da.

„Sie sind im Wald verschwunden", sagte die Frau. „Ich hab sie gesehen."

Ich beugte mich vor und schnappte nach Luft.

Der Hund, ein zottiger Retriever, kam sofort her, um mein Gesicht zu beschnuppern.

„Aber Bertil!", rief die Frau aus.

„Das macht nichts", erklärte ich. „Ich hab auch einen Hund."

„Ich hab meinen Mann gemeint. Er hat nach seinen Zigaretten getastet, obwohl er versprochen hat, mit dem Rauchen aufzuhören."

„Hab bloß nach einem Hustenbonbon gesucht", murmelte der Mann.

Ich richtete mich auf und sah mich um. Außer uns befand sich niemand auf dem Fußweg. Allmählich beruhigte ich mich etwas, ich nahm mir sogar Zeit, den Hund zu streicheln.

„Na, wie heißt du denn?", erkundigte ich mich.

„Berti."

Ich versuchte der Miene der Frau zu entnehmen, ob sie damit ihren Mann meinte, aber allem Anschein nach war es der Hund, der so hieß. Zumindest sah sie ihn mit liebevollem Blick an.

„Wo wohnst du?", fragte sie.

„In Richtung Vårsta", sagte ich mit einem Kopfnicken dorthin.

„Dann werden wir dich begleiten", entschied sie. „Was waren das für Typen, die dich verfolgt haben?"

„Keine Ahnung", sagte ich.

Obwohl ich ahnte, dass wenigstens einer von ihnen Elias war.

„Sollten wir nicht die Polizei anrufen?", fragte sie.

„Was kann die schon tun?", meinte der Mann. „Inzwischen ist die Bande schon über alle Berge. Oder was meinst du ... übrigens, wie heißt du denn?"

„Svea."

Ich zuckte die Schultern und damit begnügten sie sich.

Das ältere Paar begleitete mich fast bis nach Hause. Als sie mir zum Abschied zuwinkten, kehrte die Angst zurück. Ich spürte sie wie einen eiskalten Kloß im Magen, der in mir festgefroren war. Kalte Schauer krochen mir wie Würmer über den Nacken und die Arme entlang. Ich wandte den Kopf und schielte nach hinten und seitwärts. Vielleicht standen meine Verfolger irgendwo im Schatten und lauerten. Oder vor meinem Haus.

„Mir macht ihr nicht so leicht Angst", murmelte ich, ohne es wirklich zu meinen.

Ich kam in ein menschenleeres Haus. Auf dem Dielentisch lag ein Zettel.

„Sind im Kino."

Während Wuff meine Hände und Hosenbeine beschnupperte, die nach dem Retriever rochen, überlegte ich, ob ich meine Eltern anrufen sollte, sah aber dann ein, dass ihre Handys bestimmt ausgeschaltet waren.

Stattdessen wählte ich die Nummer von Bjarne Lund.

Sein Anrufbeantworter schaltete sich nach dem vierten Läuten ein. Ich wartete ungeduldig, bis er seinen munteren Begrüßungsspruch aufgesagt hatte, dann fauchte ich meine Frage aufs Band.

„Hier ist Svea. Warum war heute Abend kein Training? Rufen Sie mich gleich an, wenn Sie das hier gehört haben!"

Sicherheitshalber fügte ich meine Handynummer hinzu.

Ich plumpste am Küchentisch auf einen Stuhl und ließ meine angsterfüllte Flucht noch einmal wie einen Film in meinem Kopf abspulen. Was wäre passiert, wenn es mir nicht gelungen wäre, so schnell aus der Turnhalle zu entkommen? Oder wenn ich dem alten Paar nicht begegnet wäre?

Rasch schüttelte ich diese Gedanken ab. Die waren zu beängstigend.

Garantiert war Elias einer meiner Verfolger. Aber wer waren die anderen?

Woher wussten sie, dass ich alleine kommen würde?

Und warum war das Training ausgefallen?

Ich wählte noch einmal Bjarne Lunds Nummer. Diesmal legte ich einfach auf, als der Anrufbeantworter sich einschaltete.

Mir fiel ein, dass ich Alexander anrufen könnte.

Er antwortete beim ersten Läuten.

„Hallo, hier ist Svea. Hätten wir heute Abend nicht Training gehabt?"

„Nein, warum? Erst morgen früh. Das hat Lund gestern doch gesagt."

„Schon, aber Axel hat behauptet, der Termin wäre vorverlegt worden."

„Axel?"

„Hat er dich nicht angerufen?"

„Nö-ö."

Ich wollte gerade die ganze Geschichte losrattern, wie ich zur Schule gelockt worden und dann verfolgt worden sei, aber Alexander kam mir zuvor.

„Ich muss gehen. Jemand läutet an der Tür. Wir sehen uns morgen früh."

Er legte auf.

Ich versuchte den Gedanken zu verdauen. Axel hatte mich in die leere Turnhalle gelockt. Aber warum? Zwar war er mit Elias befreundet, aber doch trotzdem schlau genug, um zu begreifen, dass ein Angriff auf mich nicht die richtige Art war, Elias wieder in die Mannschaft zurückzubringen. Und überhaupt, warum war bloß ich das Ziel? Alexander war auch ein Ersatzspieler. Dann hätte er doch uns beide anrufen müssen.

War es tatsächlich Axel gewesen? Oder nur jemand, der behauptete, Axel zu sein? Ich hatte bis dahin noch nie mit ihm telefoniert und hätte seine Stimme kaum wiedererkannt, wenn er mich gebeten hätte zu raten, wer er sei.

Aber wer war es dann gewesen? Und was hatten sie damit bezweckt? Hatten sie mir das Versprechen abpressen wollen, auf das Spiel gegen Södertälje zu verzichten? Mit Schlägen? Mit Fußtritten?

Ich musste an Markos Schwester denken, die in die Kiesgrube gestürzt worden war. Wer hatte das getan?

Irgendetwas Schlimmes war im Gang. Aber ich wusste nicht, was ich dagegen tun sollte.

DIENSTAG

Unser Training fand am nächsten Morgen in aller Frühe statt, Elias ließ sich jedoch nicht blicken. Meine Trainingssachen lagen noch auf derselben Bank, wo ich sie zurückgelassen hatte, aber weil ich das einzige Mädchen der Mannschaft war, gab es niemanden, der sich darüber wunderte, dass meine Sporttasche schon vor mir dort angekommen war.

Axel tat anfangs so, als wäre ich Luft, aber die anderen in der Mannschaft waren okay. Zwar hieß ich meistens „hey, du, Tusse“, aber sie klopften mir beide Male auf den Rücken, als ich ein Tor geschossen hatte, und brüllten „yes, yes“. Axel auch. Sein Rückenklopfen fiel an und für sich extrem kräftig aus, aber er nickte anerkennend, als das Training zu Ende war.

„Gut gemacht!“

Bei dieser Gelegenheit fragte ich ihn schnell: „Hast du mich gestern angerufen?“

„Warum hätte ich *dich* anrufen sollen?“

Er sah ehrlich verblüfft aus. Er konnte es nicht gewesen sein. Oder er war ein besonders begabter Schauspieler.

Ich grinste mit gespielter Selbstsicherheit.

„Um mich in der Mannschaft willkommen zu heißen.“

Er musterte mich mit ernstem Blick von oben bis unten.

„Wenn du dich beim Spiel genauso ins Zeug legst wie heute, dann tu ich das“, sagte er.

Ich war mir ziemlich sicher, dass Axel nichts mit den gestrigen Ereignissen zu tun hatte. Aber beruhigt fühlte ich mich deshalb noch lange nicht. Den ganzen Dienstag war ich auf der Hut.

Meinen Eltern hatte ich nichts davon erzählt, dass ich verfolgt worden war. Das hätte zu einem Mordsaufstand geführt, zu Gesprächen mit dem Rektor und mit Bjarne Lund. Der natürlich Axel ausgefragt hätte. Und wenn noch ein weiterer Spieler meinetwegen Probleme bekommen hätte, wäre die restliche Mannschaft fett sauer auf mich geworden. Also schien es mir am klügsten, den Mund zu halten.

Lund wunderte sich ein wenig über meine Nachricht auf dem Anrufbeantworter, aber ich erklärte, das sei nur ein Missverständnis gewesen und nicht der Rede wert.

In den Pausen wich ich Elias aus und sorgte dafür, immer in der Nähe der Pausenaufsicht oder meiner Klassenkameraden zu sein, sobald er sich zeigte.

In dem ganzen Elend konnte ich es trotz allem nicht lassen, von Linus zu träumen.

In der Dusche, im Bett, in der Schule.

Auch am Mittwochmorgen war er in meinen Gedanken, als ich im Bus saß und Jo neben mir auf mich einredete. Ich hörte nicht zu, nahm aber an, dass sie über Pferde sprach.

Linus saß ein paar Sitze vor mir neben Paulina und blickte tief in ihre sorgfältig geschminkten Augen und ich musste mich dazu zwingen, ihn nicht anzustarren. Seit Paulina in unsere Schule gekommen war, nahm er fast täglich den Bus. Warum wohl?

Ich träumte, ich wäre diejenige, die neben ihm saß. Und dass wir allein wären.

Auf meinem Bett. Unsere Schenkel eng aneinandergepresst.

Irgendwo in meinem tiefsten Innern versuchte eine hartnäckige Stimme mich daran zu erinnern, dass er in heiklen Situationen nicht unbedingt ein Traumtyp war. An der Bushaltestelle hatte er feige gekniffen und die Bande vor unseren Häusern hatte ihn in Panik versetzt.

Bald hörte ich eine weitere Stimme. Eine reale.

„A penny for your thoughts“, sagte Jo.

„Was?“

„Das sagt mein Vater immer.“

„Ich denke an gar nichts. Ich hör dir zu.“

„Von wegen. Du tust nur so. Was hab ich soeben gesagt?“

„Äh ... okay. Vielleicht nicht unbedingt die *ganze* Zeit."

Sie folgte meinem Blick, der wieder von Linus angezogen wurde.

„Verstehe", sagte sie grinsend. „Und? Wie läuft's?"

Ich zuckte die Schultern.

„Ab und zu führen wir zusammen die Hunde aus."

„Wie romantisch!"

„Schrei nicht so!", zischte ich.

Während der restlichen Busfahrt sagte keine von uns noch ein Wort.

Als wir auf die Schule zugingen, sah ich Jos stupsnasiges Profil an.

„Bist du sauer?"

„Ich will dir ja bloß helfen."

„Aber ich wollte nicht, dass der ganze Bus es hört."

Ich knuffte sie leicht in die Seite.

„Hey, du, Jo!"

Im selben Moment rutschte sie aus.

„Was machst du da?"

Sie starrte mich wütend an.

„Hört mal, Mädels, was ist denn los?"

Carita, eine der Küchenhilfen, die zum Antimobbingteam gehört, eilte hinter uns her.

„Ihr streitet euch doch nicht, oder? In unserer Schule muss man sich vertragen. Um was geht es bei eurem Streit?"

Plötzlich begann es um Jos Mundwinkel zu zucken.

„Um Lie...be."

Ich unterdrückte ein Kichern und bald platzten wir beide los.

„Um Liebe?"

Carita warf uns einen leicht bekümmerten Blick zu, bevor sie weiterhastete.

Aber Jo und ich lachten so sehr, dass wir uns kaum aufrecht halten konnten.

Darum fiel es Hannamaria auch nicht schwer, uns einzuholen.

„Hallo-oo!", zwitscherte sie und versuchte mich auf die Wange zu küssen, zuerst auf die eine, dann auf die andere, danach wieder auf die erste, und stieß dabei mit meiner Nase zusammen.

„Aua!“

Hannamaria rieb sich die Nase. Ich setzte ein albernes Grinsen auf. Bin schließlich nicht Faduma oder Ebba, die im Küsschengeben Übung haben. Die üben das jeden Tag.

„Wenn du mich heute wieder zum Zahnarzt begleitest, bist du ein Schatz. Sag ja! Das wär echt süüüß von dir!“

Sie sprach flehend und piepsig, wie ein kleines Mädchen, mit weicher Stimme. Jo verzog das Gesicht und sah aus, als wäre ihr schlecht.

„Muss Lundström fragen.“

„Oh, danke! Echt süüüüß!! Dann lad ich dich auch zu meiner nächsten Party ein. Eigentlich lad ich immer bloß hübsche Mädels ein, aber du bist ja so was von irre lieb.“

Sie blieb stehen und wartete auf Ebba.

Jo und ich gingen weiter.

„Seit wann seid ihr denn so dick befreundet?“, fragte Jo mürrisch.

„Das beruht nicht auf Gegenseitigkeit.“

„Und warum gibst du dich dann mit ihr ab?“

Plötzlich wurde ich wieder ernst.

„Sie weiß mehr als ich über all die unerklärlichen Dinge, die hier in der Schule passieren.“

„Und was willst du jetzt mit Linus machen?“

Ich seufzte.

„Mir wird schon was einfallen.“

„Warte nicht zu lange.“

Sie streckte den Zeigefinger aus. Ein gutes Stück vor uns gingen Linus und Paulina, Seite an Seite, fast als würden sie aneinanderkleben.

Jo sah mich vielsagend an.

Ich nickte zurück.

Und beschloss, Linus schon in der großen Pause zu fragen, ob er mich besuchen wollte.

Hannamaria und ich mussten den Weg zur Bushaltestelle im Laufschritt zurücklegen. Es tat mir nicht allzu sehr leid, die letzte Unterrichtsstunde zu verlassen sowie meine Klassenkameraden, die sich gerade damit abmühten, den Unterschied zwischen den politischen Parteien in Schweden zu begreifen. Sogar Hannamarias Geplapper über Prominente und Fernsehsendungen, die ich mir nie anschaue, erschien mir verlockender.

„Du bist echt so was von superlieb“, zwitscherte sie. „Ich hab einen Waaahnsinnsschiss vorm Zahnklempner. Du nicht?“

„Nein.“

„Und vorm normalen Arzt?“

„Auch nicht.“

„Und vorm Frauenarzt?“

„War noch nie da.“

Sie sah mich an wie irgendein prähistorisches Relikt.

„Der Frauenarzt, das ist voll der Stress“, verkündete sie.

„Kann ich mir denken.“

„Wovor hast du dann Schiss?“

„Weiß ich nicht.“

„Mann, bist du cool. Ich kapier nicht, dass du dich traust, überall so herumzuschnüffeln.“

„Was weißt du über ...“

Sie unterbrach mich.

„Los, gib's zu, vor irgendwas wirst du doch Schiss haben?“

„Klar hab ich das, zum Beispiel davor, dass meinen Eltern was Schlimmes zustoßen könnte. Oder meinem Hund. Da wär ich total fix und fertig, aber was hast du damit gemeint, dass ich ...“

„So wie Natalie, als ihre Katze starb.“

Ich starrte sie an.

„Ist ihre Katze gestorben?“

„Hast du das nicht gewusst?“

Dann hätte ich nicht gefragt, dumme Kuh!

„Nein“, sagte ich.

„Das war echt schlimm!“

Ihre Anteilnahme erstaunte mich.

„Irgendwie bildet sich wohl jeder ein, ausgerechnet der eigene Hund oder die eigene Katze würde ewig leben“, sagte ich.

„Mhm“, sagte sie und sah zum Fenster hinaus.

„Ist sie überfahren worden?“

„Weiß nicht.“

Sie kramte einen Spiegel aus ihrer Tasche hervor, schmierte sich farbigen Lipgloss auf die Lippen und machte ihrem eigenen Spiegelbild eine Schnute.

„Schöne Farbe“, sagte ich.

Sie würdigte mich eines gnädigen Blickes, der besagte, na, von mir aus, wenigstens hat sie einen guten Geschmack, dann können wir ja weiterreden.

„Hast du die beiden im Pool gestern gesehen?“, fragte sie.

„Wen?“

„Diese beiden Mädels, auf die alle Jungs so wahnsinnig abfahren. Dann gibt's Zoff zwischen den Jungs, weil sie eifersüchtig sind und so. Guckst du dir das nicht an? Im fünften Programm.“

„Nein.“

„Musst du aber! Das ist einfach super. Die sind ja so was von irre hübsch. So würde ich auch gern aussehen. Wie Paulina. Die ist doch hübsch, oder? Ich kapier nicht, dass sie mit Filippa befreundet sein kann. Filippas Mutter ist total neben der Spur.“

„Die können doch trotzdem befreundet sein. Warum ist sie neben der Spur?“

„Sie hat ihren Fernseher vom Balkon geschmissen.“

„Wahrscheinlich hat sie nicht viel übrig für hübsche Mädels im Pool.“

Der Witz kam nicht an. Auf Hannamarias Stirn erschien eine Falte, aber sie fuhr unbekümmert fort.

„Die Alte hockt im Zentrum rum und keift die Leute an. Megapeinlich, oder?“

Ja, ich wusste, wen sie meinte. Eine rothaarige Frau, die oft auf der Bank neben der Bibliothek saß. Sie trug meistens Gummistiefel, auch im tiefsten Winter, und hatte ihren dicken Körper immer in eine Art Kittelschürze gezwängt.

„Diese rothaarige Dicke?“

Hannamaria nickte.

„Und Filippas Bruder ist auch schon im Knast gewesen."

Ich dachte an Filippa mit dem rasierten Schädel und den kohlschwarzen Kajalstrichen um die Augen und plötzlich tat sie mir leid.

„Ganz schön happig."

„Sag das mal zu Filippa und du kriegst eine geklebt."

„Was hat ihr Bruder angestellt?"

„Weiß nicht. Verbotene Wetten, Misshandlung und Hehlerei, so was eben."

„Und wo probt ihre Band?"

„In diesem roten Schuppen beim Golfplatz. Du weißt schon, links von der Straße."

Ich nickte. Auf dem Weg zu Jo war ich schon mehrmals an dem Haus vorbeigefahren. Ein zweigeschossiges Gebäude, früher stark verfallen, aber inzwischen ordentlich hergerichtet. Es lag einsam am Rand des Golfplatzes.

„Da stören sie jedenfalls niemanden."

„Bist du nicht eifersüchtig auf Paulina? Ich meine ..."

„Wie läuft es mit dir und Elias?", unterbrach ich sie.

An diesem Nachmittag würde Linus mich nämlich zu Hause besuchen. Mich, und nicht Paulina. Doch das sagte ich Hannamaria nicht. Wir sind ja nicht direkt dick befreundet.

Sie wandte den Kopf wieder dem Fenster zu, als suchte sie in dem Wäldchen, an dem wir vorbeifuhren, eine Antwort.

„Ich bin nicht mehr in ihn verknallt", sagte sie dann leise.

„Tatsächlich?"

„Ich werd mit ihm Schluss machen und ihm das Armband zurückgeben, das er mir geschenkt hat."

„Gefällt es dir nicht?"

„Kein bisschen! Eine dicke, breite Goldkette mit Perlen dran. Wie aus dem neunzehnten Jahrhundert, sieht aus, als hätte es seiner Oma gehört! Ich hätte lieber ein magnetisches. Oder wenn schon ein Goldarmband, dann ein dünnes."

Gold und Perlen. Genau wie die Ohrringe in meiner Schublade.

Ich musste an den verschwundenen Schmuck von Frau Asp denken. Konnte der Elias irgendwie in die Hände gefallen sein?

Plötzlich drehte sie sich zu mir um.

„Hör mal, Svea, komm doch mit, wenn ich zu Elias gehe! Bitte, das wär einfach sooo süß von dir!"

Die Vorstellung, dabei zu sein, wenn Hannamaria mit Elias Schluss machte, verlockte mich kein bisschen.

„Warum fragst du nicht Ebba oder Faduma?"

„Die haben Schiss."

Schiss?

Eine Stimme in meinem Innern warnte mich. Aber gleichzeitig hatte mich dieses Armband, das sie zurückgeben wollte, sehr neugierig gemacht. Ich könnte es zumindest fotografieren, das Bild dann Simons Mutter zeigen und feststellen, ob sie den Schmuck wiedererkannte.

„Okay, von mir aus. Aber eins wüsste ich noch gern, was hast du damit gemeint, als du sagtest, ich würde ... herumschnüffeln?"

„Hab ich das gesagt?"

„Ja. Du fändest mich mutig, weil ich herumschnüffle."

„Weiß nicht, warum ich das gesagt hab."

Sie schaute zum Fenster hinaus und sagte nichts mehr.

Hannamarias Zahnarztbesuch dauerte länger, als ich gedacht hatte. Ich schaffte es gerade noch, mit Wuff Gassi zu gehen, bevor Linus kam.

Er sah mich mit seinen warmen braunen Augen an. Ich war schon auf dem besten Weg, in ihnen zu versinken, als Wuff sich auf ihn stürzte, um ihm mit nasser Zunge übers Gesicht zu fahren.

Am liebsten hätte ich es ihr gleichgetan, aber es gelang mir, mich zu beherrschen.

„Hallo", sagte ich stattdessen.

Er nickte mit einem schüchternen Lächeln.

Als er seine Jacke aufgehängt und sich seine Stiefel von den Füßen getreten hatte, blieben wir, von Wuff eifrig umkreist, in der Diele stehen.

Ich überlegte, ob ich erzählen sollte, wie ich in die Turnhalle gelockt worden war, oder ob ich etwas über die Jungs sagen sollte, die vor unseren Häusern herumgestanden hatten, oder etwas über Marko und Paulina. Gleichzeitig wollte ich auch einmal ein richtiges Date haben, ohne irgendwelche Sorgen. Falls Linus Probleme aufs Tapet brachte, dann von mir aus. Ansonsten beschloss ich, mich ausnahmsweise zurückzuhalten.

Ich bin in solchen Dingen ziemlich ungeübt, aber Mama bietet immer Kaffee und Kuchen an, wenn Besuch kommt, und daher dachte ich, das könnte ein guter Start sein.

„Möchtest du was zu essen?", fragte ich.

Er nickte kaum merklich, worauf ich in die Küche lief, wo ich eine Weile in den Schränken herumstöberte, um schließlich seufzen zu müssen:

„Wir haben nichts da."

„Aber Mehl und Eier habt ihr doch? Und Backpulver?"

„Ich ... glaube schon."

„Komm", sagte er.

Er nahm mich an der Hand. Alles, woran ich denken konnte, war, dass sich meine Hand in seiner befand. Ich war bereit, ihm ans Ende der Welt zu folgen.

Die Reise endete an der Arbeitsplatte neben der Spüle. Dort ließ er meine Hand los.

Er öffnete Schranktüren und holte Mehl, Zucker und Backpulver aus der Speisekammer und Margarine, Eier und Milch aus dem Kühlschrank.

Er hielt die Milchpackung in die Luft und schüttelte sie. Ich hörte es schwappen.

„Reicht genau."

Dann reihte er mit zufriedenem Lächeln alles auf der Arbeitsplatte auf.

„Jetzt brauche ich einen Topf, eine Schüssel und einen Schneebesen. Schalt schon mal den Ofen ein."

Während er die Geräte herausholte, drehte ich am Thermostat. Irgendwas muss ich doch auch tun, dachte ich.

„Reichen zweihundertfünfzig?"

„Haha!"

Ich wusste nicht recht, was daran so komisch war, nahm aber an, dass es noch heißer sein müsste, also drehte ich noch weiter auf.

Während er rührte, bewunderte ich seine geschmeidigen Bewegungen und wünschte, er würde für immer hierbleiben.

Er fettete die Kuchenform ein und bestreute sie mit Bröseln.

„Bald ist unser Kuchen fertig", erklärte er.

Mir wurde innerlich ganz warm.

Unser Kuchen!

Ich hatte die Ehre, die Kuchenform in den Ofen zu schieben.

Er stellte die Eieruhr.

„Fünfzig Minuten."

Dabei lächelte er so warm, dass ich fast auf der Stelle geschmolzen wäre.

„Sollen wir in mein Zimmer gehen und ..."

Er nickte.

Es war wie ein Traum.

Linus bei mir.

In mein Zimmer unterwegs.

Linus und ich.

Und dann Wuff natürlich.

Sie drängelte sich eifrig zwischen unsere Beine, den großen Teddybären immer im Maul, es war ein Wunder, dass ich nicht stolperte.

Ich schaltete die Stereoanlage ein. In voller Lautstärke dröhnte BIG FM heraus.

„Ups!"

Mit entschuldigendem Lächeln stellte ich es leiser.

„Was sagen deine Eltern dazu, wenn du so laut Musik hörst?", fragte er.

„Klopfen im Takt dazu, ist doch klar."

Er lachte.

Ich errötete vor Glück.

Er findet mich witzig.

Schnell wandte ich mich ab, um meine flammenden Wangen zu verbergen. Ich holte ein paar CDs heraus und tat so, als wäre ich unschlüssig, obwohl ich genau wusste, was ich hören wollte. Romantische Balladen.

Oder wäre das zu offensichtlich?

Plötzlich stand er hinter mir und schaute mir über die Schulter. Ich spürte seinen warmen Atem und ließ den ganzen Stapel fallen. Die CD mit den Balladen landete zuoberst.

Er zuckte die Schultern.

„So was kann man natürlich auch anhören."

Ich legte die Balladen auf, dann setzten wir uns auf mein Bett. In meinem Zimmer gibt es keine andere Alternative, wenn man nebeneinandersitzen will. Und das wollte ich.

Er offenbar auch.

Eng nebeneinander.

„Gehst du nie zu deiner Mutter ins Atelier, wenn sie arbeitet?", fragte er.

„Nie. Und sie kommt auch nicht her. Keine Angst."

Ich spürte, dass meine Wangen wieder heiß wurden. Warum hatte ich das gesagt? So, als hätte ich etwas vor, was Mama nicht sehen durfte.

„Gut. Die Musik bringt's voll."

„Mhm."

Wuff gab ihre Versuche auf, uns zum Spielen zu bewegen. Sie ließ den großen Teddy auf den Boden fallen und legte sich mit einem tiefen Seufzer darauf, um auszudrücken, wie langweilig wir waren.

Wir lachten.

Dann wurden wir wieder ernst.

Die Musik erfüllte das Zimmer. Ich löste mich in den romantischen Klängen auf und konnte nur noch an Linus denken, der neben mir saß, seine Schulter dicht an meine gedrückt, sein Schenkel dicht an meinen geschmiegt.

Er beugte sich zu mir und küsste meinen Nacken. Seine Fingerspitzen berührten leicht meinen Arm und glitten nach unten. Das Prickeln unter meiner Haut nahm zu. Niemand hatte mich jemals so berührt wie er.

Ich erschauerte und dachte, bald küsst er mich.

Ein fürchterliches Geheul beendete jegliche Romantik. Wir fuhren voneinander zurück.

Der Rauchmelder jaulte ohrenbetäubend.

Wir rannten um die Wette nach unten zur Quelle des Lärms, einen bellenden Hund auf den Fersen.

Gleichzeitig kam Mama aus ihrem Atelier gestürzt.

„Es brennt! Sveeaaa!"

Je mehr wir uns der Küche näherten, desto deutlicher wurde der Geruch.

Es roch nicht nach Rauch, eher nach angebranntem Brot. Oder Rührkuchen.

Linus, Mama und ich kamen gleichzeitig in die Küche getaumelt. Mama zog sich die Topfhandschuhe über, öffnete trotz des Qualms die Herdklappe und zog den Rührkuchen heraus. Vielmehr das, was davon übrig war.

Linus riss das Fenster sperrangelweit auf und Mama schleuderte die Kuchenform hinaus in den Schnee, wo sie zischend versank.

Aber Mama gab keine Ruhe. Sie suchte weiter und kontrollierte, dass es wirklich nirgends brannte, bevor sie die anderen Fenster weit öffnete, den heulenden Rauchmelder herunterholte und die Batterie herausriss.

Es wurde wunderbar still.

Mama hatte rote Flecken im Gesicht.

„Was treibt ihr eigentlich?"

Ich dachte daran, wie Linus mich gestreichelt hatte, und wurde rot.

Aber Linus interessierte sich mehr für den Herd als für mich. Ein einziger Blick genügte. Erst danach sah er mich an.

„Oh Mann, Svea!"

Unglücklich erwiderte ich seinen Blick.

„Das war das Einzige, was du tun solltest! Guck mal!"

„Zweihundertfünfundsiebzig!", stöhnte Mama.

Ich starrte erschrocken zwischen ihnen hin und her.

„Hallo! Was ist denn?"

Mir schnürte sich die Kehle zu. Bestimmt würde Linus jetzt nach Hause gehen. Oder noch schlimmer, zu Paulina. Die war garantiert Weltmeisterin im Rührkuchenbacken.

„Svea, Svea", seufzte Mama mit einem Lächeln. „Aber jetzt hab ich Lust auf was Gutes zum Kaffee. Ich fahr schnell zum Laden. Was soll ich euch mitbringen? Eier und Milch für einen neuen Teig?"

„Ja, und dann lassen wir Svea backen", schlug Linus vor.

„Sonst könnte ich auch Wiener Plunder besorgen."

„Wär auch nicht schlecht."

Sie machten sich über mich lustig, aber dennoch war alles wieder gut. Am liebsten hätte ich mich auf Linus geworfen und ihn fest umarmt, doch damit musste ich mich gedulden, bis die Tür hinter Mama zugeschlagen war.

DONNERSTAG

Der Tag des Hallenhockeyspiels gegen Södertälje näherte sich mit atemberaubender Geschwindigkeit. Nur noch eine Woche bis dahin. Am Donnerstagmorgen musste ich früh aus den Federn. Wieder war ein zeitiges Training angesagt. Lund nahm uns hart ran.

Bestimmt vermissten viele der Jungs Elias, obwohl keiner von ihnen etwas offen äußerte. Sie wollten vor allem gewinnen und sorgten dafür, dass Alexander und ich unsere Plätze in der Mannschaft fanden. Bei jedem Tor, das ich schoss, klopften sie mir auf den Rücken, bei sauberen Pässen gab es High Fives.

Aber Axel nahm mich ordentlich in die Mangel. Er ließ keine Gelegenheit aus, mich extra hart anzurempeln.

Ich schlug mir Knie und Ellbogen auf, Lund schien jedoch nichts davon zu bemerken. Jedenfalls pfiff er das Spiel nicht ab.

Am Ende des Trainings war ich grün und blau und fühlte mich wie gerädert. Während die anderen zu den Duschen trotteten, hinkte ich wutschäumend zu Bjarne Lund hinüber. Dies war mein letztes Training gewesen!

„Was sind Sie für ein Schiri!“, fuhr ich ihn an. „Sehen Sie denn gar nichts? Anita hätte nie zugelassen, dass jemand einen seiner eigenen Mitspieler fertigmacht!“

Lund sah mich nachdenklich an.

„Als ich sagte, ein Mädchen käme zu uns in die Mannschaft, haben ein paar der Jungs protestiert. Ehrlich gesagt hat Anita auch bezweifelt, dass die Sache ein Hit wird. Aber ich hab darauf bestanden und behauptet, du würdest unser neuer Star werden. Du bist die Beste der Achtklässler. Besser als Alexander.“

„Nicht mehr lange, wenn Sie es zulassen, dass Axel mich so fies piesackt.“

Lund lächelte leicht bedauernd.

„Elias ist sein Kumpel. Axel testet, wie viel du verträgst."

„Nicht mehr viel."

„Nach diesem Test lässt er dich bestimmt in Ruhe", meinte Lund.

„Es bleibt ihm nichts anderes übrig. Mit Krücken zu spielen, wird ein bisschen schwierig."

„Ich rede mit ihm."

Ich nickte, bereute es aber sofort.

„Übrigens, tun Sie das lieber nicht. Aber es wäre nett von Ihnen, das Spiel abzupfeifen, wenn Axel mich wieder mit dem Ball verwechselt."

Lund lachte kurz und nickte.

Ich hinkte zum Umkleideraum und fragte mich, warum ich so hart getestet wurde, während Alexander verschont blieb. Lag das nur daran, dass ich ein Mädchen war?

Nach dem Essen verschwand Jo, um etwas mit Lundström zu besprechen.

Linus ging ein paar Meter vor mir her. Ich musste an seine Hände denken, wie sie mich berührt hatten, und mein Herz schlug einen Extraschlag. Ich holte ihn hinkend ein, tat aber so, als wäre ich rein zufällig auf ihn gestoßen.

Er sah mich zerstreut an.

„Was hast du gemacht?"

„War im Training."

„Aha. Hast du gesehen, wo Marko hin ist?"

Ich schüttelte den Kopf, blieb aber hartnäckig an seiner Seite. Wir holten unsere Jacken von der silberfarbenen Hakenreihe und gingen ins Freie.

„Was ist mit seiner Schwester?", fragte ich.

„Weiß nicht. Er will immer noch nicht mit mir reden."

Bald hatten wir Marko entdeckt. Er steuerte mit vier jüngeren Schülern auf einen Jungen aus der Siebten zu, der total verängstigt wirkte und vor ihnen zurückwich, doch sie folgten hartnäckig hinterher.

Linus schüttelte den Kopf.

„Was machen die da?“

Die Gruppe schubste und knuffte den Jungen vor sich her.

„Neeein! Das geht zu weit! Hey!“

Ich hinkte auf sie zu.

Kaum hatte mich die Horde erblickt, als sie schon schlagartig auseinanderstob, alle in verschiedene Richtungen. Sogar der Junge aus der Siebten flitzte davon. Ich war nicht fit genug, um hinter ihm herzurennen, und konnte seine Flucht nur mit dem Blick verfolgen.

„Warum ist der denn auch abgehauen?“, fragte Linus verwundert. „Hat er etwa vor ... *dir* Angst gehabt?“

Das wusste ich nicht. Im Lauf des Tages suchte ich nach dem Jungen, aber es war, als hätte die Schule ihn verschluckt.

„Was ist denn mit dir passiert?“, wollte Papa wissen, als ich am Abend durch die Küche humpelte.

„Wir haben heute Morgen ein Trainingsspiel gehabt.“

„Im Kickboxen?“

„Hallenhockey. Da geht's hoch her, wenn die besten Spieler aufeinanderprallen.“

„Und ich hatte vorgehabt, mit dir ins Hallenbad zu fahren, aber das lassen wir wohl lieber bleiben?“

Ich nickte. Meine aufgeschürften Knie und Ellbogen wollte ich nicht unbedingt in Chlorwasser tauchen.

„Sollen wir uns einen Film ausleihen?“, schlug er vor. „Mama ist bei Elin.“

„Ja ...“

Dann fiel mir etwas ein. Ich hatte Hannamaria ja versprochen, sie zu Elias zu begleiten.

„Nach dem Abendessen muss ich noch mal fort.“

„Mit Jo?“

„Hannamaria.“

Papa musste kurz überlegen.

„Seit wann bist du denn mit ... *der* befreundet?“

„Ich muss ihr bei einer Sache helfen.“

„Na gut, dann leihen wir uns eben morgen einen Film. Am Freitagabend bist du doch hoffentlich zu Hause?"

„Ja klar."

„Soll ich dich fahren?"

„Ja danke."

Papa ließ mich vor Hannamarias Haus aussteigen. Als ich vom Auto weghinkte, brannten und ziepten meine Wunden und meine Knie waren steif.

Hannamaria wohnt in der Nähe der Schule in einem Haus aus dunkelbraunem Backstein. Ich drückte die Türklingel. Sie machte selbst auf.

Sie trug eng anliegende Jeans, ein genauso eng anliegendes hellblaues Top und hatte sich so zurechtgemacht, als ginge sie auf eine Megaparty.

Wie immer begrüßte sie mich mit Küsschen. Inzwischen war ich darauf vorbereitet, sodass es mir gelang, meine drei Küsschen in die Luft zu schmatzen, ohne an ihre Nase zu stoßen.

Sie zog mich in die dunkelgrau geflieste Diele hinein und zupfte ihre frisch geföhnten, parfümduftenden hellen Strähnchen zurecht.

„Wir müssen um halb acht dort sein."

„Hast du ihm etwa gesagt, dass du kommst?"

„Na und?"

„Kannst du das Armband nicht einfach mit einem Zettel in seinen Briefkasten stecken? So was wie ‚Jetzt ist Schluss'?"

Ihr Blick flackerte. Aha!

„Du hast ihm wohl gar nicht gesagt, dass du Schluss machen willst?"

„Njaa ..."

Ich stöhnte.

„Da wird er ja krass enttäuscht."

„Was glaubst du wohl, warum ich dich gebeten hab, mitzukommen?", fuhr sie mich an.

Ja, warum sollte man seine besten Freundinnen opfern, solange es so vernagelte Idioten gab wie mich?

„Und wo hast du den Schmuck?"

Sie deutete mit dem Kopf auf eine Apothekentüte, die auf dem Dielentisch lag.

Ich ging hin und öffnete sie. Unten in der Tüte funkelte etwas.

„Was machst du da?"

„Wollte bloß nachschauen."

„Hör auf, bei mir rumzuschnüffeln!"

Das hatte ich überhaupt nicht vor. Ich wollte nur diesen bescheuerten Schmuck sehen und kapierte nicht, warum sie das zu verhindern versuchte. Das kam mir irgendwie verdächtig vor. Fast so, als ahnte sie dasselbe wie ich.

Dass der Schmuck gestohlen war!

Mein Hirn lief auf Hochtouren, als ich nach einer Möglichkeit suchte, mir das Armband ungestört anschauen zu können.

Plötzlich fiel mir ein Trick ein.

Ich sah Hannamaria direkt ins Gesicht, starrte sie einfach an. Sie begann sich ängstlich zu winden.

„Was ist?"

„Äh ... dein Auge."

„Was ist damit?"

Sie blinzelte in den Dielenspiegel.

„Was denn? Ich seh nichts."

„Ich glaube fast, du hast bloß auf der einen Seite Mascara aufgetragen. Aber das liegt bestimmt nur an dem Licht hier im Flur."

„Welches Auge?"

„Das linke.

„Ich muss nur ..."

Sie verschwand ins Innere des Hauses.

Ich stürzte mich schnell auf die Tüte und zog den Schmuck heraus. Er sah auf altertümliche Weise elegant aus, mit Gold und Perlen, war aber für ein junges Mädchen viel zu schwer und protzig. Ich hätte schwören können, dass das Armband zu den Ohrringen in meiner Schublade gehörte.

Blitzschnell holte ich mein Handy heraus und fotografierte es.

Hannamarias Schritte näherten sich. Bevor ich den Schmuck rasch wieder in die Tüte steckte, fotografierte ich ihn noch einmal. Dann stellte ich mich vor den Spiegel und zwinkerte angestrengt mein Spiegelbild an.

„Das muss an der Beleuchtung hier im Flur liegen", sagte ich.

Sie stellte sich neben mich und musterte sich selbst im Spiegel.

„Mhm", sagte sie bekümmert.

Die Wimpern ihres linken Auges waren so zugekleistert, dass sie echt komisch aussah, es gelang mir aber gerade noch, nicht loszukichern.

„Wie seh ich aus?", fragte sie ängstlich.

„Schön wie der junge Frühling", flunkerte ich.

Elias wohnte nur ein paar Straßen entfernt in einer schicken Villa mit Swimmingpool im Garten. Der war jetzt allerdings von einer Plane bedeckt.

Hannamaria warf auch einen Blick auf den Pool.

„Hab gehört, du gehst mit deinem Vater schwimmen."

Ich warf ihr einen verstohlenen Blick zu. Fand sie das womöglich uncool?

„Ja", sagte ich trotzig. „Und?"

„Das würde mein Vater nie tun", sagte sie betrübt. „Ebbas und Fadumas Väter auch nicht."

Ich fragte nicht, warum. So war es eben mit gewissen Vätern.

Wir traten an die weiß gestrichene Haustür.

„Drück auf die Klingel!", befahl Hannamaria.

„Ich?"

„Mach schon!"

Ich drückte auf den leuchtenden Knopf und stellte mich hinter Hannamaria.

Es war Elias selbst, der uns aufmachte. Er lächelte Hannamaria breit an mit seinen weißen, ebenmäßigen Zähnen. Dann entdeckte er mich. Sein Lächeln verwandelte sich in eine angewiderte Grimasse.

„Hast du heute noch nicht genug bekommen?"

Axel hatte offenbar geplaudert.

„Sie hat mich begleitet", sagte Hannamaria schnell.

Wir traten ein, auf den klinkergemusterten Dielenboden. Im Hintergrund lief Schlagermusik. Passte schlecht zu Elias. Oder vielleicht doch? Jeder von uns hat so seine Geheimnisse.

Ich warf einen kurzen Blick in eine supermoderne Küche. Kühlschrank, Kühltruhe, Dunstabzugshaube, alles aus rostfreiem Stahl. Über Elias' Schulter konnte ich ins Wohnzimmer sehen. Die eine Schmalseite war von einem Flachbildschirm bedeckt. Elias' Familie schien wirklich mit der neuesten Technik Schritt zu halten, was mich im Hinblick auf seine angesagten Sachen und Klamotten nicht allzu sehr überraschte.

„Hallo, Hannamaria!"

Ein hübsches junges Mädchen schaute von dem weißen Ledersofa im Wohnzimmer hoch.

„Willst du nicht reinkommen?"

„Nein."

Das Mädchen wandte sich wieder dem Fernseher zu und Hannamaria hielt Elias die Tüte mit dem Schmuck hin.

„Es ist aus", sagte sie.

Elias starrte die Apothekentüte an.

„Was denn?"

„Oooh Mann!", stöhnte sie, drehte sich um und trippelte auf den hohen Absätzen ihrer Stiefeletten hinaus.

„Hannamaria! Hey!"

Elias rannte ohne Schuhe hinter ihr her, holte sie ein, packte sie am Arm und versuchte sie aufzuhalten.

„Lass das!", fuhr sie ihn mit schriller Stimme an. „Svea! Sag's ihm!"

Ich ächzte. Das war echt zu viel.

Hannamaria starrte mich auffordernd an.

„Lass sie gehen!", sagte ich gehorsam. „Sie will nicht mehr mit dir zusammen sein."

„Klappe!", brüllte Elias.

„Hannamaria", bat er dann sanfter. „Ich hab geglaubt, dass ..."

„Da hast du was Falsches geglaubt. Komm!"

Ich grinste ihn leicht entschuldigend an.

Elias deutete mit einem zitternden Finger auf mich.

Mehr brauchte er nicht zu sagen.

Ich begriff, dass ich sehr schlechte Karten hatte.

„Warum hast du das gesagt?", fauchte ich, als wir zu Hannamarias Haus zurücktrabten.

„Was denn?"

„Dass ich ihm sagen soll, dass du nichts mehr von ihm wissen willst."

„Reg dich ab! Nur darum hab ich dich doch mitgenommen."

„Aber jetzt glaubt er vielleicht, ich wär daran schuld."

„Na und? Mach nicht so ein Gesicht. Pass auf, ich verrat dir was."

Sie beugte sich geheimnisvoll zu mir rüber.

„Ich bin so was von verliebt."

„Warum überrascht mich das nicht", brummte ich sauer.

„In wen, sollst du fragen", kicherte sie.

Ohne abzuwarten, beantwortete sie die Frage selbst.

„In Sebastian aus der 9 C! Der ist einfach süß!"

„Und wenn der dir nicht mehr gefällt, soll ich dich dann wieder begleiten und mit ihm Schluss machen?"

„Ja bitte!", sagte sie mit einem zufriedenen Seufzer. „Ist sie nicht hübsch?", fragte sie dann plötzlich.

„Wer?"

„Elias' Stiefmutter."

„Was? Ich hab geglaubt, sie ist seine ältere Schwester."

„Nein, nein. Sein Vater hat sich vor einem Jahr scheiden lassen. Sie ist Stewardess. Du solltest mal ihre Kleider sehen. Sie kauft bloß bei Armani ein und bei Gucci ..."

„Und wie findet Elias das?", unterbrach ich sie.

Sie zuckte die Schultern.

„Der steht auch auf Markenklamotten."

„Wie findet er sie, meine ich."

„Weiß nicht. Würde es dir gefallen, wenn dein Vater eine Freundin hätte, die nur ein paar Jahre älter ist als du?"

„Kaum. Und warum wohnt er dann nicht bei seiner Mutter?“

„Zuerst hat er das getan, aber die Mutter lebt mit den jüngeren Geschwistern in einer kleinen Wohnung in einem dieser Wohnblocks im Zentrum, du weißt schon, da, wo Stoffe wohnt. Und bei seinem Vater hat er ein eigenes Zimmer, Pool, einen tollen Fernseher und so.“

„Geld ist nicht alles.“

„Aber in einem Jaguar weint sich's leichter als in einem VW.“

„Kluge Bemerkung. Stammt die nicht von irgendeinem Schauspieler?“

Sie starrte mich ehrlich verblüfft an.

„Das hab ich doch gesagt. Jetzt gerade.“

Noch einmal sah ich mich veranlasst zu fragen, ob Hannamaria tatsächlich nur wabbliges Gelee unter ihren blondierten Strähnchen hatte.

Ich war gerade nach Hause gekommen, als mein Handy einen wütenden Piepston von sich gab. Ich tippte die Nachricht an und las den Text.

„Denk an Natalies Katze.“

Zuerst begriff ich überhaupt nichts.

Ich las es noch einmal und hielt das Handy mit zitternden Fingern umfasst. Plötzlich durchfuhr es mich wie ein Stich.

Natalies Katze war doch tot!

Wuff schwänzelte wie immer um mich herum.

Anstatt an Natalies Katze zu denken, dachte ich an Wuff und daran, dass ich durchdrehen würde, wenn ihr etwas zustieße.

Ich versuchte mich zu beruhigen.

Das war bestimmt Elias, dachte ich. Um sich zu rächen, versucht er mir Angst einzujagen.

Ich lief rasch zum Computer und schlug im Internet die Telefonnummer des Absenders auf. Sie gehörte einer gewissen Anna Karlsson.

Eine müde Stimme meldete sich, als ich anrief.

„Anna Karlsson.“

Die Stimme klang nach einer erwachsenen Frau. Warum hatte die mir eine SMS geschickt?

„Warum haben Sie mich angesimst?“, fragte ich.

„Bitte?“

„Hier ist Svea. Ich hab eine SMS von Ihnen bekommen.“

„Eine was?“

„Eine SMS, dass ich an Natalies Katze denken soll.“

„Ich versteh gar nichts. Wer ist Natalie?“

„Die geht in meine Klasse.“

„Und was ist mit ihrer Katze?“

„Die ist tot.“

Die Frau schwieg eine Weile.

„Was fällt dir eigentlich ein!“, fuhr sie mich mit eisiger Stimme an. „Wenn das hier ein Scherz sein soll, ist er kein bisschen komisch!“

Sie legte auf.

Ich sah ihre Adresse an. Mossvägen. Sie wohnte in der Nähe der Schule.

Karlsson.

Wie viele gibt es wohl in meiner Schule, die Karlsson heißen? Wahrscheinlich ziemlich viele, aber ich hatte ja die Adresse. Ich brauchte mich bloß im Sekretariat zu erkundigen.

Das würde ich morgen tun.

Ich warf mich auf Wuff und drückte sie fest an mich. Sie leckte mir liebevoll das Gesicht, riss sich dann aber los, um ihren Teddy zu holen. Während wir in entgegengesetzte Richtungen daran zerrten, dachte ich an Natalies Katze. Irgendetwas am Tod der Katze war mysteriös.

Ich versuchte Natalie anzurufen, aber bei ihr meldete sich niemand. Auch auf ihrem Handy nicht. Und eine Mailadresse hatte ich nicht.

Es blieb mir nichts anderes übrig, als mich bis morgen zu gedulden.

Keine Ahnung, wie ich das schaffen sollte!

FREITAG

Am Donnerstagabend hatte ich noch mehrmals bei Natalie angerufen, aber vergeblich. Ich schlief schlecht und beim Frühstück legte Mama beunruhigt ihre Hand auf meine Stirn und fragte, ob ich Fieber hätte, aber ich behauptete, ich sei bloß müde.

Ausnahmsweise sehnte ich die Schule herbei. Ich musste dringend mit Natalie reden.

Aber sie weigerte sich, mit mir zu sprechen.

Nach mehreren misslungenen Versuchen packte ich sie schließlich am Arm und versuchte sie festzuhalten, aber sie riss sich los und lief davon. Ich wagte nicht, hinter ihr herzurennen, die Erinnerung an den Zoff mit Simon war noch zu frisch.

Doch dann kam mir das Schicksal in Per Lundströms waldschratähnlicher Gestalt zu Hilfe.

Er war zu dem Schluss gekommen, die beste Möglichkeit, uns in Religion zu unterrichten, sei durch Gruppenarbeit. Wir durften uns aus einer Liste, die er an die Tafel schrieb, ein Thema aussuchen.

Ich döste vor mich hin, bis ich den vierten Vorschlag las. Der war wie für mich geschaffen.

Die griechischen Götter der Antike.

Natalie schnappte mir die Aufgabe vor der Nase weg.

„Aber hallo!", protestierte ich laut. „Meine Mutter hat den griechischen Göttern ihr ganzes Leben gewidmet. Darüber will ich schreiben."

Lundström, der die Kunstwerke meiner Mutter kannte, nickte nachdenklich.

„Ihr könnt es doch zusammen machen? Du *musst* doch nicht immer mit Jo zusammenarbeiten, oder?"

Jo zuckte die Schultern. Von ihr aus war es okay.

Insgeheim jubelte ich. Vielen Dank, Herr Lundström! Das kam ja wie bestellt!

Nur Natalie presste die Lippen zusammen.

„Muss ich?“

Lundström seufzte und sah sie unzufrieden an.

„Ehrlich gesagt läuft es in letzter Zeit bei dir nicht besonders gut. Ein wenig Hilfe kann da nicht schaden.“

Natalies Unterlippe zitterte. Ich an ihrer Stelle hätte mit irgendeiner Unverschämtheit gekontert oder wäre aufgestanden und davonmarschiert. Aber sie blieb einfach sitzen, biss sich auf die Lippe und starrte auf die Bank, während Lundström seine Themen weiter verteilte, ohne zu merken, wie sehr sie litt und sich schämte.

In der Mittagspause ging ich ins Sekretariat, um mich zu erkundigen, ob es in der Schule einen Schüler gab, der Karlsson hieß und im Mossvägen wohnte.

Seit ich mich erinnern kann, arbeitet Birgit Kvist im Sekretariat. Frau Kvist ist echt cool, sie ist mindestens einen Kopf größer als die meisten in ihrer Umgebung und fährt mit dem Motorrad zur Schule. Sie hatte nichts dagegen, mir zu helfen.

Nach kurzer Suche im Computer fand sie die richtige Person.

„Mikael Karlsson. Aus der 7 A.“

Wer war das?

Bestimmt einer der toughen kleinen Jungs, die um Jimmy und Stoffe herumschwänzelten und so sein wollten wie die beiden.

Ich fragte mich auf dem Schulhof durch, bis ein Mädchen aus seiner Klasse mir Mikael zeigte. Er war ein kleiner, dünner Kerl mit Brille, der allein abseitsstand.

Ich erkannte ihn sofort wieder. Das war der Junge, den Marko und seine Kumpel gestern umringt hatten und den ich den ganzen Tag gesucht hatte.

Er sah nicht so aus, als wäre er jemand, der bedrohliche Nachrichten verschickt.

Um zu verhindern, dass er bei meinem Anblick wieder das Weite suchte, schlich ich mich von hinten an ihn heran.

„Bist du Mikael Karlsson?"

Er fuhr rasch herum und hielt unruhig nach der Pausenaufsicht Ausschau.

„Ja-a."

„Warum hast du mir eine SMS geschickt?"

Er wurde feuerrot im Gesicht und sah erschocken aus. Meinem Blick zu begegnen traute er sich nicht.

„Das hab ich nicht", murmelte er.

„Dann muss es deine Mutter gewesen sein. Warum ..."

Er hörte mir nicht zu, sondern flitzte davon.

Ich nahm die Verfolgung auf, aber Per Lundström kam mir in die Quere und stellte sich mir in den Weg.

„Warum verfolgst du Mikael?"

„Ich will mit ihm reden", sagte ich und versuchte um ihn herumzurennen.

Lundström hielt mich am Arm fest.

„So wie er davongesaust ist, schien er aber nicht mit dir reden zu wollen. Um was geht es denn?"

„Um nichts."

„Na, dann ist es ja gut."

Er ließ meinen Arm los, musterte mich aber mit bekümmerter Miene.

„Ich erkenne dein Verhalten gar nicht wieder."

„Ach ja?"

„Aber ich weiß, dass du eigentlich ein anständiges Mädchen bist. Falls dich irgendwas bedrückt, weißt du, wo du mich finden kannst."

Ich konnte mir sein Gesicht schon vorstellen, wenn ich ihm von der Nachricht erzählte, die ich von Mikael Karlssons Mutter auf dem Handy erhalten hatte. Besser, ich hielt den Mund. Er würde sowieso nichts begreifen.

„Ja, vielen Dank", sagte ich und trottete davon.

Vielleicht würde sich irgendwann eine bessere Gelegenheit ergeben, um aus Mikael die Wahrheit herauszupressen.

Aber vorher musste ich mit Natalie reden.

Natalies Körperhaltung drückte aus, für sie sei es ein Schicksal schlimmer als der Tod, mit mir zusammenarbeiten zu müssen.

Sie schaute zu Boden und ließ mich einfach wild drauflosreden.

Schließlich gab ich auf und ging schweigend neben ihr her.

Obwohl Natalie in meiner Nähe lebte, war ich noch nie bei ihr zu Hause gewesen. Sie wohnte in einem großen weißen Bungalow. Der Briefkasten war mit einem Landschaftsmotiv bemalt und an der blau gestrichenen Haustür hing ein geschnitztes Holzschild mit dem Namen: Lindgren.

Eine schwarze Katze kam uns entgegen. Sie strich zurückhaltend an der Dielenwand entlang und musterte mich misstrauisch, bevor sie zu mir herhuschte.

„Jemand hat behauptet, deine Katze wäre tot", sagte ich erstaunt.

„Sieht es etwa danach aus?", versetzte sie kurz.

Sie ging in die Küche und ich kam hinterher, die Katze auf den Fersen.

Es war eine helle Küche mit großen Fenstern und einer Sprossentür zum Garten, durch die die blassen Strahlen der Spätwintersonne hereinfielen.

Natalie deutete mit der Hand auf die hohen Stühle vor der Kücheninsel. Ich kramte meine Bücher und einen Kollegblock heraus und kletterte auf den Barhocker.

Sie legte ihren Block neben meine Bücher und ging zum Kühlschrank.

Super, jetzt gibt's eine Stärkung, dachte ich.

Natalie kam mit einem Glas Orangensaft und einem Teller zurück, auf dem ein Doppelbrot lag, und ließ sich neben mir nieder.

Dann biss sie ruhig von ihrem Brot ab und wartete darauf, dass ich anfing. Ich hatte schließlich behauptet, ich wisse alles über die griechische Mythologie.

Ich verfolgte jeden Bissen, den sie nahm, hungrig mit den Augen und verstand plötzlich, wie es für Wuff sein musste, wenn ich aß.

„Sind deine Eltern noch bei der Arbeit?", fragte ich.

„Ja. Meine Mutter ist Maklerin und mein Vater verreist."

„Ist doch ganz schön ätzend, oder? Mein Vater hat früher auch in einer anderen Stadt gearbeitet."

Sie zuckte die Schultern, als wäre ihr das egal.

„Meiner arbeitet im Ausland."

Sie steckte sich die letzten Krümel in den Mund.

„Womit fangen wir an?"

„Mit Aphrodite?", schlug ich grinsend vor.

Sie beantwortete mein Lächeln nicht.

„Was gibt es noch für welche?"

„Zeus, Hera, Artemis, Apollon, Demeter, Ares, Pallas Athene, Adonis ..."

„Hilfe!"

„... Dionysos, Persephone ..."

Sie stöhnte laut.

„Wie sollen wir es schaffen, über die alle was zu schreiben?"

„Im Internet steht jede Menge darüber. Und in Nachschlagewerken. Meine Mutter hat viele davon. Am besten, wir fangen mit dem Internet an, oder?"

„Äh, der Computer steht in meinem Zimmer, und da sieht's zurzeit wüst aus ..."

„Da solltest du erst mal meins sehen!"

„Ich möchte vorher ein bisschen aufräumen. Warte!"

Ich nickte und hoffte, sie würde mich fragen, ob ich solange ein Glas Saft und was zu essen haben wollte.

„Ich hab Durst", sagte ich listig.

„Im Schrank über der Spüle stehen Gläser."

Damit verschwand sie.

Ich hüpfte von dem wackligen Barhocker, ging an den Wandschrank über der Spüle, holte mir ein Glas und füllte es mit kaltem Wasser.

Das Geräusch lockte die Katze an. Sie kam her und rieb sich schnurrend an meinen Beinen.

„Dein Frauchen ist echt knickrig", flüsterte ich. „Stimmt's?"

Die Katze antwortete mit einem Miau und tappte zur Terrassentür hinüber.

„Willst du raus?"

„Miau."

„Draußen ist es aber kalt."

Die Katze kratzte an der Tür.

„Wirst es gleich merken."

Ich fasste den Türgriff an. Er ließ sich umdrehen. Ich hatte vor, die Tür nur einen Spalt weit aufzuschieben, um die Katze die Kälte spüren zu lassen. Aber dabei rutschte meine Hand aus, worauf die Tür sperrangelweit aufging.

Die Katze schlüpfte hinaus, setzte mit ein paar geschmeidigen Sprüngen über den Rasen und verschwand in die Tannenhecke hinein.

In diesem Moment kam Natalie wieder in die Küche.

„Wir können ..."

Sie hielt mitten im Satz inne und sah die offene Tür misstrauisch an.

„Ist es dir zu warm?"

„Ööh, mir ist was passiert."

„Was?"

„Deine Katze ist rausgelaufen."

Ihr Gesichtsausdruck veränderte sich blitzschnell und wurde zu einer wütenden Maske mit tausend Zornesfalten. Sie war drauf und dran, über mich herzufallen und mir die Augen auszukratzen.

„Hast du Molly rausgelassen?"

„Sie ist von alleine rausgelaufen."

„Aber du hast ihr aufgemacht. *Bist du wahnsinnig?"*

„Ist sie denn keine frei laufende Katze?"

Anstatt meine Frage zu beantworten, fluchte sie und nannte mich Idiot und Spacko und andere wenig schmeichelhafte Dinge, bis ihr Geschrei in Tränen überging.

Wenn sie Jo gewesen wäre, hätte ich versucht, sie in den Arm zu nehmen und zu trösten. Aber ich kannte Natalie nicht besonders gut und traute mich daher nicht, so etwas zu tun. Außerdem war ich an ihrer Empörung schuld, daher hätte sie es in diesem Moment wohl kaum geschätzt, von mir umarmt zu werden.

Aber ich strich ihr wenigstens unbeholfen über den Rücken.

Ihr Geheul verwandelte sich in ein stilleres Weinen.

„Komm, wir gehen raus und suchen sie!“, schlug ich vor, als sie sich etwas beruhigt hatte.

Wir zogen unsere Jacken an und folgten den kleinen Pfotenspuren im Schnee bis zur Tannenhecke und von dort hinüber zum Nachbargrundstück.

Das Wetter hatte sich rasch verschlechtert. Bedrohliche Wolken hingen tief über den Dächern und sahen aus, als könnten sie jeden Moment aufplatzen und schwere Schneeflocken herabschütten. Dann würden die Spuren ganz zugedeckt.

Natalie war angespannt, machte mir aber keine Vorwürfe mehr.

Ich stellte mir vor, wie mir zumute wäre, wenn Wuff davongelaufen wäre, und konnte gut nachempfinden, was für Qualen sie gerade litt.

Natalie lockte mit zitternder Stimme.

„Miez, Miez. Komm, Molly, Molly.“

Ich begnügte mich damit, Ausschau zu halten. Mich kannte die Katze ja nicht. Ich würde sie mit meinem Rufen vielleicht nur abschrecken.

Wir liefen durch die Nachbargärten. Die Spuren vermischten sich bald mit anderen. Schließlich wussten wir nicht mehr, welche Molly gehörten.

Doch das hinderte uns nicht daran, immer weiter weg zu suchen, unter Büsche und Zweige zu spähen und schneebedeckte Äste hochzuheben.

Mir fiel ein, dass Katzen oft auf Bäume klettern, wenn sie erschrecken, und schaute daher immer wieder nach oben.

Wir näherten uns der großen Hauptstraße. Das Rauschen des Verkehrs wurde immer lauter.

Natalie stöhnte auf und ich wusste, was sie dachte. Wenn die Katze zur großen Straße gelaufen war, bestand die Gefahr, dass sie überfahren worden war.

„Womöglich ist sie schon wieder zu Hause“, schlug ich hoffnungsvoll vor.

Natalie nickte langsam.

„Das ist möglich. Vielleicht sollten wir ..."

Plötzlich blieb sie jäh stehen.

„Molly!"

Ich schnappte nach Luft und wappnete mich vor irgendeinem schrecklichen Anblick.

Aber was ich zu sehen bekam, war Natalie, die mit ausgestreckten Armen und lautem Freudengeheul geradezu voranflog.

In einer Garageneinfahrt stand ein weißer VW-Kombi. Auf seiner Motorhaube lag eine schwarze Katze. Sie erhob sich langsam, streckte sich und machte dann einen weichen Satz in die Arme ihres Frauchens.

Ich befühlte die Motorhaube. Sie war warm. Typisch Katze!

Leichten Schrittes machten wir uns auf den Rückweg. Natalie schmuste mit ihrer Katze, völlig in ihre eigene Welt versunken.

„Na, das ist ja noch mal gut gegangen", sagte ich schließlich.

Sie warf mir einen mörderischen Blick zu.

„Du hättest sie nicht rauslassen dürfen!"

„Das war nicht mit Absicht, aber sie ist doch immerhin eine frei laufende Katze?"

Natalie nickte stumm.

„Und du hast doch noch eine Katze gehabt?", fragte ich versuchsweise.

Sie beschleunigte ihre Schritte. Offensichtlich wollte sie nicht reden. Doch das wollte ich.

„Natalie, ich hab eine SMS gekriegt, die sich auf deine tote Katze bezog. Das war eine Art Warnung."

„Dann hör endlich damit auf, deine Nase überall reinzustecken!"

„Aber es stimmt doch, dass Jimmy und Stoffe dich mobben?"

„Ich will nicht darüber reden!"

„Kannst du nicht zum Rektor gehen? Ich würde dir gern helfen und mitkommen."

Wir waren angelangt. Sie ging die Treppe zum Haus hoch und wandte sich zu mir um.

„Mir kann niemand helfen!"

Die Katze in ihren Armen versuchte sich zu befreien, aber Natalie hielt das zappelnde Tier fest an sich gedrückt. Weil sie nicht aufmachte, nahm ich an, sie wolle mich nicht wieder ins Haus lassen, doch sie deutete mit dem Kopf auf ihre Tasche.

„Der Schlüssel liegt dadrin."

Ich angelte den Schlüssel für sie heraus und schloss auf.

Erst als die Tür zu und abgeschlossen war, riskierte sie es, die Katze herunterzulassen. Mit einem Satz verschwand Molly ins Haus hinein.

„Bitte, Natalie, erzähl mir, was los ist!", bat ich sie. „Sie sind auch hinter mir her. Sie haben mich schon direkt angerempelt und vor meinem Haus Wache gehalten."

„No shit, Sherlock! Das hast du dir selbst zuzuschreiben, *Miss Detective*!"

Es kränkte mich zwar, dass sie mich so verhöhnte, doch dann schluckte ich meinen Ärger.

„Was wollen die eigentlich?"

„Das möchtest du also wissen!", schnauzte sie mich an. „Und helfen willst du auch! Null Chance, kann ich dir bloß sagen! Niemand, kapierst du, niemand kann sich gegen die wehren. Jimmy und Stoffe sind nicht allein. Da gibt's noch andere."

„Und die haben deine zweite Katze geholt?"

Sie seufzte tief und verschwand in eine andere Welt. Ich wartete geduldig. Sie schluckte ein paar Mal, bevor sie den Kopf hob und mich ansah.

„Missa war die liebste Katze, die es gab ... Sie haben sie gefoltert ..."

Es wurde still.

Dafür war ich dankbar. Mehr wollte ich nicht hören.

„Und darum muss ich den Mund halten und tun, was sie verlangen", sagte sie mit etwas festerer Stimme. „Sonst holen sie auch noch Molly. Und danach bin ich selbst an der Reihe. Verstehst du?"

Ich schüttelte stumm den Kopf, obwohl ich begriff, dass sie keine Antwort erwartete.

„Aber deine Eltern müssen sich doch gewundert haben, als die Katze verschwand."

„Ich hab behauptet, sie wäre entlaufen. Wir haben in der Nachbarschaft Handzettel aufgehängt, obwohl ich schon wusste ... Also hör mit dem Gelaber auf, du könntest mir helfen! Pass lieber auf deinen eigenen Hund auf ..."

Sie weinte leise.

Ich stand in der Diele und versuchte zu verdauen, was sie gesagt hatte. Nicht nur Jimmy und Stoffe. Sie hatten Natalies Katze umgebracht. Sie gefoltert.

Aber warum?

„Was wollen die denn?"

Natalie schnäuzte sich und seufzte.

„Geld. Anfangs fünfzig Kronen, und damit rückt man irgendwann auch raus, weil man sich Prügel ersparen will. Aber dann wollten sie mehr. Geld, Zigaretten, Süßigkeiten, meinen neuen MP3-Player, den Schmuck meiner Mutter ..."

„Was würde passieren, wenn du Nein sagst?"

„Das hab ich doch getan. Und da ... haben sie ... Missa geholt."

Ich glaubte, sie würde wieder in Tränen ausbrechen, doch sie biss die Zähne zusammen.

„Und wenn du sie bei der Polizei anzeigst?", fragte ich, nachdem sie sich gefasst hatte.

„Weswegen denn? Ich bin doch diejenige, die Sachen klaut und irgendwann erwischt wird. Die tun ja gar nichts."

Ich dachte an Marko, der eine CD geklaut hatte, während die anderen bloß zuschauten. Und er war es gewesen, der die Tasche mit den gestohlenen Klamotten aus dem Laden geschleppt hatte. Nicht die anderen.

Es war ein richtig abscheulicher Plan. Sie ließen andere den Job machen und die Risiken eingehen. Wer erwischt wurde, war selber schuld. Die Drahtzieher kämen ungeschoren davon. Sie hatten ja nichts getan, genau wie Natalie sagte.

Ich versuchte die Puzzleteilchen zu einem größeren Ganzen zusammenzufügen, um dahinterzukommen, wer alles in der Sache mitmischte, als Natalie meine Gedanken unterbrach.

„Du musst mir versprechen, kein Wort zu verraten!"

Ihre Augen hatten einen flehenden, aber zugleich harten Ausdruck. Sie fixierte mich mit starrem Blick.

„Aber ..."

„Versprich es! Wenn du es nicht für mich tun willst, dann wenigstens für dich. An niemanden auch nur ein Sterbenswörtchen! Du wirst es bereuen, wenn du nicht den Mund hältst!"

„Ich lass mich nicht gern unter Druck setzen."

„Wer tut das schon, verdammt noch mal!"

„Aber die Polizei ..."

„Dann wird alles nur schlimmer, Svea."

Ich seufzte.

„Ich muss es mir noch überlegen."

„Sag mir wenigstens rechtzeitig Bescheid, bevor du redest."

„Was willst du dann machen?"

„Molly nehmen und fliehen."

Ich lachte kurz auf.

Dann sah ich ihr Gesicht.

Sie meinte es todernst.

Natalie und ich hatten jegliches Interesse an den Göttern der Antike verloren. Ich blieb trotzdem noch eine Weile in ihrem Zimmer sitzen, während sie Molly streichelte, ohne etwas zu sagen.

Als mein Magen immer lauter knurrte, stand ich auf. Für unsere Aufgabe hatten wir immerhin noch eine Woche Zeit.

Auf dem Heimweg holte ich mein Handy raus und hörte mir mein Gespräch mit Natalie an, das ich insgeheim auf dem Handy aufgenommen hatte. Meine Stimme war deutlicher zu hören als ihre, aber das Wichtigste war drauf: Ihr Geständnis, dass sie zu kriminellen Taten gezwungen worden war. Vielleicht würde ihr Wort irgendwann gegen meines stehen, und dann brauchte ich einen Beweis dafür, dass ich die Wahrheit sagte.

Ich ging schnurstracks zu Linus. Natalie hatte mich zwar angefleht, den Mund zu halten, aber auf Linus konnte ich mich verlassen.

Allerdings vergewisserte ich mich zuerst, dass Paulina nicht da war. Das war sie nicht. Seine Eltern waren auch noch unterwegs.

Wir gingen nach oben in sein Zimmer, wo ich ihm mein Gespräch mit Natalie vorspielte. Linus hörte es sich schweigend an, während sein Gesicht sich immer stärker verfinsterte. Erst als die Aufnahme zu Ende war, stieß er einen tiefen Seufzer aus.

„Wie kann man bloß! Das ist ja so was von grausam! Und feige! Also, ich meine, sich ein unschuldiges Tier als Opfer auszusuchen!"

„Ja, nicht wahr! Und garantiert hat sich Simons Kaninchen das Ohr nicht bei irgendeinem Unfall verletzt. Die erpressen ihn auch. Aber Marko, hat der denn einen Hund oder eine Katze ...?"

Bevor ich meine Frage überhaupt beendet hatte, kam mir die Antwort.

„Seine Schwester!"

„Anna!"

Unsere Worte hallten durch die Luft, während wir uns anstarrten.

„Das ist ja der absolute Wahnsinn!", stöhnte ich.

Wir saßen beide schweigend da und dachten nach. Ich bekam allmählich richtig Angst. Die ganze Sache war viel größer, als ich mir jemals hätte vorstellen können. Und schlimmer.

„Aber eins versteh ich nicht", sagte Linus nachdenklich nach längerer Zeit. „Seit ich in diese Schule gehe, bedrohen Jimmy und Stoffe andere Schüler mit dem Messer und knöpfen ihnen Geld, Zigaretten und Handys ab. Aber weil niemand sich traut, gegen sie auszusagen, werden sie nie erwischt. Warum haben sie dann ihre Taktik geändert?"

Ich schüttelte langsam den Kopf.

„Kapier ich auch nicht. Aber vielleicht haben sie Schiss davor, in Läden was zu klauen. Das Risiko, erwischt zu werden, ist größer, weil es dort Überwachungskameras und Diebstahlsicherung gibt."

„Mhm. Und darum opfern sie Marko. Und falls du was verrätst, ist er auch übel dran. Du bist Zeuge, dass Jimmy und Stoffe keinen Finger gerührt haben."

„Aber ich hab Beweise dafür, dass sie in der Nähe waren, als Marko klaute."

„Na ja, auf deinen Fotos hab ich nicht besonders viel gesehen."

Du hast bloß Paulina gesehen, dachte ich, holte aber mein Handy hervor. Das erste Foto ließ mich innehalten. Es zeigte Simon, als er sich über den jungen Mann bückte, der an der Bushaltestelle zusammengeschlagen worden war. Das weckte schlimme Erinnerungen, also blätterte ich schnell weiter.

Wir sahen alle Fotos noch einmal zusammen durch. Meine Laune wurde immer düsterer. Das Einzige, was sie bewiesen, war, dass Marko mit Elias, Jimmy und Stoffe zusammenhockte oder durch die Gegend spazierte.

„Total wertlos!", seufzte ich.

„Du hast dein Bestes getan", tröstete Linus.

Ich seufzte noch mal, doch dann kam mir ein Gedanke.

„Eigentlich komisch, oder? Erpressung und ausgeklügelte Pläne, das klingt so gar nicht nach Jimmy und Stoffe. Kann es Elias sein, der das alles geplant hat?"

Linus zuckte stumm die Schultern.

„Aber man müsste es trotzdem irgendwie schaffen, sie auffliegen zu lassen", fuhr ich fort.

„Hat irgendjemand dich um Hilfe gebeten?"

„Nein, im Gegenteil. Man hat mich gebeten, abzuhauen oder die Klappe zu halten."

„Na dann."

„Aber dann werden sie immer weitermachen."

„Halt dich doch einfach raus", sagte Linus müde.

„Nein, es muss eine Möglichkeit geben, sie zu überlisten, noch mehr Beweise aufzutreiben und ihre Opfer zur Zusammenarbeit zu bewegen – Natalie, Simon und Marko und all die andern, die sie zwingen, Geld und Sachen für sie zu anzuschleppen."

„Die hätten doch schon längst was unternommen, wenn sie nur eine Ahnung hätten, wie sie das anstellen sollten."

„Aber die haben doch schließlich Eltern! Warum sind Markos Eltern nicht zur Polizei gegangen, als Anna runtergestoßen wurde?"

„Was weißt du denn? Vielleicht haben sie ja mit der Polizei gesprochen, aber wenn Marko schweigt und Anna nichts gesehen hat, kann die Polizei nicht viel tun."

Ich seufzte.

„Wir müssen trotzdem einen Versuch starten."

„Sonst?"

„Sonst bringe ich meine Tonaufnahme von Natalie zur Polizei."

Linus schüttelte den Kopf und seufzte schwer.

„An deiner Stelle würde ich mich wirklich lieber raushalten."

„Du weißt, dass ich das nicht kann", sagte ich und ging.

Als ich nach Hause kam, wurde ich von Parfümduft empfangen und gleichzeitig auch von Wuff, die ihren großen Teddy anschleppte. Ich hätte den Duft nach einem herzhaften Eintopf vorgezogen und war enttäuscht. Wollten Mama und Papa ausgehen?

Mama kam die Treppe herabgeschwebt. Sie trug ihre eleganteste Hose und dazu ein glitzerndes Top. Ihr blondes Haar hing ihr leicht gelockt offen über die Schultern.

„Ich wollte schon anrufen. Wo bist du denn gewesen?"

„Bei einem Mädchen aus meiner Klasse, eine Gemeinschaftsarbeit machen. Wohin wollt ihr?"

„Wir sind bei Papas neuem Chef zum Abendessen eingeladen."

Papa tauchte hinter ihr auf, im dunklen Anzug mit weißem Hemd.

Sie waren ein schönes Paar.

„Chic seht ihr aus", bemerkte ich traurig.

Ich fühlte mich plötzlich allein und verlassen mit all meinen Sorgen. Ich wollte auch auf ein Fest gehen, mich amüsieren, lachen und alles Schreckliche vergessen.

„Danke", sagte Mama lächelnd.

Papa half ihr in den Mantel. Sie strahlte ihn an.

„Im Kühlschrank steht was zu essen", sagte Mama. „Wir kommen ..."

„... wann ihr kommt", beendete ich für sie den Satz.

Mama lachte und tanzte zur Tür hinaus, mit Papa auf den Fersen.

Ihr Parfümduft hing, noch lange nachdem sie verschwunden waren, in der Luft.

Ich holte eine Portion Spaghetti mit Fleischsoße aus dem Tiefkühlfach, wärmte den Behälter in der Mikrowelle und aß vor dem Fernseher. Ich zappte zwischen den Sendern herum und blieb bei witzigen Heimvideos hängen, Katzen und Hunde, die sich irgendwie blamierten. Sie waren rührend.

Meine Gedanken glitten zu Natalies Katze hinüber. Die war zu Tode gequält worden.

Wer konnte so etwas tun?

Ich ertrug es nicht, daran zu denken.

Genau im selben Moment, als ich nach dem Handy tastete, um Linus anzurufen, rief er an und schlug einen Spaziergang mit den Hunden vor.

Ich war überglücklich. Vielleicht hat er doch ein klein bisschen was für mich übrig, dachte ich.

Ich trug etwas Mascara auf, zog einen Lidstrich mit dem Kajalstift und beendete das Ganze mit einem Lipgloss, der nach Himbeeren schmeckte.

Doch das würde Linus wohl kaum feststellen.

Als wir uns auf der Straße trafen, begrüßten Wuff und Glöckchen einander hocherfreut. Zu meiner Enttäuschung sah Linus dagegen keineswegs besonders froh aus. Und er sagte auch kein Wort. Aber er muss trotzdem gern mit mir zusammen sein, dachte ich. Sonst hätte er doch nicht angerufen. Gute Freunde können sich anschweigen und dennoch die gegenseitige Gesellschaft genießen.

Und das tat ich.

Wir hatten zwanzig, dreißig Meter von unserer üblichen Runde zurückgelegt, als Linus plötzlich hörbar Luft holte.

Vor uns tauchte eine Gruppe Jungs aus einer Querstraße auf. Das konnte natürlich ein Zufall sein, aber ich bekam unmittelbar das Gefühl, dass sie dort gestanden und gewartet hatten. Vor allem, als ich sah, wer sie waren.

Jimmy, Stoffe und Elias. Begleitet wurden sie von drei jüngeren Schülern aus unserer Schule. Ich kannte sie dem Aussehen nach, wusste aber nicht, wie sie hießen.

Die Straßenlaterne beleuchtete sie von hinten und warf einen großen kompakten Schatten auf den Schnee.

Mein Herz begann in der Brust zu hämmern. Linus und ich warfen uns Blicke zu, ich ging jedoch eigensinnig weiter, Wuff kurz angeleint eng neben mir.

Das war meine Gegend, hier wohnte ich. Die Jungs dort waren die Fremden. Wenn jemand verschwinden sollte, dann sie.

Die Jungs kamen Seite an Seite auf uns zu ohne auch nur einen Zentimeter auszuweichen. Wir waren nur ein paar Meter voneinander entfernt, als Jimmy und Stoffe auf mich zustürzten. Sie griffen mich von links und rechts an und warfen mich zu Boden. Dabei glitt mir Wuffs Leine aus der Hand.

Als ich mich aufzurappeln versuchte, machte sich einer der jüngeren Typen über mich her und stieß mich wieder zu Boden.

Ich war außer mir vor Angst, vor allem weil Wuff frei auf der Straße herumlief. Wenn ein Auto käme, könnte sie überfahren werden.

Ich machte einen erneuten Versuch, auf die Beine zu kommen und rief gleichzeitig:

„Wuff! Wuff!“

Die Jungs hatten bestimmt keine Ahnung, wie mein Hund hieß. Sie starrten mich an, als wäre ich nicht ganz normal.

Ich nutzte die Verwirrung und kam halbwegs wieder hoch, bevor Jimmy mich wieder umstieß.

Elias hatte Wuffs Leine an sich gerissen. Er zog sie von mir weg, aber Wuff sträubte sich und stemmte die Pfoten gegen den Boden. Dabei schnürte ihr das Halsband den Hals so zu, dass sie husten musste. Es klang, als würde sie sich übergeben.

Ich stürzte mich auf Jimmy, packte sein eines Bein und zerrte daran. Er fiel neben mir hin.

Im Bruchteil einer Sekunde stand ich wieder auf den Beinen, wurde aber von Stoffe aufgehalten. Er packte mich mit hartem Griff von hinten und hielt mich an beiden Armen fest.

Ich zappelte und wand mich und schrie vor Schreck und Wut, voller Angst um Wuffs und meine eigene Sicherheit.

Plötzlich ließ Elias Wuff los. Wie auf ein vereinbartes Zeichen hin kam ich auch frei.

Wuff stürzte auf mich zu, stürmte aber zu heftig heran, um mich begrüßen zu können. In wilder Ekstase, mit wehender Leine, flog sie um mich herum. Für sie war alles wieder gut. Sie merkte nichts von der feindseligen Stimmung, die immer noch dampfend in der Luft hing.

„Komm her, Wuff!", rief ich.

Elias ging in die Knie und streckte die Hand aus.

„Komm, komm!"

Wuff hielt inne und horchte. Mit neugieriger Schnauze schnupperte sie durch die Luft zu Elias' Hand hin und machte ein paar Schritte auf ihn zu.

„Nein, halt!", befahl ich.

Wuff schielte unschlüssig zu mir her, schlug ein paar Mal schnell mit dem Schwanz, blieb aber stehen.

Elias warf etwas vor ihrer Schnauze auf den Boden. Es sah aus wie ein Stück Fleisch.

Wuff leckte sich die Lefzen.

Ich sprang vor.

„Nein!"

Aber Wuff war schneller. Schwups, hatte sie den verlockenden Leckerbissen verschluckt, bevor ich sie erreichen konnte.

Ich warf mich auf sie, packte ihren Kopf mit hartem Griff und sah ihr streng in die warmen braunen Augen.

„Du sollst gehorchen, wenn ich es sage!"

Wuff setzte sich mit schief gelegtem Kopf hin und schien versuchen zu wollen, den Grad meines Zorns abzuschätzen. Versuchsweise stupste sie mit der Schnauze an meinen Mundwinkel und trommelte mit dem Schwanz auf den Boden. Ihr Körper zuckte vor Eifer.

Ich gab ihr einen hastigen Klaps auf den Kopf, bevor ich mich zu Elias umdrehte.

„Was soll der Scheiß, du Idiot!?", schrie ich.

Er sah mich ruhig an.

„Ich hab deinem Köter Rattengift gegeben."

Jimmy grinste höhnisch.

„Verdammt qualvoller Tod“, konstatierte er sachlich. „Die Eingeweide werden in Fetzen gesprengt. Die Blutung lässt sich nicht stoppen.“

Mir wurde es eiskalt.

Ich starrte Elias mit weit aufgerissenen Augen an, bis sie brannten, während ich versuchte, die grauenvollen Dinge, die Jimmy soeben geäußert hatte, Buchstabe für Buchstabe in mich aufzunehmen.

„Das ist nicht wahr“, flüsterte ich.

Stoffe grinste.

„Wer einen Hund hat, sollte ihn auch im Griff haben. Mein Kumpel hat einen Pitbull. Den braucht man bloß anzugucken, dann packt der schon zu.“

„Ein Pitbull ist wie eine Waffe“, sagte Elias. „Ich meine ...“

Er machte eine verächtliche Geste zu Wuff hin.

„Sag, dass das nicht wahr ist! Bitte, Elias!“

Elias quittierte mein Wimmern mit einem Grinsen.

Ich stürzte mich auf ihn, boxte ihm mit den Fäusten an die Brust, wurde aber hart weggestoßen.

„Lass das!“

„Was ist ... mit dir los?“, stammelte ich, während die Tränen mir in die Augen traten. „Du ... warst doch ... mal ... okay. Sag, dass es nicht wahr ist!“

Elias sah plötzlich verunsichert aus, doch da stieß Jimmy ihn in die Seite.

„Wir hauen ab.“

Er sah mich mit überlegenem Grinsen an.

„Wie gesagt: verdammt qualvoller Tod.“

Rattengift!

Laut weinend rannte ich direkt nach Hause, Wuff immer auf den Fersen.

Was Linus während der ganzen Zeit getan hatte und wo er abgeblieben war, davon hatte ich keine Ahnung. Das einzig Wichtige war, Wuff zu retten!

Als Linus aufwachte, war es dunkel.

Was hatte ihn überhaupt geweckt?

Plötzlich fiel es ihm wieder ein.

Mit ein paar großen Schritten war er beim Fenster und spähte zu Sveas Haus hinüber. Dort war es dunkel. Aber das Auto, das lange weg gewesen war, stand vor der Garage. Sie waren wieder zu Hause.

War Wuff dabei?

Er sandte eine SMS an Svea und starrte das leuchtende Display an.

Keine Antwort.

Wahrscheinlich schlief sie.

Oder sie war zu traurig, um antworten zu wollen.

Er legte sich wieder hin, konnte aber nicht einschlafen. Das schlechte Gewissen nagte wie ein Wurm in seinem Innern.

Das alles war seine Schuld! Wie sollte er ihr jemals wieder in die Augen schauen können!

Auf einmal hörte er ein Geräusch, lauschte mit angehaltenem Atem. Das Geräusch kam wieder. Ein schwaches Scharren.

Glöckchen! Seit dem Unfall im Herbst hatte sie im oberen Stock schlafen müssen. Das Treppensteigen war zu anstrengend für sie.

Was war los mit ihr?

Er warf die Decke ab, schlich aus seinem Zimmer und huschte lautlos die Treppe nach oben.

Sein Herz klopfte. Voller Entsetzen erinnerte er sich daran, wie sie ihn gezwungen hatten, mit in den Wald zu kommen. Dort hatte er auf zittrigen Beinen gestanden und das fröhliche Geschrei der anderen Schüler noch deutlich hören können. Jimmy hatte mit einem scharfen Messer gespielt, hatte es vor ihm hochgeworfen und wieder aufgefangen und dafür gesorgt, dass er nicht die Augen schloss, als Stoffe auf seinem Handy abscheuliche Bilder zeigte.

Linus dachte an Glöckchen und sagte schließlich Ja. Dann erst ließen sie ihn gehen.

War es möglich, dass sie jetzt im Haus waren? Er hatte doch getan, was sie verlangt hatten! War das nicht genug?

Hier oben kam ihm die Dunkelheit besonders kompakt vor, aber er traute sich nicht, Licht zu machen, sondern blieb stehen, bis seine Augen sich daran gewöhnt hatten, und ging dann weiter zur Küche.

Glöckchen stand hinter der Tür.

„Was ist denn?", flüsterte er.

Sie humpelte zum Wassernapf. Er war leer.

„Entschuldige, tut mir leid, hab ich vergessen."

Er drehte den Wasserhahn auf und spähte nach draußen, während das Wasser in den Napf floss. Die Nacht war immer noch finster. In den Lichtkegeln der Straßenlampen warfen die Büsche lange Schatten, die wie Mulden im Schnee aussahen.

Plötzlich erstarrte er.

Jemand schlich durch ihren Garten!

Das Wasser überschwemmte seine Hände. Er ließ die Metallschale fallen, worauf sie mit lautem Krachen in der Spüle aufschlug. Glöckchen fuhr zurück und stieß ein kurzes, laut hallendes Gebell aus.

Sofort ging unten ein Licht an.

„Linus, bist du das?", ließ sich Papas schlaftrunkene Stimme aus dem Schlafzimmer vernehmen.

„Ja!", rief Linus zur Antwort. „Ich hatte vergessen, Glöckchen Wasser zu geben."

„Mhm, aber geh dann wieder ins Bett."

„Klar."

Er spähte wieder in die Dunkelheit hinaus. Jetzt konnte er nichts mehr erkennen.

Aber niemand hinderte diese Monster daran, zurückzukommen.

Vielleicht schon morgen früh, wenn er Glöckchen ausführte? Um sie mit Rattengift zu füttern.

Wie Wuff.

Auf wackligen Beinen ging er ins Bad und betrachtete sich selbst im Spiegel. Die Angst hatte sich in seinen Augen festgebissen. Und die Selbstverachtung.

Er schloss die Augen, aber es gelang ihm nicht, dieses Bild von sich selbst zu verdrängen. Verängstigt und allein. Gegen die ganze Bande.

Sie wird mich hassen!

Mama und Papa mussten ihre Einladung in aller Hast verlassen. Sie holten mich und Wuff ab, dann fuhren wir im Eiltempo in die Tierklinik, wo das Personal schon auf uns wartete.

Wuff verschwand aus unseren Augen, und wir mussten im Wartezimmer sitzen bleiben, zusammen mit anderen Tierbesitzern, die ihre Katzen und Hunde extra zärtlich streichelten. Meine trostlosen Tränen trafen sie bestimmt direkt ins Herz.

Mein Mascara hinterließ Streifen auf Mamas schickem Top, als ich in ihren Armen Trost suchte. Ich weinte über Wuff und dachte an die entsetzlichen Qualen, die sie ein paar geschlossene Türen von mir entfernt durchlitt. Mein schöner Hund war das Opfer seiner eigenen Gefräßigkeit geworden. Und meiner Unfähigkeit, ihn zu schützen.

Papa war genauso traurig wie Mama und ich, aber auch außer sich vor Zorn. Er wanderte in seinem dunklen Anzug im Wartezimmer auf und ab und wetterte ins Handy.

Er rief bei Elias, Jimmy und Stoffe an, wurde aber mit jedem Gespräch nur noch wütender. Elias' Vater wehrte lautstark alle Anschuldigungen ab, sein Sohn könne etwas so Grausames getan haben. Jimmys Vater war zu betrunken, um zu kapieren, wovon Papa redete. Und Stoffes Tante sagte, das erstaune sie nicht im Geringsten und darum könne sie sich nicht kümmern.

Papa rief auch die Polizei an. Sie nahmen eine Anzeige auf und meinten, wir sollten uns wieder melden, falls der Hund starb.

Zum Schluss setzte Papa sich auch neben Mama und mich auf einen Stuhl. Er konnte nichts anderes tun als warten. Und hoffen.

Ich weiß nicht, wie lange wir dort saßen. Plötzlich stand eine Schwester vor uns.

„Bitte sehr."

Wir folgten ihr durch einen langen kahlen Flur, der von eiskaltem Neonlicht erhellt wurde. Mama musste mich stützen. Meine Beine trugen mich kaum.

Die Schwester öffnete die Tür zum Untersuchungszimmer.

Ich schluckte und schloss die Augen, während ich mich innerlich gegen den Anblick meines leblosen Hundes wappnete.

Dann schlug ich die Augen auf.

Wie ein Geschoss flog ein weißer Hund mit schwarzen Flecken auf mich zu und warf mich fast um.

Die Tierärztin stand weiter hinten im Zimmer. Sie lächelte uns freundlich zu.

„Sie haben einen gesunden und munteren Hund", sagte sie. „Wir haben keine Spur von irgendeinem Gift gefunden."

Da brachen wir alle drei in Tränen aus.

An diesem Morgen schliefen wir lang und nach einem späten Frühstück fuhren Papa und ich ins Hallenbad, um den nächtlichen Albtraum im Chlorwasser abzuspülen. Papa gab sich große Mühe, mich abzulenken, und faselte wie wild über stimmgesteuerte Navigation.

„Stell dir vor, Nisse, alles lässt sich mit der Stimme steuern, das Telefon, der CD-Player, das ganze Navigationssystem, ohne einen Finger vom Lenkrad bewegen zu müssen."

„Mhm."

Es gelang mir nicht, mich dafür zu interessieren. Meine Gedanken wanderten immer wieder zu den entsetzlichen Stunden zurück, als ich glaubte, mein Hund würde sterben. Aber irgendwas anderes störte mich noch an der ganzen Sache.

Dann kam ich langsam drauf, was es war.

Die Jungs wussten, dass Linus und ich unsere Hunden ausführen würden.

Sie hatten uns erwartet!

Zwar hatten sie unsere Häuser beobachtet, aber kaum lange genug, um Schlussfolgerungen über unsere Gewohnheiten zu ziehen. Dass Elias so tat, als würde er Wuff Rattengift geben, war keine spontane Aktion gewesen. Er hatte etwas in der Tasche dabeigehabt, dem Hunde nicht widerstehen konnten. Vor allem nicht meine gefräßige Wuff.

Woher konnten sie das alles wissen?

Mir wurde ganz kalt.

Es war Linus gewesen, der vorgeschlagen hatte, die Hunde auszuführen!

Die Jungs hatten sich über mich und Wuff hergemacht. Linus hatte danebengestanden und zugeschaut.

Ich schüttelte sachte den Kopf. Das konnte nicht wahr sein!

„Das finde ich auch nicht", sagte Papa.

„Nicht wahr", sagte ich und hatte keine Ahnung, worüber er sprach.

Im Umkleideraum stieß ich mit Lina zusammen. Ich hatte sie schon länger nicht mehr beim Schwimmen gesehen. Sie sah mich mit breitem Lächeln an.

„Wie läuft's?"

„Gut."

„Seid ihr etwa schon fertig?"

„Doch, ja. Leider."

Sie fuhr sich mit den Fingern durch ihre kurzen Haare und sah aufrichtig enttäuscht aus.

„Hör mal, darf ich bloß kurz was fragen?", sagte sie nach einigem Zögern. „Du kennst doch Linus ziemlich gut?"

Hoffentlich wurde ich nicht rot.

„Na ja."

„Ist doch voll krank, dass er mit Paulina zusammen ist, oder?"

Das fand ich auch, aber vermutlich nicht aus demselben Grund wie Lina.

„Warum?"

„Die ist eine ganz üble Nummer. Genau wie Filippa. Meine Cousine ist mit den beiden in dieselbe Klasse gegangen, als sie noch in dieser anderen Schule waren, und wurde die ganze Zeit von ihnen gemobbt. Sie behaupteten, sie wäre hässlich, dumm und fett, obwohl das gar nicht stimmt. Und dann haben sie Stifte und Mützen von anderen Schülern geklaut und die Sachen in die Tasche meiner Cousine gesteckt, damit sie die Schuld dafür bekam. Sie war total am Ende, ist doch klar."

Ich fuhr zusammen. Jo hatte erwähnt, in Paulinas Schule hätte es Stunk gegeben. Und da war ich selbstverständlich davon ausgegangen, *Paulina* sei gemobbt worden. Und nicht, dass sie diejenige war, die für Ärger sorgte.

Ich musste auch an die Ohrringe denken, die in meiner Tasche gelandet waren. Wo hatten Filippa und Paulina eigentlich gesteckt, als Natalie oben auf dem Dach der Turnhalle stand?

Lina fuhr fort. „Einmal haben sie meine Cousine auf dem Handy angerufen und behauptet, ihre Mutter wäre tot. Krass, oder?"

Ich nickte nachdenklich.

„Und die Lehrer? Was haben die gemacht?"

„Die haben natürlich nichts geblickt. Bei den Erwachsenen ist Paulina ja unschuldig wie ein Engel, und obwohl Filippa aussieht wie Satans jüngere Schwester persönlich, kommt sie dank Paulina überall klar."

„Aber die anderen Schüler müssen sie doch gehasst haben."

„Meine Cousine hat sie verabscheut. Aber die meisten anderen fanden die beiden cool und haben sich bei ihnen eingeschleimt. Kannst dir denken, wie toll ich das fand, als sie hier bei uns aufgetaucht sind. Die werden noch für Trouble sorgen, da bin ich mir sicher."

Ich musste wieder an die Ohrringe in meiner Tasche denken. Das würde gut zu den beiden passen, viel eher als zu Simon.

Aber warum sollten Filippa und Paulina ausgerechnet mich fertigmachen wollen? Bisher hatten sie keinerlei Interesse an mir gezeigt.

Das heißt, wenn es nichts mit Linus zu tun hatte?

Das Gespräch mit Lina hatte mir viel Stoff zum Nachdenken geliefert, aber Papa ließ mich nicht in Ruhe grübeln. Er tat, was er konnte, um mich die gestrigen Erlebnisse vergessen zu lassen.

„So, jetzt waren wir dermaßen fleißig und vorbildlich, dass wir uns ruhig ein bisschen danebenbenehmen dürfen", sagte er, als wir nach dem Training zum Auto gingen. „Was hältst du von einem schön fetttriefenden Hamburger zum Mittagessen?"

Ich nickte, worauf wir zu McDonald's fuhren.

Wir waren nicht die Einzigen, die sich am Samstag die Mühe des Kochens ersparen wollten. Vor den Kassen standen lange Schlangen, doch das schreckte mich nicht ab. Das tat jedoch die Gruppe, die in einer der Kassenschlangen stand.

Ich entdeckte sie, kaum dass Papa und ich uns angestellt hatten. Zwei Meter vor uns standen Jimmy, Stoffe, Elias und Filippa.

Mit wild hämmerndem Herzen machte ich auf dem Absatz kehrt, um rauszurennen, aber Papa verstand das falsch. Er packte mich am Ärmel und hielt mich fest.

„Wir haben jede Menge Zeit."

Im selben Moment entdeckte Filippa mich. Sie nickte kurz in meine Richtung.

Elias folgte ihrem Blick und stieß Jimmy an. Die Jungs drehten sich um und schielten zu uns rüber. Jimmy flüsterte Stoffe etwas zu, worauf beide laut loswieherten.

„Was sind das denn für Gestalten?", fragte Papa halb im Spaß mit leiser Stimme.

„Lass uns gehen."

„Wir sind gleich an der Reihe."

Mir war schrecklich zumute. Ich schluckte meine Tränen.

„Was ist denn, Spatz?"

„Die da drüben haben Wuff ...", begann ich mit zitternder Stimme.

Mehr brauchte ich nicht zu sagen. Papas Miene verfinsterte sich. Mit zwei Schritten stand er vor ihnen.

„Ihr habt meiner Tochter also weisgemacht, ihr hättet unserem Hund Rattengift gegeben?"

Die Jungs warfen sich mit gespieltem Erstaunen verblüffte Blicke zu.

„Nein, warum hätten wir das tun sollen?"

„Das hat uns viele tausend Kronen gekostet. Wer von euch wird das bezahlen?"

Die Jungs musterten ihn höhnisch.

„Das wird wohl Svea tun müssen. Die hat Sie ja reingelegt", sagte Elias.

„Hör mal!“, fuhr Papa ihn an und machte mit erhobener Faust einen Schritt auf ihn zu.

„Entschuldigung!“

Der Geschäftsführer, ein junger Mann knapp über zwanzig, kam im Laufschritt auf Papa zu und klopfte ihm auf den Rücken.

„Entschuldigung, aber ich muss Sie bitten, sich zu beruhigen!“

Papa hatte einen roten Kopf.

„Werfen Sie diese Gangster raus!“, schrie Papa und deutete mit einem vor Wut zitternden Zeigefinger auf die Jungs.

„Bitte beruhigen Sie sich, sonst muss ich die Polizei rufen.“

„Tun Sie das, die können diese Nichtsnutze dann gleich festnehmen!“

„Aber sie haben doch gar nichts getan“, bemerkte der junge Mann.

Er gab Papa einen leichten Schubs.

„Am besten, Sie gehen jetzt.“

Ich schämte mich so sehr, dass ich unter der Kleidung schweißnass war. Alle starrten uns an. Ich zog Papa am Ärmel.

„Komm!“

Endlich gelang es Papa, sich zu mäßigen. Mit wütendem Schnauben wandte er sich jäh um.

„Das letzte Wort ist noch nicht gefallen!“

Mit langen Schritten ging er auf den Ausgang zu.

Ich wollte schon hinterher, als ich aus dem Augenwinkel Jimmys höhnisches Lächeln wahrnahm. Er hob eine Hand wie eine Pistole, richtete sie auf mich, machte eine Geste, als würde er auf mich schießen und dann den Pulverdampf wegpusten.

„Was für verdammt üble Kerle!“, fluchte Papa, als er das Auto anließ. „Ich werde ... ich werde ...“

Vor Zorn konnte er kaum sprechen.

Ich saß stumm da und sah, dass meine Hände immer noch zitterten. Ich hoffte sehnlichst, dass er rechtzeitig wegfuhr, bevor die Jungs herausgerannt kämen.

Sie waren zu dritt. Und fast genauso groß wie Papa. Er könnte herzlich wenig tun, wenn diese Typen über mich herfallen würden.

Oder über ihn.

Das war eine sehr unangenehme Einsicht.

Papa war immer noch außer sich, als wir nach Hause kamen, und begann sofort nach der Telefonnummer eines Bekannten zu suchen, der bei der Polizei war, um ihn um Rat zu fragen.

Mama und ich hörten seiner empörten Stimme zu, bis er das Gespräch beendete.

„Er ist verreist und kann mich erst am Montagmorgen treffen."

„Und was machen wir bis dahin?", fragte Mama.

„Versuchen, den ganzen Mist zu vergessen", sagte Papa und seufzte.

Aber wir wussten, dass das nicht so einfach werden würde.

Mit der üblichen hämmernden Musik im Hintergrund machten wir uns an den samstäglichen Großputz und bemühten uns, alles, so gut es ging, zu vergessen.

Beim Essen sprach Papa von den Sitzungen der kommenden Woche und Mama erzählte, sie habe einen Auftrag für ein Bild bekommen. Ich sagte nichts.

Es war Mama, die dem Drumherumreden ein Ende bereitete.

Sie streckte die Hand aus und strich mir zärtlich ein paar Strähnen aus der Stirn.

„Bestimmt wird alles wieder gut, mein Schatz."

Die mütterliche Geste und ihre weiche Stimme rührten mich.

„Was möchtest du heute Abend machen?", fuhr sie fort. „Sollen wir einen Film ausleihen oder willst du irgendein Spiel spielen?"

„Am liebsten Karten spielen."

Sie nickte.

Mama und Papa begannen in der Küche aufzuräumen. Meine Hilfe wurde nicht benötigt, also ging ich nach oben in mein Zimmer und setzte mich an den Computer, um mir die Zeit auf *Facebook* zu vertreiben. Oder um mit Jo zu chatten.

Aber zuerst checkte ich, ob ich neue Mails bekommen hatte. Eine neue Nachricht war da. Als ich den Absendernamen las, erschrak ich.

afrodite.anderzo@hotmail.com

Was für ein bescheuerter Witz sollte das denn sein?

Ich klickte die Nachricht an.

Auch dein Hund kann zu so einem Schauspieler werden.

Unter dem Text befand sich ein Anhang.

Ich zögerte, klickte ihn aber schnell an, bevor ich es bereuen konnte.

Es war ein Film, verschwommen und verwackelt, wahrscheinlich mit dem Handy gefilmt.

Vor der Linse stand ein zitternder kleiner schwarzer Pudel. Seine verängstigten Augen waren auf etwas gerichtet, was ich noch nicht sehen konnte. Der Ton war nicht an, aber ich sah, wie er winselte und kläffte.

In meinem Magen breitete sich Eiseskälte aus. Das hier war kein Witz.

In der nächsten Sekunde fing die Kamera einen muskulösen getigerten Kampfhund mit einem breiten, nietenversehenen Lederhalsband ein, dessen Kopf und Hals voller Wundschorf waren. Zwei Paar Hände waren nötig, um die rasende Bestie festzuhalten, als sie sich mit gefletschten Zähnen aufbäumte und sich auf den Pudel stürzen wollte.

Plötzlich kam der Kampfhund frei. Wie eine wild gewordene Furie raste er mit entblößten Zähnen auf den Pudel zu. Der hatte sich auf den Rücken geworfen, um nach Hundeart zu markieren, dass er nicht kämpfen wollte.

Das hielt den Kampfhund nicht auf. Ich sah, wie sein triefendes Maul sich über dem hellen Bauch des Pudels öffnete.

In mir begann es überall zu kribbeln. Ich ertrug es nicht, noch mehr zu sehen.

Meine Hände zitterten so heftig, dass ich die Maus kaum zu fassen bekam, aber schließlich gelang es mir, den Film wegzuklicken.

Mir war übel.

Von dem, was ich gesehen hatte, war jede einzelne Sekunde eine Sekunde zu viel.

Ich löschte den entsetzlichen Film aus meinen Mails. Und aus dem Papierkorb. Dann schaltete ich den Computer aus, als wäre er von einer tödlichen Krankheit befallen.

Aber es gelang mir nicht, die grauenhaften Bilder aus meinen Gedanken zu löschen. Kaum schloss ich die Augen, wurden die Bilder immer wieder aufs Neue in meinem Kopf abgespielt. Die braunen, entsetzten Augen des Pudels ... der helle Bauch ...

Es war unerträglich.

Wuff schlief auf meinem Bett. Sie zuckte im Schlaf zusammen, winselte und bewegte leicht den Schwanz.

Mein lieber, gutmütiger Hund.

Auch dein Hund kann zu so einem Schauspieler werden.

Keine direkte Drohung. Keine Schimpfworte.

Dennoch trafen sie mich direkt ins Herz.

Ich stieß einen lauten Jammerton aus.

Wuff wachte auf, schoss hoch und begann wie besessen zu bellen.

„Svea, was ist?", rief Mama unruhig.

Sie kam die Treppe heraufgerannt. Im nächsten Moment stand sie in der Türöffnung, mit Papa im Rücken.

„Was ist passiert?"

Ich warf mich laut schluchzend in ihre Arme.

Ich saß auf meinem Bett und starrte den Klopapierstreifen in meinen Händen an, in den ich mich geschnäuzt hatte.

Mama hatte mich fast hinübergetragen und sah mich jetzt besorgt an. Papa saß auf der Schreibtischkante und wartete geduldig auf eine Erklärung für meinen Tränenausbruch.

Mir wirbelten die Worte durch den Kopf, fanden aber nicht den Weg nach draußen. Es war, als hätte ich vergessen, wie man spricht. Weinen war viel einfacher. Aber ich machte einen Versuch und begann damit, all das Entsetzen, das sich in meinem Hals gestaut hatte, herauszuflüstern.

„Was hast du gesagt?", fragte Mama freundlich, wie zu einem kleinen Kind, das gerade seine ersten Worte gelernt hat.

„Ich ..."

Ihre Augen waren warm und gaben mir Kraft.

Endlich kamen die Worte.

„... Film über einen Kampfhund ... im Computer ...“

Während ich sprach, wurde ich allmählich ruhiger. Ich breitete die ganze Geschichte über die Ereignisse der letzten Wochen vor meinen immer entsetzteren Eltern aus. Das alles – der gestohlene Schmuck, die Misshandlung von Simon und die Bedrohung meiner Schulkameraden und jetzt auch von mir – klang wie aus einem Gangsterfilm der übelsten Art.

Obwohl Mama immer wieder „Das ist nicht wahr“ ausstieß, war mir klar, dass sie mir glaubte. Das war bloß eine Redensart, weil man einfach nicht *will*, dass so grausame Dinge wahr sein sollen.

„Und ausgerechnet an eurer Schule“, sagte sie auch. Ich weiß nicht, warum sie der Meinung war, unsere Schule müsse von solchen Dingen verschont bleiben. Vielleicht, weil sie inmitten einer idyllischen Villengegend lag oder weil wir ehrgeizige Lehrer und ein Antimobbingteam hatten. Was weiß ich.

Ich wusste nur, dass das Böse dort am Werk war. Und dass ich mich machtlos fühlte. Und dass die Angst wie ein scheußlicher Wurm an mir nagte und mir durchs Gehirn kroch.

Aber ich war nicht mehr allein.

„Jetzt verstehe ich auch, was das für Ohrringe waren, die in deiner Schublade lagen“, sagte Mama.

Ich zuckte zusammen.

„Hast du in meinen Schubladen herumgewühlt?“

„Ich war auf der Suche nach meinem schwarzen Tuschestift, den du ausgeliehen hattest, und als ich die oberste Schublade öffnete, lagen die Ohrringe da. Ich ahnte, dass es die sein mussten, von denen Simons Mutter erzählt hatte.“

„Wann hast du sie gesehen?“

„Letzte Woche.“

„Warum hast du nichts gesagt?“

„Ich wollte, dass du von dir aus die Wahrheit erzählst. Denn das würdest du ja früher oder später tun.“

Papa nickte auch.

„Das hier ist ja der reine Wahnsinn. Am Montag gebe ich es weiter an die Polizei. Und selbstverständlich komme ich mit in die Schule und spreche mit dem Rektor. Schade, dass du den Film gelöscht hast."

„Die Polizei kann ihn bestimmt wiederherstellen", vermutete Mama.

Ich lehnte mich an Mamas Schulter und schloss die Augen. Ihre Stimmen verschwanden aus meinem Bewusstsein.

Als ich aufwachte, lag ich in meinem Bett.

Im selben Moment fiel das Entsetzen über mich her.

Auch dein Hund kann zu so einem Schauspieler werden.

Voller Panik tastete ich nach Wuff.

Als meine Hand auf ihr raues Fell traf, stieß sie ein kurzes Grunzen aus und reckte sich.

Ich schmiegte mich eng an ihren warmen Körper und schlief wieder ein.

SONNTAG

Jetzt, da meine Eltern Bescheid wussten, war mir leichter zumute. Irgendwie würde alles wieder gut werden. Sie würden dafür sorgen, dass Jimmy, Stoffe und der Rest der Bande, wer auch immer sie waren, gestoppt wurden.

Was danach geschehen würde, kümmerte mich nicht. Ich bin erst vierzehn und kann die Welt nicht verändern. Jedenfalls jetzt noch nicht.

Ich stand am Morgen auf und machte das Übliche – duschte, föhnte mir die Haare trocken, zog Jeans, Pulli und Socken an, ging nach unten in die Küche und frühstückte Buttermilch und Brot.

Von außen sah ich wahrscheinlich aus wie immer. Aber in meine Ruhe mischte sich auch Enttäuschung. Der Junge, in den ich so kopflos verliebt war, hatte mich verraten. Er hatte mich ins Freie gelockt, damit Elias vortäuschen konnte, Wuff Rattengift zu geben. Dann hatte er einfach danebengestanden und zugeschaut und mich allein gegen eine ganze Bande kämpfen lassen.

Seit wir aus der Tierklinik zurück waren, hatte er nur eine einzige kümmerliche SMS geschickt. Wollte er denn gar nicht wissen, wie es Wuff ging?

Bestimmt hatten sie ihn auch eingeschüchtert, genau wie Simon und die anderen. Aber er hätte mich trotzdem nicht verraten dürfen.

Ich hätte ihn nicht verraten.

Im Laufe des Tages schwand mein Mut allmählich. Irgendwo in meinem Innern wuchs die Angst, dass Jimmy, Stoffe, Elias und die anderen davonkommen könnten. Wenn Marko, Simon und Natalie wie bisher eisern weiterschwiegen, würde ich mit meinen Behauptungen ganz allein dastehen.

Die Polizei brauchte Beweise. Alles, was ich hatte, waren nichtssagende Fotos von Marko und Simon und von dem Armband, das Hannamaria Elias zurückgegeben hatte. Aber ich wusste ja nicht einmal sicher, ob es Frau Asp gehörte. Und selbst wenn, taugte das Foto höchstens als Beweis gegen mich selbst. Simons Mutter glaubte ja, dass ich es gestohlen hatte, und da wäre es ja kein Wunder, dass ich es auch fotografiert hatte.

Die Aufnahme meiner Unterhaltung mit Natalie war jedenfalls ein besserer Beweis, aber würde der genügen?

Allerdings hinderte mich nichts daran, noch mehr Beweise aufzutreiben. Einen Versuch war das wert.

Plötzlich kam ich wieder in Fahrt. Ich schaltete die Lautsprechanlage unseres Telefons ein und baute sowohl mein Handy als auch mein altes Tonbandgerät davor auf. Sicherheitshalber, falls etwas schiefgehen sollte. Dann drückte ich auf „Aufnahme" und begann meine Telefonanrufe.

Marko legte sofort auf, als er hörte, wer es war.

Das war kein guter Start. Jimmy, Stoffe und die Bande hatten ihre Opfer wirklich sorgfältig ausgesucht.

Alle hatten viel zu große Angst.

Und alle waren allein.

Natalie legte wenigstens nicht auf. Ich behauptete, ich würde wegen unserer Gruppenarbeit anrufen, kam dann aber sofort zur Sache.

„Mein Vater wird morgen mit der Polizei und mit dem Rektor über Jimmy und Stoffe sprechen und darüber, wie sie dich zum Stehlen zwingen", sagte ich. „Die werden bestimmt auch mit dir reden wollen."

„Das werd ich nicht tun! Überleg mal, wie stinksauer die von der Bande dann werden!"

„Du bist nicht ihr einziges Opfer. Wenn alle zusammenhalten ..."

„Ich mach's nicht!"

„Aber Natalie, das hier muss doch irgendwann aufhören. Sind deine Eltern denn nicht besorgt? Du vermasselst dir die Schule und ... ja, nimm mir das bitte nicht übel, aber du siehst echt krank aus!"

Klar nahm sie mir das übel.

Sie schnaubte.

„Haben deine Eltern denn noch nichts gesagt?", fragte ich.

„Natürlich haben sie das! Aber die sehen und hören bloß das, was sie wollen. Und im Lügen hab ich inzwischen Übung."

„Also ehrlich, wie hältst du das nur aus?"

Sie sagte nichts.

Ich begriff.

Das tat sie nicht, jedenfalls nicht mehr lange.

„Svea, ich verlass mich auf dich!", sagte sie flehend. „Mach, was du willst, aber zieh mich nicht mit rein!"

Damit legte sie auf.

Natalie schien wirklich Todesangst zu haben, wenn sie nicht einmal darauf vertraute, dass die Polizei ihr aus der Patsche helfen könnte.

Wie viele steckten noch in diesem Schlamassel?

Bevor ich Simon anrief, übertrug ich das Foto, das ihn an der Bushaltestelle zeigte, auf den Computer. Während das Läuten ertönte, musterte ich das Foto zerstreut. Was machte er da? Bisher hatte ich geglaubt, er vergewissere sich, ob der junge Mann okay sei, aber als ich jetzt das Bild vergrößerte, sah es aus, als ob ...

„Ja, hallo", wurden meine Gedanken von einer matten Stimme unterbrochen.

Ich drückte auf Aufnahme.

„Hallo, Simon, hier ist Svea."

„Was willst du?"

Das war zwar kein begeisterter Gruß, aber immerhin legte er nicht auf.

„Ich hab das Armband und die Ohrringe von Frau Asp gesehen."

„Na logisch. Wo du sie doch geklaut hast."

„Hör auf!"

„He, ich hab keine Lust, dein Gelaber über irgendwelchen bescheuerten Schmuck anzuhören. Was willst du überhaupt?"

„Dass wir gemeinsam versuchen, ihr den Schmuck zurückzubringen. Oder ihn deiner Mutter zu übergeben."

„Und was sagst du ihr dann?"

„Die Wahrheit. Dass Jimmy und Stoffe dich gezwungen haben, Frau Asp zu bestehlen."

Ich war mir sicher, dass er den Hörer aufknallen würde. Doch das tat er nicht. Also fuhr ich fort.

„Ich weiß alles. Über Jimmy und Stoffe. Jeder, der nicht macht, was sie wollen, wird von ihnen bedroht. Genau wie du. Und wer nicht gehorcht, wird bestraft. Von Mal zu Mal schlimmer. Dich haben sie schließlich verprügelt. Und außerdem dein Kaninchen verletzt ..."

„Hör auf, Bulle zu spielen", unterbrach er mich mit einem müden Seufzer.

Ich riskierte es.

„Warum hast du mir die Ohrringe in die Tasche gelegt?"

Er sagte nichts. Es blieb so lange still, dass es fast unerträglich wurde. Aber ich widerstand der Versuchung, die Frage zu wiederholen, und ließ ihn Stellung nehmen.

„Das war jedenfalls nicht ich", sagte er schließlich.

„Aber wer war es dann?"

Er schnaubte kurz auf.

„Ist doch wohl klar, dass ich das nicht sagen kann!"

„Aber du hast sie gestohlen?"

„Ja", sagte er leise.

Ich starrte auf den Bildschirm. Starrte Simon an. Und plötzlich checkte ich, warum er sich über den bebrillten Typen bückte.

„Und du warst es, der diesem Mann an der Bushaltestelle Handy und Brieftasche geklaut hat."

„Geschlagen hab ich ihn nicht!"

„Das hab ich auch nicht behauptet. Aber seine Sachen hast du ihm geklaut."

„Was hätt ich denn tun sollen, verdammt noch mal! Du hast ja gesehen, wozu die fähig sind!"

Ich seufzte.

„Warum sprichst du nicht mit deinen Eltern?"

Die Antwort kam fast geflüstert.

„Du hast es selbst gesagt. Es wird nur schlimmer."

„Aber du kannst diese Typen doch nicht einfach weitermachen lassen?"

„Was soll ich tun? Sie sind die ganze Zeit hinter mir her. Sei froh, dass du verschont bleibst."

„Bei mir haben sie's auch schon versucht!"

„Na bitte!"

„Aber ich *weigere* mich, andauernd Angst zu haben", sagte ich. „Wenn wir zusammenhalten ..."

„Wer macht noch mit?"

„Äh ... vorläufig bloß ich, aber wenn du auch dabei bist, schließen sich die anderen bestimmt an."

„Also, wir machen es so. Falls du es schaffst, noch jemand zu überreden, bin ich dabei. Bis dahin brauchst du nicht mit mir zu rechnen!"

Er legte auf.

Etwas hast du trotzdem beigetragen, dachte ich traurig.

Ich hörte mir die Aufnahmen an. Sie waren gut geworden. Zwar rauschte der Ton auf dem Tonbandgerät ein bisschen, aber jedes einzelne Wort war deutlich zu hören. Ich vervollständigte das Band mit meiner früheren Aufnahme von Natalies Enthüllungen. Schließlich kopierte ich das ganze Band sicherheitshalber noch einmal.

Das eine Band heftete ich mit Klebstreifen ganz hinten in eine Schreibtischschublade. Das andere steckte ich in einen Umschlag, den ich an Opa adressierte. Während ich damit zum Briefkasten ging, rief ich ihn an und bereitete ihn darauf vor, dass er eine Überraschung für Papas Geburtstag für mich verstecken musste.

Jetzt hatte ich Fakten. Und eine kleine Hoffnung, wenigstens Simon mit ins Boot zu holen.

Ich konnte weitermachen, Natalie und Marko überreden und noch weitere Opfer der Bande aufstöbern.

Eigentlich hätte ich froh sein müssen.

Aber das Einzige, was ich fühlte, war Angst. Und Trauer.

Ich überlegte, ob ich Papa das Band geben sollte, doch das widerstrebte mir. Alles zu erzählen, was ich selbst wusste, war eine Sache. Aber meine Schulkameraden reinzulegen, das war etwas ganz anderes.

Simon und Natalie hatten mir ihre Geheimnisse anvertraut, sie hatten Taten zugegeben, für die sie sich schämten, und mich gebeten, den

Mund zu halten. Sie hätten kein einziges Wort geäußert, wenn sie gewusst hätten, dass ich die Gespräche aufnahm. Ich hatte ihr Vertrauen ausgenützt.

Wenn jemand so etwas mit mir gemacht hätte, wäre ich rasend vor Wut geworden.

Am besten, ich wartete mit dem Band noch ab. Vielleicht würde alles auch so in Ordnung kommen.

Ich überlegte es mir lange, rief dann aber schließlich Linus an.

„Halloo! Du bist das! Wie geht es Wuff? Gut, oder? Ich hab euch draußen gesehen und da wirkte sie munter."

„Passt schon", brummte ich.

Ich wollte ihn fragen, ob er gewusst hatte, dass Elias und die anderen Typen auf uns gewartet hatten, aber die Worte blieben mir im Hals stecken und wollten nicht heraus.

Er dagegen hatte keine Probleme damit, die richtigen Worte zu finden. Sie strömten nur so aus ihm raus, während er alles auflistete, was wir gemeinsam unternehmen würden.

Kino. Bowlen. Spaziergänge.

Das klang verlockend. Seine Stimme war so weich.

Ich wollte eine normale Vierzehnjährige sein, die sich am Telefon mit einem Jungen unterhielt, den sie gernhatte. Ich hatte keine Lust, all die schrecklichen Geheimnisse auf meinen Schultern zu tragen. Jedenfalls nicht alleine.

Wir redeten lange miteinander. Sehr lange.

Schließlich erzählte ich ihm auch, dass ich Natalies und Simons Enthüllungen aufgenommen hatte. Und ich bat ihn um Rat.

Er sagte, er sei der gleichen Meinung wie ich. Ich dürfe Natalie und Simon nicht verraten.

Zufrieden, aber auch voller Angst, legte ich mich aufs Bett, um den morgigen Tag zu erwarten.

Linus hasste sich selbst.

Aber die Macht der Angst ist stark. Es war nicht leicht, forsch aufzutreten, wenn man von einer ganzen Bande eingekreist war. Er bereute es bitterlich, dass er ins Freie gegangen war. Er hätte es sich denken können, dass sie auf ihn warteten.

Es gelang ihnen, Glöckchen zu überwältigen und sie an einem Baum festzubinden. Vor einem Jahr hätte niemand auch nur in die Nähe des stattlichen Rottweilers kommen können. Aber seit dem Unfall bewegte sie sich immer noch langsam und schwerfällig. Jetzt zerrte sie an dem Strick und bellte, konnte sich aber nicht befreien.

Die Jungs in der Bande stampften ungeduldig mit ihren groben, harten Stiefeln auf der Stelle, bereit, zu anderen Mitteln zu greifen.

Das war nicht nötig. Die Worte strömten nur so aus ihm heraus, alles, was er wusste, alles über Sveas Pläne und über ihre Bandaufnahmen.

Er hatte keine andere Wahl.

Angesichts des scharfen Messers.

Aber es war nicht seine Kehle, auf die das Messer zeigte.

Es war Glöckchens.

Er würde tun, was sie verlangten.

Aber er wusste genau, dass er sich das niemals würde verzeihen können.

MONTAG

Ich hatte keine größere Lust auf Schule, aber gleichzeitig wollte ich vor Ort sein, wenn Papa zum Rektor ging. Vorher würde er jedoch seinen Freund bei der Polizei treffen.

Ich musste allein zum Bus gehen. Linus ließ sich nicht blicken. Es war klares, schönes Wetter, daher hatte er vielleicht beschlossen, mit dem Fahrrad zu fahren. Ich erzählte Jo nichts von dem, was passiert war. Das hätte ihr bloß Angst gemacht.

Für sie war es ein normaler Schultag. Für mich war es der Tag, an dem ich mich für meinen eigenen Weg entschieden hatte. Hoffentlich würde ich es nicht bereuen müssen.

Zu meinen Plänen für den heutigen Tag gehörte ein neuer Versuch, Natalie dazu zu überreden, ihr Schweigen zu brechen. Aber als die erste Stunde begann, war ihr Platz gähnend leer.

Lundström sah mich misstrauisch an.

„Wo ist Natalie?"

„Woher soll *ich* das wissen?"

„Du warst doch am Freitag bei ihr, oder nicht?"

„Und?"

„Wie ist es mit eurer Gruppenarbeit gelaufen?"

„Wir sind schon halbwegs fertig", flunkerte ich.

„Ihr habt euch also nicht gestritten?"

Ich fuhr hoch.

„Glauben Sie etwa, ich hätte sie auch vermöbelt?"

„Auch? Du hast doch behauptet, Simon *nicht* geschlagen zu haben, oder?"

„Ja, das hab ich auch nicht. Aber *Sie* haben das doch geglaubt!"

Ich fuhr von meinem Sitz hoch, um zu gehen, doch Jo legte mir den Arm auf die Schultern und drückte mich wieder nach unten.

„Ist doch scheißegal, was der Typ sagt!", flüsterte sie.

Lundström sah mich unzufrieden an, beschloss aber, vorerst nachzugeben.

„Jetzt beruhigen wir uns wieder und gehen zur aktuellen Aufgabe über. Ich werde in der Pause bei Natalie anrufen."

An seinem Hals waren rote Flecken aufgetaucht, die verrieten, dass auch er nicht so ruhig war, wie er vorgeben wollte.

„Heute möchte ich mit euch über Ismen reden. Und da wäre es vielleicht passend, mit dem Altruismus anzufangen. Findest du nicht auch, Svea?"

Ich nahm sein Friedensangebot nicht an. Während ich die Lust bekämpfte, aufzustehen und abzuhauen, hörte ich kaum etwas von seinen Ismen. Ich saß wie auf Nadeln und dachte daran, dass Papa jetzt mit der Polizei sprach und danach zur Schule kommen würde.

In der Pause standen alle auf und die Stühle scharrten. Jo trödelte noch im Klassenzimmer herum und ich ging in den Korridor, lehnte mich an die Wand und wartete.

Plötzlich piepste mein Handy. Eine SMS von einer unbekannten Nummer.

Es waren zwei kurze Sätze. Aber zwei grauenhafte Sätze.

„Hast du den Pudel gesehen? Die Aufnahme von dem Kampf mit dem Hund?"

Ich starrte das Display an, während mir das Herz in der Brust hämmerte.

Jo kam heraus.

„Buh", machte sie und lachte.

Ich konnte sie bloß anstarren.

„Svea, was ist denn los?"

Lundström kam auch heraus.

„Ist etwas passiert?"

Ich schüttelte den Kopf, hin und her, hin und her, als würde das mir dabei helfen, die Wirklichkeit abzuschütteln.

„Svea, was ist!"

Jo schrie fast.

Das brach meine Lähmung.

Ich angelte das Handy aus der Tasche und wählte die direkte Nummer nach Hause.

Mama meldete sich beim zweiten Läuten.

„Mama, öffne nicht, wenn jemand an der Tür klingelt! Und lass Wuff nicht ins Freie!"

„Wieso?", sagte sie mit einem zögernden Klang in der Stimme. „Sie ist doch gar nicht zu Hause."

„WAS SAGST DU DA?"

„Linus hat sie geholt. Er sagte, ihr hättet das so vereinbart. Er ist so ..."

„NEEEIN!"

„Svea, was ist denn los?", fragte Jo wie ein Echo von Mamas Stimme im Hörer.

„Wuff ... ist ... entführt worden!"

Ich brachte die Worte kaum über die Lippen.

„Aber Schatz, Linus würde doch nie ...", begann Mama zu protestieren.

„Do-hooch", schniefte ich.

„Was ist denn passiert?", wollte Lundström wissen.

„Mein ... Hu...uuund ..."

„Ich lauf gleich rüber und läute bei ihm!", versprach Mama.

„Was ist los?", wollte Lundström noch einmal wissen.

Ohne etwas zu erklären, rannte ich los.

„Svea, warte!"

Jo kam hinter mir hergerannt.

Nicht einmal, als ich Linus' Nummer wählte, blieb ich stehen. Ich betete innerlich darum, seine Stimme würde sich melden und mir eine vernünftige Erklärung dafür liefern, warum er Wuff abgeholt hatte.

Aber niemand meldete sich und schließlich schaltete sich der Anrufbeantworter ein.

„Scheiße, Linus!", keuchte ich in den Hörer. „Ruf mich an!"

Mein Handy läutete, kaum dass ich aufgelegt hatte. Aber es war nur Mama.

„Bei Linus macht niemand auf."

Ihre Stimme war schrill vor Sorge.

„Komm und hol mich ab!", bat ich. „Ich bin auf der großen Straße nach Hause unterwegs."

„Warum ... hat Linus ... Wuff?"

Jos keuchender Atem war mehrere Meter hinter mir zu hören.

Ich antwortete nicht.

Doch das war eine Frage, die ich mir selbst auch stellte. Und vor allem, was hatte ihn dazu gebracht, mich zu verraten und meinen Hund zu entführen? Und von meiner Bandaufnahme zu erzählen? Denn es konnte nur er sein, der das getan hatte. Er war der Einzige, der davon wusste.

Wie konnte ich nur so superidiotisch sein und ihm vertrauen?

Jetzt wollten sie natürlich, dass ich mit allen Beweisen herausrückte, die ich gegen sie hatte.

Und ich wusste, dass ich ihnen alles geben, dass ich alles tun würde, Hauptsache, ich bekam Wuff zurück.

Aus meiner Tasche drang eine Melodie.

Bitte, lass das Linus sein!, flehte ich innerlich. Lass ihn sagen, dass Wuff okay ist.

Aber niemand sagte etwas.

Ich versuchte mein Keuchen zu dämpfen. Warum sagte niemand etwas? Nur ein schwaches Rauschen im Hörer ließ sich vernehmen.

Plötzlich wurde das Rauschen von einem schrillen Jaulen durchbrochen.

Wuff!

Was machen sie mit ihr?

„Wir wollen deine Aufnahmen haben! Und wehe, du verpfeifst uns!"

Die Stimme eines Jungen, die ich nicht wiedererkannte.

„Ja! JA! Wo ..."

Die Verbindung wurde unterbrochen.

„Hallo! HALLO! Wo soll ich sie hinbringen?", brüllte ich in die Luft hinaus.

Dann brach ich in Tränen aus.

Wie durch einen Schleier hindurch hörte ich ein Auto anhalten.

„Es ist deine Mutter."

Die Angst war wie ein Schmerz im Körper, der mich fast lähmte.

Jo musste mich zum Auto leiten und mich mehr oder weniger reinschieben. Ich sank neben Mama auf den Sitz, verzweifelt heulend.

„Irgendjemand hat angerufen", erklärte Jo gedämpft vom Rücksitz. „Ich glaube, es ging um Wuff."

„Sie hat ... gejault ... vor ... Schmerzen ...", stammelte ich zwischen den Schluchzern hervor.

Das Handy hielt ich immer noch fest.

Mama nahm es mir sanft aus den Händen.

Sie tippte irgendwas ein und sprach mit irgendjemandem, aber ich hörte nicht, was sie sagte.

Ich weinte bloß.

Noch nie in meinem Leben hatte ich eine so abgrundtiefe Verzweiflung empfunden. Es war, als würde ein großes Monster mich von innen her auffressen. Mein ganzer Körper befand sich in Aufruhr. Wie sollte ich das nur aushalten?

Mein Hund war entführt worden und wurde jetzt gequält.

Und das war meine Schuld.

Jos Stimme drang durch meine Schale.

„Wer hat da angerufen?"

„Dieselbe Person, von der die Drohung kam", sagte Mama düster, „aber ich könnte wetten, dass es ein gestohlenes Handy ist. Der Besitzer wohnt in Luleå in Nordschweden und niemand antwortet. Jetzt verständige ich die Polizei ..."

„Neeein! Dann bringen sie Wuff um! Das darfst du nicht. Die töten ... sie ..."

„Wie sollen wir Wuff sonst zurückbekommen?"

„Wir probieren es noch mal bei Linus", schlug Jo vor. „Er muss doch wissen, wo sie ist."

„Ich komme grade von dort. Niemand hat aufgemacht."

„Er traut sich natürlich nicht, aber wenn Svea kommt, öffnet er bestimmt", behauptete Jo.

Doch daran glaubte sie wohl genauso wenig wie ich.

Während wir fuhren, wählte Jo immer wieder Linus' Nummer.

Inzwischen weinte ich nicht mehr. Ich saß neben Mama und verfluchte meine eigene Neugier, für die mein Hund jetzt würde leiden müssen.

Meine arme Wuff!

Die Tränen wollten sich schon wieder hochdrängen, doch da hielt Mama an. Für so was hatte ich jetzt keine Zeit. Ich stürzte aus dem Auto und hämmerte und trommelte an Linus' blau gestrichene Tür. Gleichzeitig presste ich den Leuchtknopf der Klingel bis zum Anschlag. Von innen kam Gebell. Einen verschwindend kurzen Moment lang glaubte ich, es sei Wuff, doch dann erkannte ich Glöckchens tiefen Brustton.

Sie befand sich direkt hinter der Tür, aber niemand öffnete. Ich hielt den Finger auf den Knopf gepresst. Das wütende Surren müsste denjenigen, der sich im Haus aufhielt, um den Verstand bringen. Falls überhaupt jemand außer Glöckchen da war.

„Linus! Mach auf!"

Glöckchen erkannte meine Stimme. Das Gebell verwandelte sich in freudiges Winseln.

„MACH AUF!", brüllte ich, während ich mit geballten Fäusten an die Tür hämmerte.

„Er ist nicht da", stellte Mama enttäuscht fest. „Wir rufen die Polizei an."

Im selben Moment hielt ein Auto an. Wir drehten uns gleichzeitig um.

Es war Papa. Er öffnete die Wagentür.

„Was macht ihr hier?", rief er.

Mama eilte hinüber, um ihm alles zu berichten, was inzwischen passiert war. Er fluchte so laut, dass Jo und ich es hörten.

„Jetzt rufe ich die Polizei an", beschloss Papa. „Und Linus' Eltern. Das hier ist ja der helle Wahnsinn!"

Ich ließ mich nach Hause führen. Jo half mir aus meiner Jacke und setzte sich neben mich aufs Sofa, während meine Eltern ein Telefongespräch nach dem anderen führten.

Ich hörte ihre Stimmen im Hintergrund wie Musik in einem Kaufhaus. Etwas, das da ist, dem man aber nicht zuhört.

Alles, was ich wissen wollte, war, was mit meinem Hund passiert war.

Der Rest war uninteressant.

Jo versuchte mich dazu zu bewegen, etwas Wasser zu trinken, aber ich brachte keinen Tropfen herunter. Ich dachte nur an Wuff. Wuff, die mich garantiert vermisste, die litt und sich wunderte. Mit jeder Minute, die verstrich, verringerte sich meine Hoffnung, sie zu finden.

Und wieder stiegen mir die Tränen in die Augen.

Ich musste eingeschlafen sein.

Als ich aufwachte, merkte ich, dass etwas nicht stimmte. Mein Kopf fühlte sich schwer an, als wäre ich krank. Ich tastete umher. Wuff liegt sonst immer neben mir.

Im selben Augenblick, als meine Hand auf Wuffs Kissen traf, fiel mir alles wieder ein. Ich schlug die Augen auf und als Erstes fiel mein Blick auf Wuffs Teddy, der auf dem Boden lag. Mir schnürte sich die Kehle zu und ich fuhr hoch.

„Mamma-a! Pappa-a!“

Niemand antwortete.

Ich bin schon oft allein zu Hause gewesen. Aber noch nie ohne Wuff.

Jetzt war ich wirklich allein.

Mir wollten schon wieder die Tränen kommen, doch das Geräusch der Toilettenspülung brachte mich dazu, sie mit dem Handrücken wegzuwischen.

Jo tauchte in der Türöffnung auf.

„Wo sind meine Eltern?“, fragte ich rasch.

„Die sind weggefahren. Du sollst deine Mutter anrufen.“

„Haben sie Wuff gefunden?“

Jo wich meinem Blick aus.

„Ich weiß nicht.“

Während ich Mamas Nummer ins Handy eintippte, betete ich im Stillen, dass sie unterwegs wären, um Wuff abzuholen. Mamas Stimme war sofort anzuhören, dass das nicht der Fall war.

„Papa fährt durch die Gegend und sucht und ich bin gerade beim Rektor. Wir sind bald wieder da. Kommst du klar? Jo ist hoffentlich noch bei dir?"

„Ja", murmelte ich enttäuscht.

Wuff war immer noch verschwunden.

Ich trat ans Fenster und blickte rüber zu Linus' Haus. Da sah ich eine hastige Bewegung am Küchenfenster.

Jemand war da!

Ich tastete nach dem Handy, überlegte es mir aber anders. Er würde bestimmt sowieso nicht antworten.

„Was ist?", fragte Jo.

Ich antwortete nicht, sondern zog mir die Stiefel an und rannte geradewegs zu Linus hinüber.

Ich drückte auf die Klingel und wartete, während ich mich bemühte, die Beherrschung zu bewahren und nicht die Tür einzutreten.

Denn ich hasste ihn!

Und wie ich ihn hasste!

Die Sekunden tickten vorbei, aber niemand machte auf. Jo hatte sich die Jacke über die Schultern geworfen und stand fröstelnd neben mir. Sie sagte nichts, aber es tat mir gut, dass sie bei mir war.

Jemand war im Haus. Ich würde nicht aufgeben.

Ich ging außen herum zur Rückseite. Das Haus liegt am Hang und die Schlafzimmer befinden sich im Untergeschoss. Ich peilte sofort Linus' Fenster an und spähte hinein. Er saß vor dem Computer.

Mein Hund war entführt worden und Linus saß vor seinem Computer!

Ich begann an sein Fenster zu trommeln.

„Mach auf!"

Er hastete ans Fenster und ließ die Jalousie herunter. Die eine Hälfte seines Gesichts war geschwollen und rot, als wäre er gestürzt. Oder als hätte er Prügel bezogen.

Ich hämmerte fester.

„Pass auf, gleich geht es kaputt", warnte Jo.

„Ich schlag das Fenster ein, wenn du nicht aufmachst!", schrie ich.

Die Jalousie wurde wieder nach oben gezogen.

Seine verängstigten Augen starrten mich eine Weile an, dann nickte er und zeigte nach oben.

Ich stiefelte wütend um das Haus herum und lehnte mich auf die Klingel, um ihn noch zusätzlich unter Druck zu setzen.

Die Tür ging einen kleinen Spalt weit auf.

Ich stieß sie auf und stürmte mit Jo auf den Fersen ins Haus.

Glöckchen kam auf uns zugetrottet, aber jetzt hatte ich keine Kraft für sie übrig.

„Was zum Teufel hast du getan!“, brüllte ich.

„Ich konnte nicht anders ... sie haben Glöckchen festgehalten ... Jimmy hatte ein Messer ...“

Irgendwo in meinem tiefsten Innern verstand ich genau, wie entsetzt er gewesen sein und welche Höllenqualen er gelitten haben musste.

Dennoch interessierte es mich nicht.

Alles, woran ich denken konnte, war sein Verrat.

Und Wuff.

„Und da hast du lieber meinen Hund geopfert! Wo ist sie?“

Er duckte sich, als hätte ich ihn geschlagen, wimmerte und schluchzte. Ich würde nie erfahren, wo Wuff steckte, wenn ich weiterhin so auf ihn einzeterte.

„Wo ist sie?“, wiederholte ich und versuchte die Stimme ruhig zu halten.

„Ich weiß nicht.“

Ich brauste wieder auf.

„Falsche Antwort! Wo ist sie?“

„Ich weiß nicht. Ganz ehrlich.“

„Wem hast du sie übergeben? Und wo?“

Er zögerte kurz. Ich trat einen Schritt auf ihn zu und merkte, dass ich zu allem bereit war. Er wich schnell zurück und schielte zu Jo hinüber, als erwartete er Hilfe von ihrer Seite, doch sie sah ihn nur mit kaltem Blick an.

„Filippa“, sagte er leise.

Ich zuckte zusammen.

„Filippa?“

„Haben sie die jetzt auch eingeschüchtert?“, fragte Jo.

Linus zuckte die Schultern.

„Scheint so.“

Ich schaffte es nicht, auch Filippa zu hassen. In meinen Augen war Linus derjenige, der meinen Hund entführt hatte.

„Wo habt ihr euch getroffen?“

„Ein paar Straßen weiter weg von hier.“

„Und du ... hast ... einfach ... meine Wuff hergegeben?“

Er schlug die Augen nieder und nickte.

„Du ... du ...“

Ich versuchte mich zu beherrschen und meine zitternden Hände in Schach zu halten. Ich wollte ihn schlagen, ihn kratzen, ihn treten, ihm richtig wehtun, ihn genauso sehr leiden lassen, wie ich es tat.

Doch das würde mir nicht dabei helfen, Wuff zurückzubekommen. Im Moment war es wichtiger, herauszufinden, wo ich mit der Suche beginnen sollte.

„Ist sie ... freiwillig mitgekommen?“, fragte ich mit leicht zitternder Stimme.

Der Zorn wollte immer wieder in mir hochsteigen.

„Nja, sie hat sich dagegengestemmt, dann sind sie um die Ecke verschwunden. Mir kam es vor, als wäre ein Auto gleich darauf gestartet, bin mir aber nicht sicher.“

Ein Auto! Ich hätte vor Enttäuschung schreien können. Da konnten sie ja sonst wo hingefahren sein!

„Und du bist hochzufrieden nach Hause gegangen!“

„Svea, ich bin wirklich traurig ...“

„Und was glaubst du wohl, was ich bin, verdammt noch mal!“

In mir kochte es. Die heißen Worte quollen hervor wie Lava aus einem Vulkan.

„Du bist der größte, beschissenste Dreckskerl, den es je gegeben hat. Ich wünschte, du wärst tot!“

Noch nie war ich so kurz davor gewesen, jemanden zu schlagen.

Das Piepsen meines Handys rettete ihn. Dieselbe Nummer wie vorhin. Ich klickte die Nachricht an.

„Heute Abend um acht vor der Schule. Bring alles mit, was du aufgenommen hast. Und halt ja die Klappe."

„Waren sie das?", fragte Linus.

„Warum sollte ich mit dir reden?", fuhr ich ihn an.

„Ich möchte dir helfen. Ich hatte keine Wahl. Verzeih mir. Es tut mir leid. Was soll ich tun?"

„Einen Strick nehmen, du bescheuerter Idiot!"

Er steckte es ein, ohne sich zu verteidigen.

Die harten Worte halfen nicht. Wuff war immer noch verschwunden. Natürlich brauchte ich alle Hilfe, die ich bekommen konnte.

„Ich soll ihnen heute Abend meine Aufnahmen bringen. Und ich darf nichts verraten."

Er sah mich hoffnungsvoll an.

„Na dann."

„Ist schon gelaufen", erklärte ich düster. „Papa ist bereits bei der Polizei gewesen und Mama spricht gerade mit dem Rektor."

„Und die Aufnahmen?"

„Die sind auf einem Band und in meinem Handy."

Es gab noch ein Band, das an Opa adressiert im Briefkasten lag, aber außer mir wusste das niemand. Nicht einmal Opa. Und ich hatte keine Ahnung, ob dieses Band mir helfen oder alles vermasseln würde.

„Na dann", wiederholte er.

Ich wurde wieder wütend.

„Das ist deine Schuld! Mann, so was Feiges, mich einfach zu verraten! Und dabei hab ich mich so auf dich verlassen!"

Er schüttelte den Kopf.

„Du weißt nicht, was die ..."

„Interessiert mich einen Scheiß!"

Jo legte eine beruhigende Hand auf meinen Arm. Ich kämpfte gegen meinen Hass an.

Wir sahen uns an. Es war mir unvorstellbar, wie ich es bis acht Uhr abends aushalten sollte.

„Hast du irgendeine Idee, wo sie sein könnte?"

Linus nickte zögernd.

„Und warum hast du dann nicht die Polizei angerufen, du Superarsch?"

„Ich glaube kaum, dass sie bloß auf meine Vermutung hin eine Streife nach einem Hund losschicken würden."

Das konnte ich leider nicht bestreiten.

„Wo denn?"

„In Filippas Probenraum."

„Warum glaubst du das?"

„Wo sonst würde man einen gestohlenen Hund verstecken? Wohl kaum in einer Wohnung oder in einem Haus, wo die Nachbarn ihn bellen hören können."

Ich nickte zustimmend. Das war keine dumme Vermutung. Wahrscheinlich hatten sie deswegen Filippa in die ganze Sache hereingezogen. Ich überlegte kurz, wie es ihnen wohl gelungen sein mochte, eine so toughe Person wie Filippa einzuschüchtern, verschwendete aber nicht allzu viele Sekunden darauf.

Wir hatten es eilig.

Einen Versuch war es wert.

Gegen den kalten Wind schlitterten wir den steilen, vereisten Hang hinunter – ich, meine beste Freundin und der Junge, der mich verraten hatte. Mein Herz war vor Sorge um meinen Hund am Zerspringen.

Unten im Ortszentrum war es nachmittäglich menschenleer. Auf dem Parkplatz vor dem Supermarkt standen nicht viele Autos. Die Leute waren noch nicht von der Arbeit nach Hause gekommen.

Wir ließen das Zentrum hinter uns und bogen nach links ab. Im Heimatmuseum finden abends oft Veranstaltungen und Feste statt, heute lag es verlassen da.

Ab und zu begegnete uns ein Auto, aber nur selten.

In dem Moment, als wir das Ortszentrum hinter uns ließen, kam ein Gefühl des Unbehagens in mir hochgekrochen. War es wirklich vernünftig, Wuff auf eigene Faust zu suchen? Wäre es nicht besser, meine

Eltern anzurufen? Wie sollten wir drei etwas gegen eine ganze Bande ausrichten können?

Doch die Unruhe trieb mich weiter. Ich würde meine Eltern anrufen, sobald ich die Bestätigung hatte, dass Wuff tatsächlich in dem Haus war.

Nachdem wir eine Viertelstunde schweigend unterwegs gewesen waren, sahen wir das Haus.

„Da ist es", flüsterte Linus, obwohl niemand uns aus so weiter Entfernung hätte hören können.

„Wem gehört das Haus?"

„Der Gemeinde. Filippas Rockband kriegt einen Zuschuss, um irgendwo üben zu können, und ich glaube, ihr Bruder hat dort eine Art Werkstatt oder so was."

„He, wir gründen auch eine Band", sagte Jo. „Ich kann Blockflöte spielen."

Sie versuchte offensichtlich, mich etwas zu ermuntern, aber es gelang mir nicht einmal zu lächeln.

„Woher weißt du so gut darüber Bescheid?", fragte ich Linus.

„Paulina ist doch Filippas Freundin", sagte er.

Seltsamerweise versetzte es mir einen Stich aus Eifersucht, als er Paulinas Namen erwähnte. Und dabei hasste ich ihn doch.

Ich hatte ein verfalleneres Gebäude erwartet, doch das Haus sah ganz normal aus, rot gestrichen mit weißen Ecken. Dicht am Haus wuchs eine stattliche Eiche, deren knorrige Äste sich kahl in den Himmel reckten.

Weder Autos noch Fahrräder waren irgendwo zu sehen. Nichts deutete darauf hin, dass jemand sich in dem Haus befand.

Ich malte mir ein Bild von meiner schwarz gefleckten Wuff vor meinem inneren Auge aus, genau wie Mama ihre Bilder malt. Ich sah sie unverletzt und lebendig, eifrig auf mich wartend. Solange ich mich noch an meine Fantasie klammern konnte, hielt ich durch.

Mit entschlossenen Schritten überquerte ich den Hof und trat an die Haustür. Linus und Jo kamen den halben Weg mit, blieben dann aber mitten auf dem Hof stehen.

„Was hast du vor?“, zischte Linus hinter mir her.

Ich klopfte an die Tür, obwohl ich keine Ahnung hatte, was ich tun sollte, wenn jemand aufmachte.

Nichts war zu hören.

Ich drückte den Türgriff ein paar Mal nach unten und klopfte fester.

„Hallo!“

Jo sah mich entsetzt an und Linus wich ein paar Schritte zurück.

„Musst du so einen Krach machen?“

„Psst!“, zischte ich zu Linus zurück.

Aus dem Haus drang Hundegebell.

Mama hat mal erzählt, sie habe mein Weinen schon von dem anderer Kinder unterscheiden können, als ich noch ein Baby gewesen sei. Genauso konnte ich Wuffs Bellen von dem aller anderer Hunde unterscheiden.

„Sie ist da! Sie lebt!“

Ich hüpfte vor Freude auf und ab.

„Hab ich doch gesagt!“

Linus sah mich an, als erwartete er ein Dankeschön, aber ich war zu sehr damit beschäftigt, mir zu überlegen, wie ich in das Haus reinkommen könnte.

Das dauerte allerdings nicht lang. Von Simons gelungenem Einstieg bei Frau Asp inspiriert ging ich auf die Rückseite des Hauses, Linus und Jo folgten mir in gehörigem Abstand. Ich fand einen großen Stein und schlug damit ein Loch in das schmale Kellerfenster. Wuff ließ wieder durchdringendes Gebell hören.

„Wartet hier!“, befahl ich.

„Aber du kannst doch nicht ganz alleine rein ins Haus“, protestierte Jo.

„Das geht schneller so. Außerdem muss jemand Schmiere stehen. Ruf an, falls jemand kommt.“

Sicherheitshalber stellte ich den Klingelton meines Handys ab, das Vibrieren ließ ich dagegen eingeschaltet, damit Jo mich warnen konnte. Dann schob ich eine Hand durch das Loch im Fenster, um die Verriegelung zu lösen. Ich wand mich hinein und landete in einem muffigen Keller, vollgestopft mit Gerümpel. Hier probte Filippa jedenfalls nicht.

Zum Glück hatte ich meine Taschenlampe dabei. Ich zog sie aus der Tasche und leuchtete damit, bis ich oberhalb einer Betontreppe eine Tür erblickte. Sie war geschlossen, ließ sich aber öffnen, als ich am Griff drehte.

Mit ein paar lautlosen Schritten gelangte ich in einen dunklen Flur, wo ich stehen blieb und lauschte. Alles war still.

Ich ging vorsichtig weiter. Plötzlich schlug die Kellertür hinter meinem Rücken zu und sprang vor Schreck fast in die Luft.

Das Geräusch brachte Wuff dazu, wie besessen zu bellen. Sie befand sich irgendwo im oberen Stock. Offensichtlich waren wir allein im Haus, also brauchte ich nicht mehr zu schleichen.

Auf dem Weg zur Treppe warf ich einen kurzen Blick in einen großen Raum, in dem ein länglicher Tisch stand, über und über mit Dosen, Flaschen und vollen Aschenbechern bedeckt. In der Ecke befand sich ein altes Cordsofa, das mich an Lundströms Cordhosen erinnerte. Die eine Armlehne war aufgeschnitten worden und weißer Schaumstoff quoll aus dem Schlitz.

Ich stürmte nach oben, nahm zwei Stufen auf einmal. Zwei der oberen Räume waren vollgestopft, wie in einem Lager oder einem Flohmarkt. Flachbildschirme, Stereoanlagen, Computer, Lautsprecher, MP3-Player und Handys. Und mittendrin thronte Frau Asps hässlicher vergoldeter Affe.

Hinter einer geschlossenen Tür kläffte und bellte Wuff wie besessen. Ich ließ den ganzen Krempel links liegen und drückte die Türklinke des letzten Hindernisses zwischen mir und meinem Hund nach unten.

Dahinter lag ein kahles Zimmer ohne Möbel. Wuff stand an einen Heizkörper gebunden neben der Balkontür. Sie jaulte vor Freude und zog und zerrte so fest, dass ich befürchtete, sie könnte an ihrem Halsband ersticken, bevor ich bei ihr war.

Es war nicht ganz einfach, den dicken Strick aufzuknoten, mit dem sie festgebunden war. Sie leckte mein Gesicht, wand sich wie wild, zerrte an dem Strick, und als sie endlich frei war, konnte sie nicht schnell genug nach draußen kommen.

Wir taumelten um die Wette die Treppe hinunter und in die Freiheit hinaus.

Jo stand mit offenen Armen auf dem Hof, aber Wuff schoss an ihr vorbei, um sich in den nächsten Schneehaufen zu hocken.

„Jetzt aber nichts wie weg!", sagte Linus und biss sich nervös auf die Unterlippe.

Ich warf einen hastigen Blick zum Haus hinüber. Die Haustür stand immer noch offen. Und im oberen Stock saß Frau Asps Affe.

Aber ich konnte Wuff nicht wieder mit hineinnehmen. Und ohne eine Leine würde Jo es niemals schaffen, sie festzuhalten.

„Hat einer von euch einen Gürtel?"

Linus stöhnte und stampfte ungeduldig auf den Boden.

„Was soll das? Wir müssen los!"

„Ich hab einen", sagte Jo.

Sie hob ihre Jacke an, die einen Gürtel mit Indianermuster in den Jeansschlaufen verdeckt hatte.

„Den hat meine Großmutter gehäkelt."

„Gib ihn mir!"

Ohne zu murren, zog sie den Gürtel aus. Ich band ihn als provisorische Leine um Wuffs Halsband und reichte ihn Jo.

„Zwei Minuten", sagte ich. „Ruf Mama an, dass wir Wuff gefunden haben!"

Sie kramte ihr Handy hervor.

„Wie ist ihre Nummer?"

Ich stampfte vor Ungeduld. Die Zeit tickte davon. Jeden Moment konnte jemand kommen.

„Hier!"

Ich gab ihr mein Handy und riss ihres an mich. Dann spurtete ich ins Haus zurück. Ich schloss die Haustür hinter mir, um mich vor unangenehmen Überraschungen zu schützen, und ging wieder nach oben, schnurstracks zu dem vergoldeten Affen. Er war wirklich entsetzlich hässlich. Aber Frau Asp würde überglücklich sein ...

Als ich schon meine Hand danach ausstreckte, fiel mir plötzlich etwas ein. Ich konnte ja nicht einfach zu Frau Asp marschieren und den Affen zurückbringen. Dann würden alle glauben, ich sei tatsächlich diejenige, die den Affen gestohlen hatte!

Dagegen könnten ein paar Fotos als Beweis dienen, dass ich ihn inmitten von anderem Krempel, vermutlich ebenfalls Diebesgut, gefunden hatte.

Ich stellte den Affen auf einen Lautsprecher und fotografierte ihn aus unterschiedlichen Blickwinkeln mit Jos Handy.

Plötzlich begann es in meiner Hand zu vibrieren. Im selben Augenblick hörte ich draußen vor dem Haus ein Geräusch.

Ein Automotor.

Jo hatte Mama angerufen. War Mama etwa schon hier?

Oder versuchte Jo mich zu warnen?

Ich ließ das Handy vibrieren und lief nach unten, während mir ein eisiges Gefühl über den Rücken kroch.

Wer konnte das sein?

Das Auto bremste mit quietschenden Reifen und schlingerte noch ein paar Meter auf dem vereisten Hofplatz, bevor es anhielt. Es klang nicht nach einem Volvo. Vor allem würde Papa seinen Wagen nie so hart rannehmen.

Ich spähte vorsichtig durch ein rundes kleines Fenster neben der Haustür.

Leider hatte ich recht. Auf dem Hof stand der goldlackierte BMW, den ich vor Jimmys Haus gesehen hatte!

Ich erkannte den Kerl mit den schicken Klamotten, der bei Jimmy zu Besuch gewesen war. Neben ihm standen Jimmy und Stoffe.

Die Fondtüren waren offen und noch ein Typ stieg aus. Oder besser gesagt wurde er von einem muskulösen, getigerten Hund herausgezerrt, den er an einer kräftigen Lederleine hielt. Ich erkannte den Hund sofort wieder. Das war der Kampfhund, der den bedauernswerten Pudel angegriffen hatte! Der Typ konnte ihn nur mit Mühe und Not festhalten, er schwankte hinter dem Hund her, der ihn wie einen Schlitten vorwärtszog.

Ich glaube, ich habe noch nie im Leben solche Angst gehabt. Mein Fluchtweg war versperrt. Ich bereute es bitterlich, dass ich wieder ins Haus zurückgerannt war, doch jetzt war es zu spät, das zu ändern. Hoffentlich hatten Jo und Linus sich gut mit Wuff versteckt. Und hoffentlich würde Linus mich nicht noch einmal verraten. Auf Jo konnte ich mich verlassen. Das wusste ich.

Jetzt musste ich dafür sorgen, mich selbst zu retten.

Ich zerbrach mir den Kopf, wie ich hinauskommen sollte. Neben der geschlossenen Kellertür sah ich eine weitere Tür. Wahrscheinlich befand sich Filippas Probenraum dahinter.

Der Raum lag an der Rückseite des Hauses. Mit etwas Glück gab es dort eine Hintertür. Ansonsten würde ich durch ein Fenster hinausspringen.

Ich drückte die Klinke nach unten. Vor mir lag eine Küche. Und die hatte ganz richtig eine Tür, die ins Freie führte, im Moment aber gerade von Paulina geschlossen wurde. Filippa, mit schweren Plastiktüten in den Händen, stand bereits in der Küche.

Wir starrten uns alle drei finster an.

Aber für Fragen war keine Zeit.

„Mach nicht zu!", zischte ich. „Draußen vor dem Haus stehen Jimmy und Stoffe mit ein paar unheimlichen Typen und einem lebensgefährlichen Hund. Wir müssen fliehen."

Filippa musterte mich kalt mit ihren kajalumrandeten Augen und stellte die Tragetaschen ab.

„Was du nicht sagst?", bemerkte sie mit schiefem Lächeln.

Ich wollte mich an ihr vorbeidrängen, aber sie stieß mich zurück.

Ich starrte sie an.

Was war denn mit ihr los?

Paulina schloss in aller Ruhe die Tür und sah dann ausdruckslos in meine Richtung. Keine von ihnen schien auch nur eine Spur von Angst zu haben.

Plötzlich ging mir auf, warum. Wie eine eiskalte Dusche spülte die Wahrheit über mich. Sie mussten zusammen mit den Jungs hergekommen sein!

„Geh raus und sag meinem Bruder, dass die Tusse hier ist, um ihren Hund zu befreien", befahl Filippa Paulina.

Sie sah mich an und schüttelte den Kopf.

„Mann, die wären vielleicht scheißsauer geworden! Heut Abend kommen zwanzig Mann hierher und die haben eine Menge Kohle darauf gesetzt, wie lange dein Köter gegen Tiger durchhält."

Ich versuchte jedes entsetzliche Wort zu begreifen, das sie äußerte. Die eiskalte Bosheit. Selbst wenn ich der Stimme am Telefon gehorcht und die Aufnahmen gebracht hätte, hätten sie mir Wuff nicht zurückgegeben. Sie wollten auch meinen Hund haben, wollten ihn von einem mörderischen Kampfhund, zum Töten abgerichtet, in Stücke reißen lassen.

Für ein bisschen Geld.

Allein der Gedanke machte mich rasend.

Filippa und Paulina waren darin verwickelt.

Mein Bruder ...

„Ihr seid ja wohl das Hinterletzte!", fuhr ich sie an.

Ich hasste ihre Art, mich anzuschauen, als wäre ich irgendwie minderwertig. Ich hasste ihr überlegenes Feixen.

Aber noch wussten sie nicht, dass ich sie ebenfalls reingelegt hatte.

Wuff war in Sicherheit.

Das gab mir Kraft.

Die Jungs standen schon laut stampfend auf der Treppe zum Haus, die geschlossene Eingangstür verlieh mir jedoch eine sekundenkurze Extrafrist. Dummerweise blockierten Filippa und Paulina meinen Fluchtweg durch die Hintertür. Und damit nicht genug, jetzt kamen sie auch noch auf mich zu.

Voller Panik wirbelte ich herum und stürzte wieder die Treppe nach oben. Ich bildete mir ein, in dem Zimmer, wo Wuff gefangen gehalten worden war, eine Balkontür gesehen zu haben.

Ich warf mich in das Zimmer und schloss hinter mir ab, auf der Jagd nach einer Frist von weiteren kostbaren Sekunden, lief dann zur Balkontür und zerrte am Griff.

Fast hätte ich vor Enttäuschung laut geschrien.

Die Tür war abgeschlossen.

Wimmernd spähte ich hinaus. Vor dem Fenster breiteten sich die Äste der hohen Eiche aus.

Würde ich einen Sprung aus dem Fenster schaffen?

Mein Herz schlug wie wild, während ich mich auf einen neuen Fluchtweg zu konzentrieren versuchte.

Kein Schloss, Gott sei Dank, nur zwei normale Fensterhaken.

Den unteren Haken brachte ich rasch auf, doch der obere ließ sich nicht bewegen. Irgendein Genie hatte den Haken überpinselt. Jetzt saß er wie festzementiert.

Ich zog und zerrte mit den Fingern daran und brach mir einen Nagel ab. Dann klopfte ich stattdessen mit den Fingerknöcheln dagegen, hämmerte aus Leibeskräften. Bei jedem Schlag platzte die Haut auf und blutete. Der weiße Fensterrahmen färbte sich rot.

Jemand stampfte die Treppe hoch und presste den Türgriff nach unten.

„Sie hat sich mit dem Hund eingeschlossen!“, schrie Filippa. „Kommt rauf und helft mir!“

Viele Schritte kamen die Treppe heraufgepoltert und ließen den Boden unter mir vibrieren.

Mit letzter Kraft und einem weiteren blutigen Knöchel gelang es mir endlich, den Haken aufzuklopfen. Jetzt konnte ich das Fenster aufschieben. Kalte Luft schlug mir ins Gesicht. Ein einziger Gedanke erfüllte meinen Kopf. Raus, nichts wie raus!

Vor der Tür bellte und knurrte der Hund wie ein blutrünstiges Raubtier. Ich dankte dem Himmel dafür, dass Wuff sich nicht mehr in dem Zimmer befand.

Im selben Moment, als ich auf die Fensterbrüstung hinauskrabbelte, traf ein heftiger Fußtritt die Tür. Ich zuckte zusammen und wäre fast runtergefallen.

Mehrere Meter unter mir breitete sich der Boden aus. Ich wusste nicht, ob unter dem Schnee Gras oder Asphalt lag, aber wenn ich fiele, würde ich mir garantiert das Bein brechen, vielleicht sogar das Genick.

Die Eiche, die von außen gesehen an der Fassade festgewachsen zu sein schien, stand erschreckend weit von der Hausmauer entfernt.

„Holt sie gefälligst sofort raus!“, befahl eine wütende Stimme.

Noch ein Tritt. Das blutrünstige Gebell des Hundes war ohrenbetäubend.

Ich sah die Eiche an, holte tief Luft.

Ein, zwei ...

... drei!

Die Tür flog krachend auf und im selben Augenblick sprang ich. Kurz fuchtelte ich in wilder Panik durch die Luft, bevor ich einen dicken Ast packen konnte. Die Schwerkraft versuchte, meinen Körper nach unten zu zerren, und presste mir den Magen nach oben, aber es gelang mir immerhin, mich festzuhalten.

Dann begann ich mich nach unten zu hangeln. Ich warf einen hastigen Blick zum Fenster hinauf und sah jemanden hinter mir herstarren. In halsbrecherischem Tempo kletterte ich weiter, und als nur noch zwei Meter bis zum Boden übrig waren, sprang ich.

„Haltet sie auf!“, rief jemand.

„Wo zum Teufel ist der Hund?“

In blinder Panik, mit klopfendem Puls, spurtete ich davon.

Ich hatte zwar einen Vorsprung, aber die hatten ein Auto. Und einen Hund. Wenn sie den losließen, hätte ich keine Chance.

Hinter mir war das schwere Trampeln vieler Stiefel zu hören. Es wurde vom zögernden Hacken eines Automotors begleitet. Eines Automotors, der ansprang.

Sie werden mich einholen!

Die Tränen steckten mir wie ein Kloß im Hals. Meine einzige Hoffnung war, rechtzeitig die Landstraße zu erreichen und dort ein Auto anzuhalten, selbst wenn ich dabei überfahren würde.

Wieder vibrierte das Handy in meiner Tasche, aber ich rannte einfach weiter. Meine Kräfte gingen allmählich zu Ende.

Als ich schon glaubte, keinen Meter mehr zu schaffen, sah ich plötzlich ein Auto direkt auf mich zugefahren kommen.

Ein silberfarbener Volvo.

Gefolgt von einem blau-weißen Streifenwagen.

Das Handy in meiner Tasche gab Ruhe.

Im selben Augenblick erloschen meine Kräfte. Meine Beine zitterten und trugen mich kaum noch und meine Lungen schienen bersten zu wollen.

Hinterm Lenkrad erkannte ich Papas besorgtes Gesicht und daneben das von Mama. Zwischen beiden drängte Wuff sich vor und spähte eifrig durch die Windschutzscheibe zu mir hinaus. Im Fond ließen sich Linus und Jo als Schatten erahnen.

Der Wagen bremste.

Hinter mir machte der BMW mit quietschenden Reifen jäh eine Kehrtwende und fuhr mit aufheulendem Motor davon.

Ich versuchte mich auf den Beinen zu halten, schloss die Augen und schnappte nach Luft.

Es war vorbei.

EPILOG

„Liga zwingt Kinder zum Stehlen!“

Mama las laut aus der auf dem Küchentisch liegenden Zeitung vor, während ich an einem Käsebrot kaute.

Schnell nahm sie einen Schluck Kaffee aus ihrem Becher und fuhr fort.

Kinder im Alter von dreizehn und vierzehn Jahren sind zu kriminellen Handlungen gezwungen worden – von Einbrüchen, Sachbeschädigungen, Misshandlungen und Raubüberfällen bis hin zu Ladendiebstählen mit präparierten Taschen. Hinter der gut organisierten Liga steckten zwei vierzehnjährige Mädchen, die ihrerseits von älteren Jugendlichen unterstützt wurden, die als Hehler agierten.
Alles kam ans Licht, als ein Mädchen bedroht und ihr Hund entführt wurde. Die Polizei ist dabei, die Hintergründe zu klären.
„Die Bande hat ihre Opfer durch wahre Gangstermethoden zum Schweigen gezwungen“, berichtet Polizeisprecherin Lotta Jansson. „Wer nicht parierte, wurde grausam bestraft. Aus ermittlungstechnischen Gründen möchte ich mich noch nicht darüber äußern, wie die Opfer der Liga zur Mitwirkung gezwungen und wie sie angeworben wurden. Anfänglich trauten sich die meisten von ihnen nicht einmal zu erzählen, was sie durchgemacht hatten, doch als einer erst einmal den Mund aufgemacht hatte, folgten die anderen hinterher. Alle berichteten ähnliche Geschichten über Erpressung, Angst und Gewalt.“ „Keines der Opfer ist strafmündig“, sagt Mats Hörnkvist, Bezirksvertreter der Sozialbehörden. „Daher übernehmen die Sozialbehörden die Zuständigkeit. Besonders wichtig ist, dass die Opfer rasch Unterstützung und Hilfe erhalten.“
Dagegen sind viele der Täter über fünfzehn und die Staatsanwaltschaft hat bereits die Voruntersuchung eingeleitet.
„Bisher haben die Verhöre dieser Jugendlichen vor allem zu ‚Kein Kommentar‘ oder ‚Ich will meine Kumpel nicht verpfeifen‘ geführt“, so Lotta Jansson. „Aber angesichts der eindeutigen Zeugenaussagen und technischen Beweise wird einer von ihnen den Mund aufmachen, davon sind wir überzeugt. Und wenn einer den Anfang macht, folgen die anderen hinterher. Genau wie bei ihren Opfern …“

„Ich geh jetzt raus“, unterbrach ich Mama.

Ich steckte die letzten Brotkrümel in den Mund, trank die Milch aus und stand auf.

„Willst du den Bericht denn nicht zu Ende hören?“, fragte Mama erstaunt. „Es ist ein langer Artikel.“

„Ich lese ihn nachher.“

Ich brauchte nicht alles zu wissen. Wenigstens nicht jetzt. Hauptsache, das Ganze wurde geklärt und alle Fäden entwirrt, auch wenn es bestimmt einige Zeit dauern würde. Aber immerhin war mein Leben nicht mehr so entsetzlich verwickelt und kompliziert. Und vor allem kämpfte ich nicht mehr alleine.

Ich ging mit Wuff ins Freie.

Die Sonne war aufgegangen, ihre Strahlen wärmten bereits. Ein Eiszapfen fiel vom Dach und zersplitterte. Unterm Küchenfenster schaute der braune Erdboden hervor. Unsere Straße war bedeckt von Matsch und der Gully schluckte den schmelzenden Schnee mit einem glucksenden, schlürfenden Geräusch.

Als ich an Linus' Haus vorbeiging, trat er mit Glöckchen vor die Tür. Fast so, als hätte er auf mich gewartet.

„Hast du die Zeitung gelesen?“, fragte er.

Ich nickte.

„Warst du gestern in der Schule?“

Er schüttelte rasch den Kopf.

„Nein. Und du?“

„Auch nicht, aber morgen geh ich hin. Am Nachmittag haben wir unser Spiel gegen Södertälje.“

„Bestimmt wird jetzt alles viel friedlicher.“

„Hoffentlich.“

„Und was glaubst du? Wie wird das Spiel ausgehen?“

Ich zuckte die Schultern.

„Wir werden unser Bestes tun.“

Kurz sahen wir einander an.

Die Sonne spielte im Haar des Jungen, der mich auf eine Art berührt hatte wie kein anderer zuvor und dessen Blick mich verzaubert hatte.

Als seine Augen mich anschauten und um Verzeihung flehten, fand ich sie immer noch schön. Aber sie riefen keine tieferen Gefühle mehr bei mir hervor.

„Gehen wir?", schlug er vor.

Mit einem Nicken deutete er auf den Weg, den wir sonst immer gemeinsam zurückgelegt hatten.

„Ich muss in die andere Richtung", sagte ich.

Nach einem kurzen Klaps auf Glöckchens großen Kopf machte ich kehrt und setzte mich in Bewegung.

Ich spürte Linus' Blicke im Rücken.

Aber ich drehte mich nicht um.